www.bbulmedia.com

www.bbulmedia.com

상사살이

상사살이

초판 1쇄 찍음 2015년 8월 17일
초판 1쇄 펴냄 2015년 8월 21일

지은이 | 필 은
펴낸이 | 정 필
펴낸곳 | (주)뿔미디어

기획 · 편집 | 이은정, 강서윤

출판등록 | 2002년 9월 11일 (제1081-1-132호)
주소 | 경기도 부천시 원미구 소향로 17, 303(두성프라자)
전화 | 032)651-6513 / 팩스 | 032)651-6094
E-mail | dahyangs@naver.com
블로그 | http://blog.naver.com/dahyangs
홈페이지 | http://bbulmedia.com

값 9,000원

ISBN 979-11-315-6689-3 03810

상사
살이

■ 필은 장편 소설 ■

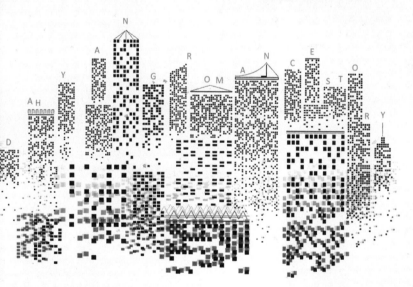

Contents

이미 있던 것이 아닌 처음 생겨난 모든 것들이 어울리는 계절, 봄이 왔다. 혹독한 겨울을 거쳐 입춘을 맞은 지 한참 되었으나 화창한 날씨와는 여전히 거리가 멀었다. 추위로 인해 팔짱을 끼고 지나다니는 사람들 사이에서 두 여자가 평일 오전의 자유를 만끽하며 번화가를 누비고 있었다.

"이 시간에 이러고 있으니까 너무 좋다."

결 좋은 긴 생머리를 찰랑이며 흥겨운 걸음을 옮기던 은희가 진송을 돌아보곤 콧소리를 냈다.

"난 빨리 일하고 싶은데."

대학교를 나란히 졸업하고 취업난에 허덕이다 은희가 먼저 직장인이 되었다. 그에 마음이 조급해진 진송은 열심히 상반기를 준비하고 있었지만 근심이 가득했다.

"취직만 돼 봐, 너 그 소리 한 거 후회할 거야. 그나저나 카페 어디로 가지?"

"그러게. 저기 사람 많네."

마침 가까운 곳에 위치한 카페는 눈길을 끌 만큼 예쁜 외관도 아니건만 통유리 너머엔 손님이 꽤 있었다. 진송의 말에 반사적으로 카페에 시선을 둔 은희가 감탄사를 내뱉었다.

"나 저 카페 TV에서 봤어! 사주카페인데, 꽤 유명한가 보더라."

"아, 저기 써 있네."

통유리 한편에 방송을 탄 프로그램 이름이 나열된 스티커가 붙어 있었다. 은희가 흥미로운 기색을 풍기며 진송을 잡아끌었다.

"재밌겠다. 우리도 사주 한번 볼까?"

"그럴까? 나 생시는 알고 있어. 언젠가 보려고 벼르고 있었거든."

"사주 처음이야? 나도 처음."

"가 보자! 궁금한 것도 물어볼 겸."

두 사람은 망설임 없이 카페 문을 열고 들어갔다. 카페의 내부는 널찍하고 투박한 직사각형 테이블이 일정한 간격으로 배치되어 있었다. 손님들 사이에 개량한복을 입은 역술인들이 군데군데 눈에 띄었다. 두 친구는 주문한 음료로 목을 축이며 한참 동안 수다를 떨었지만 쉽사리 차례가 돌아올 것 같지 않았다. 기다리다 못한 은희가 직원을 불렀다.

"저기, 저희 얼마나 기다려야 돼요?"

"40분 정도 걸리실 거예요."

"그렇게나 오래요?"

"오늘은 양호한 편이에요."

대기시간이 길어 놀란 두 여자에게 남직원이 대수롭지 않게 대꾸했다. 남직원은 주변의 손님들을 눈짓했는데, 가게가 북적이는 만큼 기다려야 하는 시간이 길어질 건 자명했다. 유명세를 증명하는 것 같아서 두 사람의 기대가 커졌다. 기다림 끝에 순서가 돌아와 역술인이 테이블로 다가왔다. 인사를 나눈 뒤 진송이 자리를 옮겨 은희와 나란히 앉고 나서야 분위기가 진지하게 흘렀다.

"어느 친구 먼저 볼까요?"

"얘요."

신난 은희가 진송의 등을 쳤다.

"이름이?"

"손진송이요."

진송이 이름과 생년월일시를 알려 주자 역술인은 오래된 도서를 팔랑거리며 넘겼다.

"나이는 스물다섯……."

"네, 맞아요."

역술인은 가장 먼저 성격과 관련한 특성을 설명해 주었는데 희한하게 들어맞았다. 두 사람은 발랄한 여중생들처럼 호들갑을 떨며 역술인의 말에 점점 빠져들어 갔다.

"친구는 약자에게 약하고 강자에게 강하네요."

"맞아요! 얘가 그런 면이 있어요."

절친한 친구 사이기에 진송을 잘 아는 은희는 역술인의 설명을 들으며 연신 놀랐다.

"직업 운을 보니 관복도 있고, 돈 만지는 일도 괜찮을 것 같아요."

"관복하면 공무원이고, 돈 만지는 일이면 어떤 거요?"

"금융 계통 있잖아요, 은행이나."

진송은 입사를 희망하는 분야가 튀어나오자 사주를 더욱 귀담아 듣게 되었다. 가볍게 보러 온 사주였는데 모르는 새 상체가 맞은편으로 많이 쏠렸다.

"저 안 그래도 은행도 몇 군데 지원했거든요. 잘 될까요?"

"잘 될 거예요. 그런데 올해보단 내년이 취업운이 트인 해야. 남자 친구는 있어요? 애정운은 나쁘지 않은데."

"아니요, 없어요."

"애정운! 그게 제일 중요해요!"

중년 여성으로 보이는 역술인이 은희의 호들갑을 귀엽게 바라보았다.

"그럴 나이긴 하다."

습관인지 육효주사위를 손안에서 굴리던 역술인이 입을 열었다.

"남자가 들어오면, 친구는 소개팅 같은 것보다 무리나 건물 안에서 남자가 많이 들어올 거예요. 즉, CC나 사내연애, 동호회를 하면 같은 동호회."

"안 돼! 그런 건 안 하느니만 못하다던데."

진송은 경험자들에게 주워들은 사실을 떠올리며 테이블로 쓰러졌다.

"뭐 어때? 지금 그런 거 가릴 처지야? 공백기가 얼만데."

내심 안타까운 마음에 은희가 진송을 대신하여 물었다.

"지금 애 주변엔 괜찮은 남자 없을까요?"

"잠깐만, 봐 줄게요."

3개의 주사위를 던진 역술인이 점괘를 쳤다.

"한 명 정도 있다고 나오네요. 우리 친구 성에 찰 남자가."

"누구지?"

적은 수에 실망한 것도 잠시, 진송은 골똘히 추적에 들어갔다.

"왜 난 알 것 같냐."

은희의 입가에 걸린 묘한 미소를 본 진송은 애써 모른 척 고개를 돌렸다. 잡담이 얼추 끊긴 듯하자 역술인이 말을 덧붙였다.

"그리고 남편은 친구보다 돈 잘 버는 남자 만날 거고. 자식은 한 셋 정도?"

"셋이나요?"

진송은 현재 남자 친구도 없는데 자식 얘기를 하고 있자 민망했다. 남 얘기 같은 사주를 듣는 재미에 그들은 시간 가는 줄 몰랐다. 은희의 차례로 넘어간 후에도 두 사람은 소녀처럼 즐거워하며 서로의 사주를 공유했다.

그날의 기억은 시간이 흐르며 자연스레 진송의 머릿속에서 잊혀 갔고, 그 이듬해.

"안녕하세요, 35기 손진송이라고 합니다."

거짓말처럼 입행한 진송은 첫 출근 날 가장 먼저 자신을 맞이해 준 사회생활 선배를 만났다.

"난 임헌조 팀장. 반가워요."

1. 재밌는 신입

외로워도 슬퍼도 나는 안 울어!

이제는 진송의 18번이 된 이 노래. 진송은 안드로메다로 떠나려는 정신을 재차 붙잡았다. 분명 눈을 뜨고 있고, 귀도 활짝 열려 있건만 눈앞이 아득해지고 귀가 멍멍한 느낌이었다.

"손진송 주임, 앞으로는 지금과는 다른 모습으로, 좀 더 적극적으로 일할 수 있겠어요?"

진송은 지금 대놓고 혼이 나고 있었다. 은행 특유의 U자형 창구 너머엔 3개의 책임자용 책상이 있고, 그중 하나의 앞에서 진송은 두 손을 모으고 서 있었다.

톤이 낮고 부드러운 음색의 목소리는 왜 매번 미운 말만 골라 하는지 모르겠다. 헌조의 입에서 나오는 살벌한 말만 아니었다면,

남들은 그의 사정거리 안에 있는 그녀를 부러워했을 것이다. 연예인 뺨치는 수려한 얼굴에 떡 벌어진 어깨와 길고 날씬한 체형의 섹시한 남자와 함께이니까.

"네, 노력하겠습니다."

대답을 하기 위해 입이 열리는 순간 꾹 눌러 담고 있던 숨이 한숨처럼 밀려 나왔다. 진송은 아차 실수했다고 생각했고, 임헌조 팀장은 그것을 놓치지 않았다.

"지금 한숨 쉰 겁니까?"

"아니요."

눈을 질끈 감았다 뜬 진송이 힘없이 대답했다. 임 팀장에게선 까딱 방심했다간 형체도 모르게 짓눌려 버릴 듯한 위압감이 흘러나왔다. 정면의 목 끝까지 잠긴 셔츠에 단정하게 매인 넥타이로 진송의 시선이 머물렀다. 넥타이가 옮겨 온 듯 목 언저리가 갑갑해졌다.

"내 말이 못마땅한가 보죠? 꽤나 따끔했다고 생각했는데 이 정도로는 부족한가 봐요?"

"그런 거 아닙니다."

"이쯤 되면 이번 신입들을 뽑은 인사담당자들을 탓해야 하는 걸까요? 잘하려고 노력하는 사람이 한 명도 없으니까."

"죄송합니다."

이쯤 되니, 진송은 억울하기까지 했다. 입사 때, 동기 중에 유례없이 낙하산으로 들어온 신입이 있다는 소문이 파다했다.

더불어 내정자인 동기가 진송과 같은 지점으로 발령이 났다는 말까지 돌았다. 본인에게 사실 여부를 파악하진 못했으나 모두가 그렇게 믿었고 소문은 사실로 자리 잡았다.

더 최악은 발령 난 지점에 그것을 탐탁지 않아 하는 상사가 있다는 것이었다. 차차 알게 된 것이지만 그 상사도 낙하산 동기 못지않은 유명인이었다. 워커홀릭에 일은 잘해 최연소 팀장이 된 성격 나쁜 남자로. 그런 상사에게 진송과 동기인 박민호 주임은 단단히 찍혔다.

"지금도 봐요. 노력하겠다는 듣고 싶은 말은 하지 않고 듣기 싫은 말만 하잖아요."

더 억울한 것은, 사람들에게 딸랑딸랑을 잘하는 얌체 같은 남자 동기가 소문의 주인공을 진송으로 몰아갔다.

"이 회사에 생각보다 쉽게 뽑혔어요? 그래서 일도 쉽게 쉽게 하면 될 것 같나 보죠?"

발끈한 진송이 헌조와 눈을 마주쳤다. 또래들처럼 열심히 취업 준비를 해서 얻게 된 직장이었다. 헌조가 그것을 알아줄 이유는 없지만 함부로 말하자 마음이 상했다.

"오해십니다. 더 노력하겠습니다."

"오해인지 아닌지는 두고 보죠. 신입다운 모습 기대할게요. 퇴근해요."

손목시계를 힐끗 응시한 헌조가 그만 가 보라는 듯 눈짓했다. 여태껏 잘 참아 왔건만 뭐가 문제였던지 진송은 갑자기 울컥하는 동시에 속이 울렁거리는 느낌이 들었다. 긴장으로 후들거리는 다리가 이상하게 굳은 듯 움직이지 않았다. 헌조는 자리를 떠나지 않는 진송을 의아하게 올려 보았다.

"그런데요, 팀장님."

"네."

"정말 모르겠어서 묻는 건데요. 어떻게 적극적으로 하라는 건지 자세히 설명해 주시면 안 될까요?"

수고로움을 몰라주는 것에 대한 억울함과 치기 어린 반항이었다. 감정을 누른다고 눌렀지만 진송의 음성이 떨렸다. 한쪽 눈썹을 찌푸린 헌조가 의자에 깊숙이 몸을 기댔다.

"손 주임은 일일이 밥도 떠먹여 줘야 하는 타입인가 보죠?"

"팀장님이 바라시는 모습이 뭔지 모르겠어서……."

"내가 바라는 모습이 아니라 고객이 바라는 모습을 하려고 노력하란 말이에요. 선배들 보면서 느끼는 것 없어요? 가장 좋은 본보기들을 가까이 두고도 어떻게 해야 할지 몰라서 나한테 묻는 겁니까?"

"그건……."

"이런 소리 들으니 표정관리가 잘 안되죠? 뭐, 이해 못 하는 건 아니에요."

"죄송합니다."

진송은 잔뜩 들어간 눈의 힘을 풀었다. 누가 봐도 지금 그녀의 얼굴은 화난 얼굴이었다.

"손 주임 여태껏 순한 양인 줄 알았는데, 의외네요."

"제가 알기론 양은 순한 동물이 아니에요."

"그래요? 양에 별 관심이 없어서 몰랐군요. 손 주임 덕분에 오랜만에 내 직장생활이 설렐 것 같네요. 앞으로 내 관심 기대해요."

등을 보이고 임 팀장에게서 멀어지는 걸음걸음마다 진송은 후회가 샘솟았다. 햇병아리 신입이 어쩌자고 발톱을 드러냈을까. 애초에 임 팀장은 이겨 먹을 수 있는 상대도 아닌데.

"진송아, 괜찮아?"

진송의 옆자리의 주인인 30대 미혼녀 김다빈 계장이 속삭였다. 그제야 진송은 어렴풋이 들렸을 테지만 모른 척하는 동료들이 신경 쓰였다. 진송은 자포자기한 심정으로 고개를 끄덕였다. 진송이 막 의자를 당겨 앉았을 때였다.

"박민호 주임."

나직하지만 카리스마 있는 음성이 다음 차례를 알렸다. 헌조에게만 보이지 않게 인상을 구긴 박 주임이 이내 미소를 띠고 돌아섰다. 꼿꼿하게 등을 세운 헌조가 민호에게 손짓했다.

"박 주임이 지금 그렇게 노닥거릴 처지입니까? 방금 동기가 나한테 왔다 간 것 못 봤어요? 이번 본부장님 프로젝트에서 박 주임 실적이 어땠는지 그새 잊었나 보죠? 다시금 상기시켜 줄까요?"

"아닙니다, 알고 있습니다."

"알고 있는 사람이 그래요?"

남 일처럼 잡담을 주고받으며 마감을 하는 대부계 직원들의 팔자가 진송의 눈에 좋아 보이지 않을 수 없었다. 예금계 팀장인 임 팀장은 자신의 휘하에 있는 부하직원인 진송과 민호, 다빈은 이 잡듯 잡아 댔지만 다른 팀원들에게는 돌 보듯 무관심했기 때문이었다.

"왜 그랬어? 조금만 참지. 눈 밖에 나서 좋을 일이 뭐가 있다고. 그래도 여자들한텐 덜한 편인데. 민호 봐."

애처로운 표정으로 느릿하게 고개를 젓는 다빈으로 인해 진송은 다시 등 뒤의 상황에 귀 기울였다.

"왜, 박 주임도 쉽게 입사했어요? 쉽게 들어왔으니 나가는 것도 쉽겠네요? 더 쉽게 나갈 수 있게 내가 도와줄까요? 그런 식으로 할 거면 때려 치우라고 했죠?"

손거울로 헌조를 훔쳐보는 것은 다빈의 취미였다. 마감을 얼추 끝냈는지, 다빈은 손거울로 사태를 관망하고 있었다.

"임 말이야, 가만히 있어도 섹시한데 화내면 더 섹시한 것 같아. 나한테 저러면 좀 재수 없긴 해도. 그래도 귀여워. 연하라 그런가? 마냥 무섭진 않은 게."

'임'이라 함은 임 팀장의 성이기도 하고, 별명이라기엔 어설픈 호칭이었다.

"서른둘이 귀엽다니……."

"얘가 뭘 모르네. 남자는 서른부터야."

"전 하나도 공감 안 되거든요, 언니."

"너도 내 나이 돼 봐."

볼이 발그레진 다빈이 눈을 반짝이며 헌조를 흠모하는 티를 냈다.

"저도 언니처럼 3년 차가 되면 임 팀장님 잔소리에서 벗어날 수 있을까요?"

업무에 숙달된 다빈은 상대적으로 헌조에게 불려 가는 횟수가 적었다. 까마득한 미래를 그리며 한숨짓는 진송을 귀엽다는 듯 쳐다본 다빈이 웃었다.

"내 생각에 너랑 민혼 단단히 찍힌 것 같아. 3년 채우고 다른 지점으로 가는 게 더 빠른 길일 것 같다?"

"사실 제 생각도 그래요."

마감을 마저 끝낸 진송이 주섬주섬 책상을 정리했다. 한시라도 빨리 귀가하고 싶었지만, 이젠 퇴근을 위한 눈치싸움의 시작이었다.

"여기!"

"넌 언제 왔어?"

"방금."

퇴근한 진송이 손님이 붐비는 음식점 안으로 들어가자 먼저 와 자리 잡고 있던 은희가 그녀를 반겼다. 고등학교 동창인 그들은 회사가 가까운 탓에 자주 만나 저녁을 먹고 집에 들어가곤 했다.

명목은 1인가구는 요리를 해 먹기보다 사 먹는 게 낭비 없고 비용 측면에서도 효율적이라는 것이지만, 목적은 따로 있었다. 그들은 술을 좋아하는, 쿵짝이 잘 맞는 음주 친구였다. 말이 저녁 식사지, 늘 밥상이 아닌 술상이 되었다. 불과 얼마 전까지만 해도.

"야, 딱 한 잔만 하자! 응?"

"난 안 마실 거라니까? 아니, 못 마시는 거지. 너 혼자 마시라니까!"

"미안해서 어떻게 그래?"

진송의 눈치를 보는 척하며 은희의 손은 슬금슬금 벨로 향하고 있었다.

"미안한 척 안 해도 되니까 마셔!"

"그럴까, 그럼?"

기다렸다는 듯 술을 시키는 은희를 진송이 게슴츠레한 눈으로 바라보았다.

"널 금주시키는 대단한 너희 팀장이 갈수록 궁금해지네. 근무 시간에 은행 갈 일이 있어야 말이지."

"궁금해하지 마. 보고 싶어 하지도 말고. 그 인간은 모르고 사는 게 행복이야."

입사 초, 늘 그랬듯 은희와 하루가 멀다 하고 술을 마셨던 진송은 술 냄새를 향수처럼 풍기고 다녔다. 워낙 주당인 탓에 숙취도 없었고 몸도 정신도 모두 멀쩡했지만, 그것을 등한시하지 않았던 임 팀장에게 처참하게 깨졌다.

지난날이 떠오르자 목이 탄 진송이 물을 벌컥벌컥 들이켰다. 그 꼴을 또 반복할 수는 없으니 철저하게 참아야 했다.

"딱 한 잔만 받아! 나 혼자 무슨 재미로 마셔?"

"안 돼, 한 잔이 두 잔 된단 말이야."

"야, 걱정 마! 내가 말려 줄게. 너 그동안 오래 참았잖아! 오랜만에 딱 한 잔 하겠다는데 누가 뭐라 그래?"

은희가 보란 듯이 술을 원샷하자 진송의 결심은 마구 흔들렸다. 손 빠른 은희가 이미 그녀의 잔도 채워 둔 참이었다. 더군다나 오늘은 퇴근 직전 임 팀장의 부름을 받은 날이 아니던가. 술이 당길 수밖에 없는 날이었다.

"에라, 모르겠다."

"잘한다, 잘한다!"

말려 준다고 했던 것이 무색하게도 은희는 진송을 부추겼다. 오랜만에 마신 술은 꿀맛이었다. 마침 입맛을 돋우는 붉은 양념의 낙지볶음이 서빙되었고, 예상했던 대로 자제력을 잃은 진송은 무섭게 달렸다.

"내가 입이 달려서 술 좀 먹겠다는데! 내가 왜 그 인간 없는 곳에서마저 그 인간 눈치를 봐야 돼?"

"옳소!"

"내가 이 나이에 먹고 싶은 것도 마음대로 못 먹고 살아야겠어?"

"내 말이! 잔 들어, 건배!"

진송은 뒷담화의 당사자가 없는 자리이니 마음껏 분통을 터트렸다. 유쾌하게 건배한 두 사람은 각자의 앞으로 술병을 추가해 나갔다. 은희는 진송이 쉼 없이 술잔을 꺾는 것을 휘둥그레진 눈으로 지켜보았다.

"너 몇 주 만의 음주인데 아직 안 죽었다? 나보다 잘 들어가는 것 같은데?"

"그러게, 오늘 술이 받네. 기분이 꿀꿀해서 그런가."

"왜? 그놈이 오늘도 뭐라던?"

"응, 오늘도. 그 인간 혼 좀 내 줘, 은희야!"

"그럴까? 확 보자기 쓰고 가서 때려 줘?"

"그거 좋다!"

술이 오른 두 사람이 소녀처럼 깔깔거리다 정장 재킷을 벗어 던졌다. 본격적으로 놀기 위한 친구 사이의 의식이나 다름없었다. 예열하듯 입술을 푼 진송은 본격적으로 불평을 토로했다.

"그 인간은 배려란 게 없어. 혼낼 때 혼내더라도 탕비실로 따로 불러내든가 하면 좋잖아. 직장동료 간의 최소한의 존중 아닌가? 글쎄, 오늘은 나보고 업무에 더 적극적으로 임하라는 거야. 지금보다 더 어떻게 적극적으로 하란 건지! 난 최선을 다하고 있다고."

친한 친구인 은희 앞에서 진송은 자존심을 내려놓았다. 술이란 게 또, 사람 밑천을 다 드러나게 만드는 촉진제이기도 했다. 진송의 이야기를 귀 기울여 듣던 은희가 양팔을 썰었다.

"으, 난 상상만 해도 끔찍해. 우리 회사는 팀장실이 따로 있어서 다행이야. 어딜 가든 또라이는 있다니까. 네가 고생이 많다."

"다시 생각하니 열받네. 나 더 이상은 못 참아! 아니, 안 참아!"

진송은 어깨를 들썩거리며 씩씩거렸다. 놀란 은희가 눈을 동그랗게 뜨고 물었다.

"뭐? 안 참으면 어쩌게?"

"이제 무조건 네네 하진 않을 거라고! 까짓 거, 자를 수 있으면 잘라 보라지. 지도 팀장인데 그런 권한까진 없지!"

"그건 말리고 싶다, 친구야. 네 회사생활이 많이 고달파질지도 몰라."

은희는 술의 힘으로 막가는 친구에게 현실에 입각하여 진지하게 충고했다. 어깨가 처진 진송이 침울한 얼굴로 손을 내저었다.

"어차피 오늘을 기점으로 고달파졌어. 나 오늘 임 팀장한테 대들었거든."

"뭐? 왜 안 치던 사고를 쳐? 요즘 많이 힘들었니?"

"그런가 봐. 결혼도 안 한 내가 시집살이 당하는 기분을 느낀다고."

진송은 양손으로 머리카락을 마구 헝클었다. 끝까지 진송의 편을 들어줄것 같았던 은희가 태도를 싹 바꿔 진송의 등짝을 때렸다.

"다들 그렇게 살아! 남들도 시집살이, 상사살이 당하면서 꿋꿋이 살아간다고! 잔말 말고 내일 가서 싹싹 빌어."

"싫어!"

"너 그러다 진짜 잘리는 수가 있다? 자존심 따위 개나 주라 그래. 일단 먹고살고 봐야 할 것 아냐. 우린 슈퍼 을이니까."

진송은 은희의 말에 이상하게도 반박할 수가 없었다. 은희는 계속해서 진송을 살살 달랬다. 진송의 반항심이 한풀 꺾인 후, 두 사람은 머리를 맞대고 뒷수습을 논했다.

"이제 어떻게 하지? 나 이대로 찍히는 건가?"

"나한테 좋은 생각이 있는데."

"뭔데?"

"연기를 좀 해!"

"무슨 연기?"

"그놈 앞에 가서 좋아하는 척이라도 좀 하란 말이야. 난 널 좋아한다!"

은희에게 기발한 대책이라도 있나 했던 진송은 바로 실망했다.

"뭐? 못 해! 안 해!"

"왜 못 해? 사활이 걸렸는데. 그놈 얼굴은 반반해서 인기 많다며? 팬 무리에 편승하란 말이야. 그것도 안 되면 인류애적인 사랑이라고 생각해. 자기 좋다는 사람한테 계속 못되게 굴 수 없는 게 사람이라고."

은희의 사설이 길어지자 진송의 귀도 어쩔 수 없이 팔랑거렸다. 솔깃하게 들은 진송은 은희와 헤어지고 집에 돌아와서도 고민에 고민을 거듭했다.

"으아! 내가 왜 팀장님 생각을 종일 하고 있는 거야?"

침대에 누운 자세 그대로 허공에 발길질을 한 진송은 이불을 머리끝까지 뒤집어썼다. 그러곤 오지 않는 잠을 청했다.

어김없이 출근시간은 돌아왔고, 임 팀장은 사무실에 들르자마자 외근을 나갔다. 평화로운 시간이 계속되는가 했더니 점심시간이 가까워지자 임 팀장이 돌아왔다.

임 팀장은 외부 섭외를 위해 외근을 나가면 빈손으로 돌아오는 일이 없었다. 이번엔 부지점장과 동행하여 공공기관의 퇴직연금을 은행 중 가장 높은 비율로 따 왔다.

확실히 업무에 관련해서는 존경할 점이 많은 사람이긴 했다. 분기별 평가에서 항상 우리 지점이 1위를 차지하는 부분에 있어 그의 공이 크다는 건 다들 인정하는 부분이었다. 팀장들과 마찬가지로 부지점장실이 따로 없어 공간을 공유하는 부지점장도 그의 행동에 쉽사리 제동을 걸지 못하는 것은 그런 이유 때문일 것이다.

"눈은 왜 빨개지는데요? 전에도 말한 것 같은데요. 나도 남자라서 여자 눈물엔 약할지 몰라도 남자가 우는 건 질색이라고. 여기서 눈물 지어 봤자 안 통해요."

점심 식사 선발대인 박 주임은 다른 직원들이 이미 식사를 하기 위해 출발했음에도 불구하고 임 팀장에게 잡혀 신명 나게 깨지고 있었다.

자존심이 센 진송은 임 팀장 앞에서 눈물을 보인 적이 없지만 눈물이 많은 민호는 빈번하게 울어서 역효과를 불러일으켰다. 진송은 눈물을 훔치며 식사하러 나가는 박 주임의 뒷모습을 보고 괜스레 짠했다.

"뭐해요? 번호 안 뺍니까?"

방심한 사이 등 뒤가 서늘하다 했더니 저음의 공격이 들어왔다. 진송은 쫓기듯 다음 번호를 호출했다.

"어서 오세요. 무엇을 도와 드릴까요?"

번호표를 들고 온 고객이 맞은편에 앉자 임 팀장의 인기척이 사라졌다. 진송은 내심 식은땀을 흘렸다.

한 시간이 흘러 선발대와 교대한 진송은 식사를 하러 가기 위해 지점의 자동문을 지나쳤다. 그런데 하필, 임 팀장이 바깥에서 들어오고 있었다. 진송은 자동반사적으로 숨을 꾹 참았다.

"손진송 주임."

어김없이 불러 세우는 임 팀장으로 인해 진송의 속눈썹이 부르르 떨렸다. 속마음과는 달리 진송은 미소를 지으며 돌아보았다.

"숨만 참으면 뭐합니까? 온몸에서 술 냄새가 나는데. 내가 갈 때까지 참아 볼 거예요?"

단단히 마주 붙인 입술에 힘을 준 진송은 면목이 없어 고개를 푹 숙였다. 거기서 그치지 않고 헌조가 싸늘하게 말을 보탰다.

"손 주임과 술자리 한번 가져 본 적 없는데 손 주임 스타일을 다 알겠네요. 코가 삐뚤어질 때까지 끝장을 보는."

"주의하겠습니다."

"업무에 실수하지 않는다고 해서 다가 아니에요. 손 주임과 마주 앉는 고객들이 과연 무슨 생각을 하겠어요? 고객들한테 신뢰감을 줄 수 있겠어요?"

"아니요, 팀장님 말씀이 맞습니다."

헌조는 부하직원 중 처음으로 자신에게 반기를 들었던 진송이 어제가 마치 없는 날이라도 되는 양, 고분고분하자 그 모습을 흥미롭게 응시했다. 원체 솔직한 편인지 지금은 진심으로 반성하는 기색이었다. 도대체 진송의 의중을 종잡을 수 없었다.

"해장은 했어요? 안 했으면 해장국 한 그릇 사 주고."

"괜찮습니다. 술 냄새만 빼면 말짱하거든요. 그럼 가 보겠습니다."

헌조가 가볍게 던진 말을 단칼에 거절한 진송이 멀어졌다. 뒷모습을 흥미롭게 바라보던 헌조도 걸음을 재촉했다. 객장으로 들어서는 그의 입가가 비스듬히 올라갔다.

"과일 드세요."

"고놈 빨간 게 참 맛있겠다."

저녁 식사 후 제철과일인 딸기를 세척한 윤영이 거실로 내왔다. 헌조의 부친인 성목이 윤영을 참한 규수 보듯 했다. 윤영은 성목의 친우인 남우의 딸이었다.

윤영이 중학생이었을 때, 부모님이 이민을 결정했지만 윤영은 끝끝내 가지 않겠다고 버텼고 그때부터 헌조의 집에서 신세를 졌다. 그것은 윤영이 처음이자 마지막으로 부린 고집이었다.

그리하여 아들 둘과 윤영을 함께 키운 헌조의 부모님은 윤영을 딸같이 여겼다. 사대를 나와 졸업 후 바로 임용고시에 합격한 윤영은 헌조의 부모님을 실망시킬 일은 한 번도 하지 않았다.

"싱싱하고 달기에 많이 사 왔어요. 많이 드세요."

헌조의 모친 한미가 대화에 끼어들며 헌조의 맞은편 소파에 앉았다. 쑥스러움을 감추며 헌조의 옆자리를 차지한 윤영은 단발머리를 귀에 걸었다.

헌조는 2년 전 형인 연조와 윤영보다 먼저 독립을 했지만, 독립을 하고 나서도 저녁은 자주 본가에서 해결했다. 뿐만 아니라 스포츠센터가 본가와 더 가깝다는 이유로 새벽 수영을 하는 날이면 아침까지 먹고 가는 일이 빈번했다.

"무슨 재밌는 생각을 하기에 입가가 씰룩거려?"

"이번에 재밌는 신입이 들어와서. 그 신입 생각?"

실소를 지은 헌조가 그제야 딸기를 집어 먹었다. 헌조의 대답에 당황한 윤영은 큰 눈을 끔벅거렸다. 그러곤 짐짓 아무렇지 않은 척 헌조를 나무랐다.

"또 일 못하는 신입 들어왔나 보네. 작작 괴롭혀."

"괴롭히긴. 내 팀원에 대한 나름의 관심 표현이라고."

헌조가 반박하며 어깨를 으쓱였다. 윤영은 왠지 찜찜한 기분이 들어 이를 사리물었다.

"못된 우리 꼬맹이가 언제 이렇게 컸지?"

잠자코 두 사람의 대화를 듣고 있던 한미가 헌조를 놀렸다. 과하게 앞서서 추측하길 그만둔 윤영은 평소처럼 한미를 거들었다.

"정말 걱정된다, 걱정돼. 오빠 성격이 보통 성격이어야지."

"성격이라도 그러니까 인간적인 거야, 내가."

"말이나 못하면. 신입들한테 좀 잘해 줘. 기본적으로 호감이 전제돼야 누군가의 멘토도 되고 그러는 거야. 안 그러면 고마운 줄도 몰라."

윤영은 마음에도 없는 소리를 했지만 헌조의 부모님이 자신의 조언에 흐뭇해하는 걸로 만족했다. 팔짱을 낀 헌조가 농담을 섞어 대꾸했다.

"너 선생님 됐다고 오빠 자꾸 가르칠 거야?"

"동생 말 좀 새겨들어! 애가 얼마나 어른스럽니?"

"네, 네. 알겠어요."

부모님의 반응을 본 헌조가 양손을 들고 기권 자세를 취했다. 슬그머니 자리에서 일어나는 헌조에게 성목이 물었다.

"가는 거냐?"

"네, 가야죠. 형은 오늘 못 보고 가네. 주무세요, 아버지, 엄마. 너도 잘 자."

"오빠도. 운전 조심히 하고."

인사한 헌조가 뒤도 안 돌아보고 현관을 나섰다. 테라스 너머 마당을 가로지르는 헌조의 모습이 완전히 보이지 않을 때까지 윤영은 시선을 떼지 못했다. 윤영의 눈에 갈망의 빛이 간절했다.

단 며칠이면 감시의 눈길도 사그라질 거라고 생각했던 것은 큰 오산이었다. 쌍꺼풀진 큰 눈은 진송을 항시 주시했다. 그에 진송은 임 팀장에게 불려 가는 불상사를 만들지 않기 위해 바짝 긴장하는 수밖에 없었다. 정신적으로 초긴장 상태가 지속되다 보니 아무리 쉬어도 피곤했다.

"자, 커피 한 잔 해."

"고마워요, 언니. 잘 마실게요."

개점을 앞둔 시각, 편의점을 다녀온 다빈이 캔커피를 사 왔다. 다빈은 커피를 홀짝이며 진송의 얼굴을 들여다보았다.

"너 얼굴이 안 좋다?"

"이상하게 자꾸 피곤하네요."

"밤에 안 자고 뭘 하기에 이렇게 피곤해 보여? 숨겨 둔 애인이라도 있어?"

"애인이 어디에 숨은 건지 도대체 찾을 수가 없네요."

두 사람은 실없는 농담을 주고받으며 웃었다. 그러는 사이 개점시간이 되어 셔터가 올라가고, 일찍부터 서성이던 부지런한 고객 몇을 맞고 나자 잠시 고객이 끊겼다. 끊임없이 목소리를 사용해야 하는 직업이건만 다들 말 못해 죽은 귀신이라도 붙었는지 이런 시간마저 도란도란 얘기를 나누었다.

"오늘은 좀 한가하려나."

"글쎄요, 오후엔 또 물밀듯 밀려올지 몰라요."

다빈이 말문을 열자 진송은 방심은 금물이라는 듯 대꾸했다. 동감하며 고개를 끄덕이던 다빈은 늘 상비하는 손거울로 뒷자리를 확인했다. 나가는 모습을 보지 못했건만 임 팀장의 책상이 비어 있었다.

"하긴. 근데 말이야, 요즘 임 좀 이상하지 않니?"

"원래 그렇잖아요."

대화의 화제가 바뀌자 두 사람의 목소리가 자연스럽게 작아졌다. 다빈이 의심되는 점을 구체적으로 꺼냈다.

"아니, 너한테서 아주 눈을 못 떼던데? 나 질투 난다."

"질투할 걸 하셔야죠. 전 괴롭다고요. 조금의 틈만 보이면 잡아먹을 것 같이 무섭게 쳐다보시니까."

진송은 저절로 나오는 한숨을 길게 내쉬었다. 다빈은 새침한 얼굴로 진송을 흘겨보았다.

"내 눈엔 섹시하기만 하던데."

할 말이 남은 듯 입을 여닫던 다빈은 차마 내뱉지 못하고 다리를 배배 꼬았다.

"네 눈엔 임이 정말 안 섹시해?"

진송은 뜻밖의 질문에 당황하며 생각에 빠졌다. 임 팀장을 외모나 분위기로만 본다면 섹시한 사람임에 틀림없었다. 긴 속눈썹 아래 새카만 동공, 도톰하고 붉은 입술, 툭 불거진 목젖, 넓은 어깨. 본 적은 없지만 슈트로 감춰진 몸도 꽤나 근육질일 듯했다.

빳빳한 슈트 차림으로 출근해 퇴근시간이 되면 열심히 일한 티를 내는 구김이 간 슈트를 보면 매력적이긴 했다. 성격은 개차반이긴 했지만 일 하나만큼은 인정할 수밖에 없는 사람이니까.

"섹시하지 않다고 하면 거짓말이겠죠. 객관적으로 인정은 하는데 개인적으로는 아무 생각 없어요. 그냥 성격 나쁜 상사 그 이상 그 이하도 아닌."

"지, 진송아."

다빈이 갑자기 손을 허우적거리며 진송을 불렀다. 의아한 진송이 시선을 옮기자 양반은 못되는 임 팀장이 창구 안으로 들어서고 있었다.

엎친 데 덮친다고, 진송은 실수했단 생각을 지울 수 없었다. 은희의 제안대로 그의 팬인 척 굴어도 모자랄 판에 상처에 재 뿌린 격이었다. 낭패감을 느낀 진송이 임 팀장의 표정을 살폈지만 딱히 변화랄 게 없었다. 말을 들은 건지 못 들은 건지 분간이 되지 않는 상황이었다.

불행인지 다행인지, 고객들이 마침 객장을 채우기 시작해 진송은 헌조의 눈치를 볼 여력이 없었다.

"안녕히 가세요. 좋은 하루 되시고요."

"저기, 이거. 임헌조 팀장님한테 좀 전해 주세요."

다빈과 문제의 대화를 나눈 지 얼마나 지났다고 민호의 창구에서 흘러나오는 얘기에 진송의 귀가 쫑긋거렸다. 좋다 만 표정을 지은 민호가 뒤통수를 긁적이고 있었다. 민호의 창구에서 볼일을 끝낸 여자 고객은 카페 테이크아웃 컵을 민호에게 건넸다.

"네, 전해 드릴게요."

얼굴에 홍조를 띤 여자 고객은 음료를 전하는 모습은 보지 않고 꽁지를 빼고 밖으로 나갔다. 진송은 바로 옆자리기에 그 광경을 모조리 지켜보게 되었다.

"부탁할 자세가 안 되어 있어. 직접 주든가. 확 내가 마셔 버릴까 보다."

정 없는 음료의 개수에 투덜거린 민호가 음료를 든 채 의자를 박차고 일어났다. 보는 눈들이 있어 음료의 주인을 찾아 주긴 할 모양이었다. 진송은 새삼 헌조의 인기를 체감했다. 다빈과의 대화가 되새겨지며 또다시 등 뒤가 신경 쓰였다.

탕비실 근처에 있는 팩스로 서류를 보내던 진송은 임 팀장이 탕비실로 향하는 것을 보곤 망설임 없이 발길을 뗐다. 찜찜한 기분으로 일하느니 빠르게 사과하고 풀 심산이었다. 따라 들어간 진송이 정수기를 이용하는 임 팀장 옆에 섰다.

"혹시 아까 들으셨어요?"

"뭘?"

진송은 꼬집어 말하지 못하고 양손만 매만졌다. 혹시 임 팀장이 못 들은 척하는 거라면 괜히 긁어 부스럼을 만드는 꼴이 될까 봐 한발 물러났다.

"아닙······."

"내가 섹시하다고 한 거요? 아니면, 성격 나쁜 상사가 어쩌고 한 거?"

진송은 실례를 범한 것이 미안해서 아랫입술을 지그시 깨물었다.

"죄송합니다."

"내가 듣고 싶은 말은 사과가 아니라, 어느 쪽? 나 성격 더러운 것도 맞고, 섹시한 것도 맞거든요."

둘 다 진송의 입에서 나온 말이건만, 임 팀장은 마치 선택하라는 듯 진송의 대답을 기다렸다. 진퇴양난에 빠진 진송은 할 수 없이 임 팀장이 둘 중 그나마 듣고 싶을 만한 말을 골랐다.

"팀장님 섹시하세요."

"알아요. 손 주임이 날 그렇게 보는지는 몰랐지만."

"성희롱의 의미 절대 아닙니다. 다시 한 번 사과드릴게요. 죄송합니다."

임 팀장은 대수롭지 않은 상황처럼 심드렁한 반응이었다. 그때까지만 해도 진송은 이대로 상황이 마무리될 줄 알았다.

"그래요, 다 좋은데."

토를 단 헌조가 진송에게 성큼 다가왔다. 본능적으로 뒷걸음질 친 진송의 등이 벽에 닿았다. 몸을 숙인 헌조가 입술이 닿을 듯 얼굴을 밀착했다.

"나한테 아무 생각 없다면서 왜 자꾸 관심 끌 행동을 하죠? 자꾸 이러니까 더 관심 가잖아요."

헌조의 시그니처 같은 은은한 머스크향이 진송의 코끝을 자극했다. 경직된 진송이 눈을 질끈 감아 버렸다. 긴장이 되어 심호흡도 고르게 되지 않았다. 헌조의 달큼한 숨결이 뺨에 닿는 게 느껴질 만큼 거리가 너무 가까웠다.

"대놓고 상사 뒷담화를 하기에 간 큰 신입인 줄 알았는데."

'그렇지도 않네.'

실망감이 깃든 헌조의 목소리에 진송은 생략된 뒷말을 듣지 않아도 알 것 같았다. 발소리도 나지 않았는데 유리문이 여닫히는 소리가 들렸다. 홀로 남은 진송은 금방이라도 주저앉아 버릴 것 같은 다리에 힘을 주고 버텼다. 위험한 경고에 머릿속으로 적신호가 울렸다.

며칠 동안 탕비실에서 헌조에게 혼난 일이 진송의 뇌리에 제대로 박힌 모양이었다. 진송은 최근 헌조와 나누었던 대화가 토씨하나 틀리지 않고 재연되는 악몽을 심심찮게 꿨다. 닿을 듯 말 듯하던 헌조의 얼굴이 멀어지고 탕비실 유리문이 닫히면 꿈에서 깼다. 음기를 빼앗기기라도 한 것처럼 퀭한 얼굴의 진송이 이불을 박차고 일어났다.

그러나 애석하게도 소스라칠 일이 한 가지 더 남아 있었다. 지나치게 밝은 창가를 불투명한 눈빛으로 응시한 진송이 시간을 확인하고 비명을 질렀다.

"지각!"

바닥에서 혼자 잘 놀고 있던 섭이가 여주인의 굵은 음성에 놀라 높은 가구 위로 줄행랑쳤다. 가수들이 목을 푸는 것을 흉내 낸 진송이 은행으로 전화를 넣었다.

"언니, 저 진송인데요. 제가 몸이 안 좋아서 출근을 좀 천천히 해야 할 것 같아요. 개점 전까진 가요. 아니요, 많이 아픈 건 아니고요. 이따 뵐게요."

진송은 아픈 척 혼신의 연기를 펼쳤다. 통화가 끊긴 후 엉덩이에 불이 난 것처럼 튀어 나간 진송이 욕실로 향했다. 당연히 아침밥을 먹을 여유는 없고, 씻고 나가기 급급했다.

"진송아, 괜찮아?"

"많이 아파 보이는데 병가 내지!"

입사 후 첫 지각이었다. 진송은 간신히 유니폼을 갈아입을 시간을 남기고 출근에 성공했다. 민망함에 고개를 꾸벅꾸벅 숙이고 탈의실로 가는 진송에게 걱정의 말들이 쏟아졌다.

"괜찮아요, 일할 만해요."

진송은 진심으로 입안이 썼다. 립스틱 하나 안 발랐더니 보는 눈들이 달라졌다. 연기에 소질이 있다고 넘기기엔 양심이 찔렸다. 다시는 지각으로 인해 아픈 척을 하지 않기 위해 의지를 불태웠다. 바닥을 내려다보며 터덜터덜 걸어가던 진송의 시야에 남자 구두가 걸렸다.

"진짜 괜찮아요?"

진송의 정수리에 꽂힌 목소리는 지각 사태를 빚게 만든 원흉의 것이었다. 원망의 눈빛을 갈무리한 진송이 헌조를 바라보았다.

"네."

"어제 퇴근할 때까지만 해도 팔팔했잖아요."

"……그랬죠."

진송은 헌조가 매의 눈으로 꾀병을 눈치챌까 봐 조바심이 났다. 그래서 이 상황을 벗어나기 위해 앞길을 막고 있는 헌조를 비켜 가려고 했다.

"약은 먹었어요? 아프면 언제든 병원 다녀와요."

혼이나 낼 줄 알았던 헌조가 제법 다정하게 신경을 써 주었다. 하마터면 진송은 감동받을 뻔했다. 기대란 걸 할 뻔도 했다. 원수 같은 직장상사기도 하지만 어쨌든 성별이 다른 남자니까, 진송은 그렇게 합리화했다. 헌조가 보탠 말을 듣기 전까지.

"많이 아파서 일도 못 하고 병만 키우고 할 바엔 빠른 판단 내려서 조퇴하고, 최대한 주변에 피해 없게 해요."

"알겠습니다. 그렇게 할 테니 관심 안 가지셔도 됩니다."

"뭐라고요?"

"그러니까 이건 관심 끌려는 행동이 아니라는 점 확실히 말씀드리는 거예요."

진송은 악몽 속에서 헌조와 나눈 대화의 일부를 현실 분간 못

하고 꺼냈다. 진송의 상태가 더 걱정되기 시작한 헌조가 미간을
좁혔다.

"그렇게 생각 안 했습니다. 누가 아픈 걸로."

"아닙니다, 귀담아 듣지 마세요. 횡설수설한 거예요."

진송은 묵례하고 헌조를 지나치려 했지만 커다란 손에 의해 막
혔다. 이마에 닿았다 떨어지는 손길에 진송이 어깨를 움츠렸다.
애초에 거짓말을, 지각을 하는 게 아니었다. 진송의 얼굴에서 열
기가 피어올랐다.

"진짜 많이 아픈 거 아니에요? 정신 차려요. 오늘 특히 실수
조심하고. 아프다고 요령 피우고 그런 거 안 봐주니까."

"네!"

진송은 헌조를 피해 허둥지둥 탈의실로 도망쳤다. 닫힌 문에
기대어 선 진송이 화끈거리는 얼굴에 손부채질을 했다.

"섭! 어딜 나가려고? 엄마한테 혼난다?"

현관문만 열리면 호시탐탐 밖으로 나갈 기회를 엿보는 동거묘
스코티시폴드가 꼬리를 흔들며 돌아섰다. 막상 탈출해도 겁이 많
아 멀리 가지도 못하면서 그래도 고양이라고 호기심이 샘솟나 보
다.

"엄마 다녀올게. 밥 먹고 놀고 있어."

마음이 심란해서 그런지 의도치 않게 눈이 일찍 떠졌다. 이런 날 종종 찾곤 하는 스포츠센터는 집에서 도보로 얼마 걸리지 않았다.

아쿠아백을 달랑달랑 들고 탈의실로 직행한 진송은 간단히 샤워를 하고 수영장으로 나왔다. 수영 강습이 이루어지는 수영장은 다른 층이기에 진송이 이용하는 층은 한산했다.

취미로 수영을 한 지 벌써 5년이 넘었다. 수영으로 다져진 진송의 탄탄한 몸매는 원피스 수영복을 입어도 뚜렷이 드러났다. 가녀린 목선 아래에 풍만한 가슴이 보기 좋게 자리했고, 얇은 허리도 도드라졌다. 건강하게 쭉 뻗은 다리는 희고 매끄러워 보였다.

짧은 준비운동을 마친 진송이 물속으로 뛰어들었다. 워밍업으로 가볍게 물살을 가른 진송은 금세 레일의 끝에 다다랐다. 물속이 주는 편안함에 심취하면 복잡한 생각도 잠시 잊곤 했다.

수차례 턴을 한 진송은 인어처럼 물 위를 유영하느라 시간 가는 줄 몰랐다. 퍼뜩 정신을 차리고 벽에 달린 시계를 확인하자 집으로 돌아가 출근준비를 해야 할 시간이었다. 공복에 운동을 하니 몸이 가벼워진 듯한 느낌을 받은 진송은 기분 좋게 타일을 밟았다.

수경을 벗은 진송이 스포츠타월로 얼굴의 물기를 대충 닦아 내는데 불현듯 가까운 거리에 서 있는 남자가 신경 쓰였다. 남자도 진송과 마찬가지로 막 물 밖으로 나와 몸에서 물이 떨어지고 있었다.

적당히 그을린 튼튼한 종아리와 허벅지를 감싼 5부 수영복에 닿은 진송의 시선은 더욱 위로 전진했다. 선명한 복근과 수영선수 뺨치는 넓은 어깨는 진송의 기대감을 증폭시켰다. 새벽 댓바람부터 센터를 찾은 보람이 있었다. 재빨리 남자의 얼굴을 훔쳐본 진송은 숨을 집어삼키며 샤워장으로 발길을 뗐다. 타월로 눈을 뺀 나머지 얼굴을 꽁꽁 가린 채 최대한 자연스럽게 걸으려고 노력했다.

"손 주임."

부디 상대도 모른 척해 주길 바랐건만 이루어지지 않았다. 진송은 못 들은 척 걸음을 늦추지 않았다. 등이 팬 원피스 수영복으로 인해 보이는 움푹 들어간 척추와 앙증맞은 날개뼈가 헌조의 시선을 사로잡았다.

"내가 회사에서 손 주임을 볼 때 가장 많이 보는 부분이 뒤통수인데 가릴 곳을 잘못 골랐네요. 회사 밖에서 보니 난 좀 반가운데 손 주임은 아닌가 봐요?"

더 이상 모른 척하기가 힘들어진 진송이 눈물을 삼키고 돌아서 헌조에게 묵례했다.

"솔직히 말씀드리자면, 그렇습니다."

"너무 솔직한 것 아닌가?"

"이런 차림으로 인사드리기 민망해서요."

"아, 난 또. 이젠 대놓고 싫어하나 했지 뭐야."

헌조가 피식 웃으며 젖은 머리를 쓸어 넘겼다. 진송은 은희의 조언을 떠올리며 순발력 있게 부정했다.

"그런 말씀 마십시오. 저 팀장님 좋아합니다. 박 주임님, 김 계장님처럼요."

헌조의 눈빛은 진송의 진심을 꿰뚫어 보고 있는 것처럼 날카로웠다.

"뭐, 안 그래 보이지만 그렇다고 치고. 나랑 마주치면 또 못 본 척 할 거예요? 수영복이 어때서. 보던 중 가장 예쁜 모습인 것 같은데요, 왜. 손 주임도 그렇지 않아요?"

헌조는 농밀해진 눈길로 진송이 그를 훔쳐봤던 것을 흉내 냈다. 발끈한 진송이 입을 열려는 차, 헌조가 선수 쳤다.

"아까 나한테서 눈을 못 떼던데."

별다른 수 없이 진송의 입이 조개처럼 꾹 다물렸다. 임 팀장 덕분에 인내심만 길러지는 요즘이었다. 진송의 반응이 재미있어서 헌조는 일부러 짓궂게 나갔다.

"어때요. 감상했으면 평을 해야지. 이제 개인적으로도 좀 섹시해요?"

"다음에 뵈면 먼저 인사드릴게요. 가 보겠습니다. 이따 회사에서 뵐게요."

제 할 말만 한 진송이 꾸벅 고개를 숙였다.

"인사는커녕 나 때문에 스포츠센터를 옮기는 건 아닌지 모르겠네요."

어깨를 으쓱인 헌조도 샤워장 쪽으로 향했다. 진송은 낭패감이 서린 표정으로 눈을 질끈 감았다. 껄끄러운 상사와 잠깐의 헤어짐이었다. 이따 직장에서 헌조의 얼굴을 어떻게 봐야 하나 싶어 생각이 많아졌다.

진송은 안 그래도 헌조에게 밉보여 있는 처지에 혼날 만한 짓을 하지 않으려고 바짝 긴장하여 업무에 임했다.

단골손님 중 한 명인 가까운 편의점의 남자 사장이 밝게 웃으며 진송의 창구로 왔다. 30대 후반의 미혼으로 추정되는 사장님은 얼굴이 웃는 상이라 인상 좋은 사람이었다. 진송은 예쁘게 자리 잡은 사장님의 눈가 주름을 볼 때마다 부러웠다. 나이를 먹을수록 주름을 피할 수 없을 텐데 이왕 생긴다면 많이 웃어 생기는 눈주름이 생기길 원했다.

"좋은 아침!"

"안녕하세요, 사장님!"

은행직원들과 원만한 관계를 유지하는 이러한 손님들은 딱히 마음먹지 않아도 반갑게 맞이하게 되었다.

"이건 입금, 이건 잔돈으로 좀 바꿔 주시고요."

"네."

가게 때문에 단골이 된 사장님은 늘 똑같은 업무를 보고 가는 편이었다. 진송은 손 빠르게 칼톤을 받아 들었다. 오늘따라 유심히 쳐다보는 사장님의 눈길이 느껴져 진송은 의아했다.

"왜 그렇게 보세요?"

"진송 씨 살 빠졌죠?"

"네?"

"얼굴이 더 갸름해진 것 같아서."

"아니요, 똑같아요."

살 빠졌다는 소리를 좋아하지 않을 여자가 몇이나 될까. 빈말이래도 듣는 사람의 입가에 웃음꽃을 피어 낼 말이었다.

"혹시 다이어트 하고 있으면 하지 마세요. 뺄 데가 어디 있다고."

"진짜 마른 사람이 들으면 욕해요."

새는 웃음을 참지 못한 진송은 손을 내저으며 사장을 말렸다.

"다 됐습니다."

워낙 행동이 재빠른 사람이라 통장과 돈 따위를 받자마자 크로스백에 챙겨 넣은 사장이 몸을 일으켰다.

"고마워요. 이따 식사 맛있게 하시고, 오늘은 뭐 드세요? 참고하게."

"모르겠어요, 저야 선배들이 가자시는 곳으로 가니까."

사장이 진송에게 사심이 있어서라기보다는 점심 식사 후보에 추가할 목적이 강했다. 걸음을 떼려다 말고 질문을 던졌던 사장은 진송의 대답에 김이 빠졌다. 진송의 직급을 알기에 이해가 가긴 했다.

"하긴 그렇겠네요. 주말 잘 보내시고요."

인사해도 본척만척 등 돌리는 손님들도 많은데 주말까지 챙겨 인사하는 손님과 화기애애하지 않을 이유가 없었다.

"사장님도요. 안녕히 가세요!"

"네, 수고하세요."

진송은 생글생글 웃으며 인사를 주고받았다. 진송이 돈을 셀 때 쓸 스피드를 찾아 서랍을 뒤적거리는데 상체를 기울인 민호가 속삭였다.

"오늘 조심하세요."

"뭘요?"

"임 저기압이잖아요."

민호는 그것도 모르냔 투로 대꾸했다. 출근 전까지만 해도 진송은 헌조가 감정적으로 나올까 봐 걱정이 된 게 사실이었지만, 막상 대면하고 보니 기우였다는 것을 알게 되었다.

그런데 민호가 뚱딴지같은 소리를 하자 진송은 다시금 헌조를 살폈다. 민호의 경고대로 창구 안쪽을 어슬렁거리는 헌조에게서 흘러나오는 기운이 심상치 않았다.

"진송 씨는 팀장님 기분에 특히 민감해야 할 것 같아서 말해 준 거예요. 자주 혼나잖아."

누가 누구더러 할 소린데, 진송은 민호가 보탠 말 때문에 기가 막혔다. 민호와 둘이서 혼나는 횟수를 기록한다면 비등할 것이 틀림없었다. 그 밥에 그 나물인 민호가 진송 자신만 문제아인 것처럼 대하는 게 괘씸했다.

"참나, 저도 지금부터 저기압이에요."

진송은 민호가 더 말을 붙이지 못하도록 몸을 틀었다. 다음으로 여자 고객을 맞은 진송은 어느새 돌아 나와 창구 앞을 지나가는 헌조와 스치듯 눈이 마주쳤다.

'저기압 맞아?'

진송은 눈꺼풀을 재차 깜박였다. 고개를 돌린 헌조는 분명 웃고 있었다. 틀린 정보로 속만 뒤집어 놓은 민호를 진송이 몰래 째려보았다.

"천천히 먹으라고 했지. 돼지 된다고."

눈 뜨자마자 준 사료는 이미 다 비워 그릇이 횅했다. 고양이 섭이를 낚아채 소파에 누운 진송이 섭이와 잠깐 놀아 주었다. 잡혀 있는 것을 싫어해서 발버둥 치는 섭이를 놓아준 진송은 이내 벌떡 몸을 일으켰다.

"주말이라 살 것 같다. 비록 내일 또 출근해야 하지만."

혼잣말한 진송이 습관처럼 한숨을 내쉬었을 때, 콘솔에 놓인 휴대전화에서 벨소리가 울렸다.

– 나야.

"응, 어땠어?"

– 뭐가?

"왜 모르는 척이야? 어제 선본 거 말이야."

발신인은 은희였다. 그녀는 모친의 닦달로 거의 매주 주말 선 자리에 불려 나갔다.

— 말하자면 길어. 밥이나 먹자.

"오늘? 언제?"

— 지금. 너희 아파트 앞이야.

통화가 끝나고 얼마 지나지 않아 은희가 집으로 들이닥쳤다. 은희는 바닥에 떨어진 고양이 장난감들을 발로 쓱 밀며 거실로 진입했다.

"우리 섭이 잘 있었어?"

도망치는 회색 고양이를 매와 같이 잡고 부둥켜안은 은희를 진 송은 마뜩잖게 바라보았다.

"나한테 먼저 인사를 해야지! 집주인한테!"

"이게 어디 사람 사는 집이냐? 누가 봐도 섭이네 집이거든?"

농담 삼아 한 불평이긴 했지만 진송은 차마 토를 달지 못했다. 은희가 만약 고양이를 키웠더라면, 자신도 고양이에게 먼저 인사 를 했을 것이다.

그리고 집 안 꼴도 그렇다. 거실에 널브러져 있는 진송의 액세 서리보다 많은 개수의 고양이 장난감들, 상당한 자리를 차지하고 있는 캣 타워와 리터박스. 집 안을 둘러본 진송은 입에 지퍼를 채 웠다.

"넌 밥 먹었어?"

"아니."

"우리 치킨 먹자, 치킨!"

"아침부터?"

"우리가 언제부터 아침저녁을 따졌어? 기억 안 나? 지난번에 눈 뜨자마자 피자 먹은 거. 피자만 먹었냐? 삼겹살 구워 먹은 것도 빈번했지."

"그만하고, 시켜."

"언니가 쏘는 거지?"

'이럴 때만.'

어느새 소파에 엉덩이를 붙인 은희가 발랄한 목소리로 물었다. 진송은 당최 아나운서 뺨치는 정확한 발음으로 빠르게 쏘아 대는 은희를 이길 재간이 없었다.

"치킨 왔습니다!"

24시간 치킨집 배달원이 다녀가고, 거실 테이블에 음식이 세팅되었다. 주방에 다녀온 은희의 손엔 글라스가 두 잔 들려 있었다.

"생맥주도 시켰어?"

"계집애, 옆에서 다 들어 놓고."

누가 친구 아니랄까 봐, 닭다리 하나씩을 쥐고 다른 손엔 맥주잔을 든 두 사람이 건배했다. 먼저 첫 잔을 비운 은희가 대화를 이었다.

"하여튼 넌 빨리 남자를 만나야 해. 그런 내숭도 남자 앞에서 부려야지."

"남자 만날 구석이 있어야지. 만날 회사 아니면 집인데."

말을 하면서도 진송은 울컥 울분이 차올라 목이 막혔다. 은희가 박수까지 치며 눈을 반짝였다.

"우리 엄마한테 네 선 자리도 봐 달라고 할까?"

"아니, 그건 사양할게. 갑자기 혼자가 좋은 것 같아."

진송은 늘 자리를 만들어 주려고 하면 뒤로 내뺐다. 인위적인 만남이 두렵기도 했지만, 이번엔 은희 모친의 집요함이 그녀에게까지 영향이 미칠까 봐 수락할 수 없었다. 꿀 같은 주말을 은희처럼 선을 보며 허비하고 싶진 않았다.

"그래, 이번 주 상대는 괜찮았니?"

"사람은 괜찮은데 재미가 없더라. 직감인데 만나도 오래 못 갈 거야."

"만나 볼 마음이 있나 보네?"

"아주 없진 않고. 몸이 훌륭하더라고. 좀 즐겨도 되지 않겠어?"

음흉하게 웃는 은희를 못 말린단 듯 바라본 진송이 함께 웃었다. 그런데 그 순간, 진송에게도 원치 않게 떠오른 사람이 있었다.

"미쳤어."

"뭐? 나보고 한 소리야?"

"아니. 그게."

눈썹을 찌푸린 진송은 맥주잔을 단숨에 비웠다. 대답 대신 벌주를 마시고 싶은 심정이었지만 은희가 오해할까 봐 진송은 할 수 없이 헌조와 마주쳤던 얘기를 꺼냈다.

"나 다니는 수영장에서 우연히 임 팀장을 만났었는데, 이 시점에 갑자기 떠오르잖아."

"어머! 얘 좀 봐. 계속 해 봐!"

은희는 양념이 묻은 손가락을 쪽쪽 빨며 호들갑을 떨었다.

"너희 팀장 얼굴은 반반하다며. 몸은 어떻디? 생각난 걸 보면 몸도 좋은가 봐?"

'어때요. 감상했으면 평을 해야지. 이제 개인적으로도 좀 섹시해요?'

헌조에게 차마 하지 못한 대답을 은희에게 하게 생겼다. 진송은 바른대로 대답을 하면서도 끝끝내 단점을 찾았다.

"다 가졌더라. 성격이 문제지."

"뭐 그런 사기 캐릭터가 다 있어? 안 되겠다, 나 월차 빼서라도 조만간 보러 간다!"

"외모만 완벽하면 뭐해? 개차반이라니까!"

"자기 여자한테는 안 그러겠지! 세상 모든 남자들이 그러니까. 나한테만 잘하면 되는 거 아니니?"

은희는 웬일로 헌조를 긍정적으로 두둔해 주었다. 그 세상 모든 남자 안에 임 팀장도 포함되는 것일까? 진송은 문득 궁금해졌다.

2. 병문안 안 오는 신입

혹시나 하는 기대로 방문 너머에 귀 기울이고 있던 윤영이 기다리는 사람이 왔다. 윤영이 우연을 가장하며 얼굴을 내밀자 헌조가 소파에 슈트케이스를 내려놓고 있었다. 최근 헌조를 아침에도 자주 보게 되어 좋았지만 한편으로는 의아하기도 했다.

"오늘도 수영 간 거야?"

"응."

슬리퍼를 끌며 다가간 윤영이 뒷짐을 지고 헌조의 주변을 맴돌았다.

"부쩍 자주 가는 것 같네? 거기 예쁜 여자라도 다녀?"

"말 안 듣는 여잔 있지. 아, 예쁜 것 같기도 하고."

윤영이 농담 반 감시 반으로 던진 말에 헌조가 심상치 않은 대답을 내놓았다. 윤영은 덤덤한 척 다시 캐물었다.

"말을 안 듣는다니 무슨 소리야?"

"그런 게 있어. 궁금해하지 마."

기분이 팍 상한 윤영은 아랑곳없다는 듯 헌조는 주방으로 들어가 대충 식탁을 채웠다. 윤영도 그를 도와 몇 가지 반찬을 꺼냈다. 아침잠이 많은 한미를 위해 아침 식사는 각자 알아서 챙겨 먹은 지 오래되었다.

"오빠, 집에 다시 들어올 생각은 없어? 독립해야 할 사람은 난데."

"그런 소리 마. 너 시집갈 때까지 옆에 끼고 산단 우리 엄마 말 진심이야."

윤영은 애초에 이 집을 떠날 생각도 없었지만 헌조가 제법 단호한 말투로 말려 주어 안심했다. 마음 같아선 며느리가 되어 한미의 곁에 꼭 붙어 있고 싶었다. 헌조와 식탁에 마주 앉은 윤영은 남자의 눈에 잘 먹는 여자의 모습이 예뻐 보인다는 얘기가 떠올라 열심히 수저를 놀렸다.

"그러다 나 시집 못 가고 계속 같이 살면 어떡하지?"

"오빠가 너 책임지고 시집보내 줄 테니까 걱정 마."

입맛이 뚝 떨어진 윤영이 젓가락을 소리 나게 내려놓았다. 헌조를 떠보기란 예나 지금이나 참 쉽지 않았다. 책임지고 결혼해서 평생 함께 살겠다는 모범답안은 역시나 나오지 않았다.

"밥 먹다 말고 어디 가?"

심통난 애처럼 뽀얀 볼을 부풀린 윤영이 그릇을 들고 일어났다. 그제야 헌조는 어리둥절해하며 윤영을 살폈다.

"오빠나 많이 먹어!"

욕실로 팩하니 들어가는 윤영의 뒷모습을 헌조가 알 수 없단 표정으로 응시했다.

"여자들이란."

헌조는 윤영의 돌발 행동을 감정 변화가 다채로운 여자의 변덕쯤으로 치부하는 모양이었다. 관심을 끈 헌조가 식사를 이어 갔다.

개점시간 전부터 셔터 밖에 우르르 몰려와 있던 고객 무리가 어느 정도 빠졌다. 진송은 부재중 통화가 찍힌 휴대전화를 힐끔거렸다. 업무시간엔 사적인 전화를 받기 힘든 직업임을 아는 은희가 전화를 다 한 것을 보면 급한 이유가 있으리라 추측되었다.

"할아버지, 더 하실 거 있으세요?"

진송은 귀가 어두운 할아버지를 배려해 목청을 높였다. 기계와 친숙하지 않은 노인들은 ATM 장치의 사용을 어려워하기도 하고 일부는 기계를 믿지 못하는지 창구에서 업무를 보고 가길 고집했다.

"아니. 그럼 수고해."

"감사합니다. 안녕히 가세요."

고객을 보내고 휴대전화를 든 진송이 지점 바깥으로 나오며 전화를 걸었다. 신호음이 금세 끊기며 은희의 음성이 넘어왔다.

– 어, 진송아!

"무슨 일로 전화했어?"

– 승원이 그 녀석 곧 그쪽으로 갈 것 같아! 놀라지 말라고!

"뭐? 승원이가?"

연초부터 코빼기도 보이지 않던 승원의 소식에 진송의 음성도 높아졌다. 승원은 은희의 동생이었다. 어릴 때부터 아역배우로 연기를 조금씩 해 오던 승원은 성인이 되자마자 훌쩍 군대를 다녀오더니 현재 인기 남자배우로 탄탄대로를 밟고 있었다. 진송은 승원을 워낙 꼬맹이 시절부터 봐 온 터라 여전히 연예인처럼 느껴지진 않았다.

– 응, 오늘 드라마 마지막 촬영했나 봐. 너 입사한 은행 어디냐고 성화인데 안 가르쳐 줄 수가 있어야지. 그 녀석 들떠서 너한테 알리지 말라고 신신당부했는데 그런다고 내가 비밀로 하겠어?

은희는 조바심이 느껴지는 목소리로 구구절절 설명을 늘어놓았다.

"그래, 잘 전화했어."

– 걔가 민폐 끼칠까 봐 미리 사과할게. 미안. 문제 생기거나 하면 매니저한테 끌고 나가라 그래. 알았지?

"알았어."

– 그럼 끊는다! 수고하고.

"너도."

승원은 20대 중반에 가까워진 나이지만 은희에겐 그저 애물단지 남동생이었다. 스케줄이 몰린 시기가 지나면 휴식기를 가지곤 하는 승원의 막무가내 행보는 처음이 아니었다. 꼬맹이 때부터 진송을 친누나 못지않게 잘 따랐던 승원은 진송이 학생이었을 땐 학교에 쳐들어오고, 취업을 준비하며 학원에 있을 땐 학원에 쳐들어왔다. 진송이 이제 직장인이 되었으니 직장이 돌격당할 차례일 뿐이었다.

"밖에 무슨 일 났나?"

자리로 돌아와 업무를 이어 가는 진송에게 다빈이 말을 걸었다. 고객들이 출입문을 이용할 때마다 비명이 새어 들어왔다. 선팅이 짙게 되어 있지만 안에서는 바깥이 훤히 보이는 유리문으로 키 큰 남자가 다가왔다. 진송은 올 게 왔구나 하고 직감했다.

"추승원이잖아?"

"추승원이다!"

승원을 알아본 사람들이 산발적으로 외쳤다. 자동문을 통과하여 객장에 발을 들인 남자는 보나마나 승원이었다. 모자라도 써서 얼굴을 가릴 생각은 추호도 없는지 승원은 세팅된 머리와 복장으로 진송의 창구 앞에 다다랐다. 뚜렷한 이목구비와 잡티 없는 흰 피부에서 빛이 났다.

"누나!"

소란스러움이 객장으로 옮겨 왔다. 고객과 업무를 보고 있는 진송에게 아쉬운 대로 손 인사만 한 승원이 대기의자에 앉았다.

승원의 매니저와 로드매니저가 그 양옆을 지켰다.

유동인구가 많은 장소에 위치한 지점이라 소문을 들은 사람들이 점점 더 몰려들었다. 진송은 어쩐지 등 뒤가 따가운 느낌이 들어 식은땀이 났다. 거래를 빨리 끝내기 위해 바쁘게 손을 놀리는 가운데 아니나 다를까 승원에게 향하는 임 팀장이 보였다.

"실례지만 연예인이신가요?"

"나 몰라요? TV 틀었다 하면 나오는데."

헌조의 물음에 철없이 대꾸하는 승원 대신 매니저 정준이 얼른 입을 열었다.

"맞습니다. 추승원이라고, 배우입니다."

"객장이 소란스러워 피차 불편하실 테니 VIP라운지에서 업무 보실 수 있도록 도와 드리겠습니다."

로비매니저가 있지만 이런 특별한 경우에는 팀장이 직접 나서 객장 관리를 하곤 했다. 헌조는 고객의 앞에서 만큼은 가면을 쓴 것처럼 다른 사람 같았다. 불안하게 건너편 상황을 훔쳐본 진송은 업무를 마무리했다. 승원은 귀찮은 듯한 티를 내며 손을 내저었다.

"그럴 필요 없어요. 거래 트러 온 건 아니니까."

"그럼 어떤 일로 오신 거죠?"

진송이 서둘러 창구를 돌아 나왔을 때, 승원이 한층 밝아진 표정으로 손가락을 뻗었다.

"이쪽에 볼일이 있어서요."

승원의 검지가 진송을 콕 집고 있었다. 종종걸음으로 달려온 진송이 헌조의 눈치를 살폈다.

"팀장님, 제가 수습할게요. 승원아, 나와. 잠깐만 자리 비우겠습니다."

"응, 누나. 유니폼 잘 어울린다."

올 초 변경된 은행 유니폼은 셔링이 들어간 화이트 블라우스에 네이비 카디건과 스커트였다. 부담스럽지 않게 틀어 올린 까만 머리카락과 작은 발에 꿰어 신은 스틸레토힐은 진송에게 차분한 인상을 안겨 주었다. 꿈쩍도 않던 승원이 진송의 한마디에 엉덩이를 털고 일어나 진송의 뒤를 졸졸 따랐다.

"못 본 사이 더 예뻐지면 어떡해?"

"까불지 마."

진송과 승원은 도란도란 대화를 나누며 인파를 헤치고 나갔다. 승원을 따라 구경꾼들이 썰물처럼 빠져나갔지만 헌조의 불편한 심기는 계속되었다. 따가운 시선을 진송 혼자만 느낀 건 아니었다.

"저 형 눈빛이 장난 아닌데? 저 형은 직급이 뭔데?"

"팀장님이야."

"설마 나 때문에 은행 좀 시끄러웠다고 누나 혼내진 않겠지? 혼내거든 말해! 내 당장 클레임 건다!"

턱을 치켜든 승원이 가슴팍을 떵떵 두드렸다.

"시끄러. 빨리 걷기나 해! 정준 씨, 어디로 가죠?"

"일단 차 타시죠. 사진 찍지 마세요!"

두 사람은 갓길에 주차된 밴으로 피신했다. 밖으로 나오지 않고 은행 VIP라운지나 탕비실에서 대화를 나눴다면 은행에 더 지장을 줬을 것이었다.

"오빠! 누구예요?"

"가족이니까 비키세요!"

진송은 졸지에 은희로 둔갑했다. 팬들이 악을 쓰며 밴을 둘러싸고 물어 대는 통에 정준이 주변을 정리했다. 유니폼 때문에 신변이 노출될까 봐 정준이 걸쳐 준 재킷을 벗은 진송은 얼이 빠졌다. 새삼 승원의 인기를 실감했다.

"장난 아니네."

"유명세지, 뭐."

진송은 대수롭지 않게 넘기는 승원으로 인해 복잡다단한 감정을 느꼈다. 승원이 안쓰럽기도 하고 대견하기도 한 진송이 느낀 바를 중얼거렸다.

"정말 연예인도 아무나 하는 거 아니야."

"누나, 그렇다고 겁먹진 마. 익숙해질 수 있어, 이것도."

"뭔 소리야."

뜬금없이 격려하는 승원을 진송이 생뚱맞게 쳐다보았다. 승원은 수많은 여성 팬들을 보자 헌조의 무심한 눈빛이 또 떠올랐다.

"근데 아까 그 형 묘하게 신경 쓰여. 어떻게 날 몰라? TV 안보고 사나?"

"그건 아니지. 은행에 만날 틀어져 있는 게 TV인데. 뉴스채널이긴 하지만. 그냥 남자 연예인은 관심이 없겠지."

"은근 자존심 상하네. 형! 그 채널에 출연할 만한 프로그램 한 번 알아 봐."

승원이 툴툴거리며 정준에게 일거리를 안겨 주었다.

"질투 나는 건 아니고? 너보다 잘생겨서. 그 팀장이라는 분, 잘생기셨더라고요. 캐스팅하고 싶을 정도로."

확실히 승원도 훈훈한 마스크이기는 했으나 어린 나이에 뛰어난 연기력을 선보여 더 주목받는 쪽이었다. 로드매니저 옆 조수석에 앉은 정준이 승원을 놀렸다. 승원은 정곡을 찔렸는지 그 자리에서 펄쩍 뛰었다.

"내 매니저 맞아? 자기 배우가 제일 잘생겼다고 해도 모자랄 판에."

두 사람을 보며 웃던 진송이 승원에게 안부를 물었다.

"촬영은 잘 끝낸 거야? 너 이제 쉬어도 돼?"

"응, 내일 종파티만 가고 나면 공식적인 일정은 끝이야. 휴식 방해받기 싫어서 CF 들어온 것도 무리해서 미리 찍어 뒀어. 누나 내 드라마 봤어?"

"그게…… . 미안. 앞부분 조금 보고 못 봤어. 드라마 할 시간이 잘 시간이라 본방사수도 못 하고."

들떠서 묻던 승원이 시무룩해지자 진송은 안절부절못했다. 승원은 표정을 갈무리하고 제법 어른스럽게 굴었다.

"괜찮아. 누나도 취직한다고 바빴을 텐데. 드라마 이번 주에 종영하면 곧 DVD 나올 텐데 나오면 보낼게. 시간 날 때 봐."

"꼭 볼게. 고마워."

"누나 입사 축하하고, 내 드라마 종영 축하하는 기념으로 파티하자, 조만간."

"그래, 연락해. 그때 더 많은 이야기 나누는 걸로 하고, 누나 그만 들어가 봐야겠다."

은행 부근을 뱅글뱅글 배회하던 밴이 진송을 내려 주기 위해 멈췄다. 승원은 아쉬움을 감추지 못한 채 인사하는 진송을 눈에 담았다.

"매니저님들, 오랜만에 봬서 반가웠어요! 승원이 잘 부탁드려요."

"네, 걱정 마시고 들어가 보세요. 또 뵐게요!"

"너무 짧게 봐서 아쉽다. 내가 누나 얼마나 보고 싶어 했는지 모르지?"

승원이 얼굴을 불쑥 들이밀며 투정을 부리자 진송은 단호하게 이마를 눌러 밀어냈다.

"너 부모님이랑 은희는 만났어?"

"아니, 이제 집 가면 볼 건데 뭐."

"순서가 바뀌었잖아. 네가 내 친동생이었으면 넌 죽었어! 가족들이 얼마나 섭섭하겠니? 새지 말고 집으로 곧장 가 봐!"

"알았어, 내가 누나 말은 잘 듣지."

강아지처럼 해죽 웃는 승원을 더 나무랄 수 없던 진송이 차에서 내려 은행 안으로 들어갔다. 생각보다 더 시간을 지체한 것 같아 진송은 슬그머니 걱정이 피어올랐다.

어느새 은행은 평소의 분위기를 되찾은 상태였다. 다빈이 복귀한 진송을 기다렸다는 듯 닦달했다.

"진송아, 너 추승원이랑 아는 사이였어? 왜 말 안 했니? 둘이 무슨 사이야?"

"친구 동생이에요. 소란스럽게 만들어 죄송해요."

"난리긴 했지. 지점장님도 뛰어나오시던데 많이 놀라신 것 같더라."

진송은 승원에 관해 말을 아끼고 싶어서 서둘러 번호를 호출했다.

"그래요? 따로 말씀드려야겠네요. 어서 오세요, 고객님."

진송이 업무를 시작하자 다빈은 더 말을 걸 수 없었다. 진송의 거래가 끝나면 또 다음 번호를 호출할 때까지 질문할 것처럼 다빈은 안달이 난 상태였다. 그때 진송은 아예 모자라는 서류를 직접 챙기러 문서고로 가 버렸다.

"또 뭐가 없더라?"

진송이 서고를 휘둘러보며 체크하는데 분명 열어 놓고 온 문서고의 나무 문이 닫히는 소리가 났다.

"그렇게 세상 떠들썩하게 연애해야 돼요?"

들어온 사람이 누군가 했더니 선반 옆으로 헌조의 얼굴이 나타났다. 진송은 대뜸 들린 말에 눈썹을 꿈틀거렸다.

"업무에 지장이 갔다면 죄송합니다."

진송은 최대한 동요를 감췄지만 헌조는 그렇지 못했다. 진송이 돌아올 때까지 시계만 노려보느라 일이 손에 잡히지 않았다. 그 시간 동안 알 수 없는 감정이 치밀어 올랐고 누군가에겐 쏟아 내야 했다. 그래서 헌조는 당사자를 무작정 뒤쫓아 온 것이었다.

"손 주임 애인은 자기 일만 중요한 사람이에요? 그래서 애인 직장에 그렇게 들렀다가 근무시간에 불러내서 데이트하고 가는 거예요?"

"아니에요! 그런 식으로 말씀하지 마세요!"

헌조의 말이 지나치자 진송도 참다 참다 폭발했다. 진송은 고성이 흘러 나가든 말든 맞받아쳤다.

"영업장에 혼란을 빚고 나갔으면 일찍 들어와야지 지금 시간이 몇 시입니까? 듣자 하니 A급 연예인이라던데, 애인 믿고 그러는 거예요? A급이면 돈도 많이 벌겠네. 그 돈으로 손 주임 모자라는 실적이라도 채워 달라고는 왜 안 해요?"

"팀장님, 그만하세요! 애인 아니고요, 저한테 가족 같은 동생입니다! 팀장님한테 이런 사적인 얘기까지 왜 해야 하는지 모르겠지만, 팀장님이 이러실 만큼 지인의 방문이 큰 잘못인지는 몰랐어요. 제가 알기론 업무 분위기를 흐렸던 것 빼고는 문제랄 게 없었던 것 같은데 말이에요."

진송은 더 이상 상사에 대한 예의를 차리지 않았다. 부들부들 떨리는 작은 손을 주먹 쥐고 애써 누르고 있었다.

헌조는 진송의 항변을 듣는 순간 어쩐지 머릿속이 새하얘졌다. 늘 기분 내키는 대로 해야 직성이 풀렸는데 오늘은 오히려 속이 더 갑갑해졌다. 더 이상한 건 진송의 말이 다 맞다고 느끼는 것이었다. 헌조는 혼란스러워 아무 말도 하고 싶지 않아졌다.

"저는 상관없지만 그 친구에 대해 함부로 말씀하신 건 미안해하셨으면 좋겠어요."

헌조가 침묵하자 진송은 싸늘하게 그를 지나쳐 문서고를 나갔다. 마른세수를 한 헌조는 한 방 먹은 얼굴로 그 자리에서 오랫동안 움직이지 못했다.

다음 날도, 그다음 날도.

일주일 가까이 진송은 헌조와 마주치지 않으려 애를 썼다. 좋아하던 수영도 가지 않았고, 피치 못하게 지나치게 되더라도 인사는커녕 눈길 한 번 주지 않았다. 상사에게 이래도 되나 싶기도 했지만 상한 기분은 쉽게 풀어지지 않았다.

하루의 영업이 개시될 시간은 어김없이 돌아왔다. 줄지어 오는 고객들을 해결하느라 바쁜 은행 안에서 야구 모자를 눌러쓴 퀵서비스 기사가 두리번거리고 있었다. 남자의 손에 들린 장미꽃다발이 여성들의 시선을 여럿 빼앗았다. 100송이는 돼 보이는 강렬한 장미의 자태가 아름다웠다.

"손진송 씨가 어느 분이에요?"

"이분이세요."

로비매니저가 기사를 흔쾌히 꽃 주인의 자리로 안내했다.

"손진송 씨?"

"네."

본인을 확인하듯 부른 기사가 꽃다발을 건넸다. 얼떨결에 받아 든 진송은 바쁜지 벌써 등을 보이는 기사에게 서둘러 물었다.

"저한테 온 거 맞아요?"

"네, 맞아요."

급해 보이기도 하고 다소 귀찮아 보이기도 한 기사는 빠른 걸음으로 멀어졌다. 졸지에 진송은 객장 내 여자들의 부러움을 샀다. 부담스러움을 느낀 진송이 꽃을 책상 가장자리로 치웠다.

"오, 진송 씨."

눈을 가늘게 뜬 민호가 진송을 추켜세웠으나 진송은 본 척도 하지 않았다.

"진송아, 좋겠다! 누가 보낸 거야?"

다빈은 모르는 사람이 보면 꽃 선물을 받은 사람이 그녀인 줄로 알 만큼 야단스럽게 굴었다.

"모르겠어요."

진송도 궁금한 부분이었다. 기사는 발신인을 물어볼 새도 없이 가 버렸다. 짐작이라도 해 보려 해도 주변은 남자의 씨가 마른 지 오래였다. 여자가 새빨간 장미 100송이를 보냈을 거라고는 생각하고 싶지 않았다.

"몰라? 거기 카드 같은 거 안 끼워져 있어?"

"그러고 보니."

"잘 들여다봐."

업무 중이라 자세히 들여다보지 못한 꽃다발에는 작은 카드가 숨어 있었다.

[누나 힘들게 일하던데 꽃이라도 보고 진짜 웃음 지었으면 해서. 힘내!]

이름은 남겨져 있지 않았지만 진송은 누가 보낸 것인지를 바로 알아차렸다. 그녀가 아는 남동생의 범위는 넓지 않았고, 승원의 악필은 명불허전이기에.

꽃다발을 힐끔거린 진송의 얼굴이 한층 밝아졌다. 없던 철이라도 든 것인지, 감정 노동의 비애를 다 헤아리는 승원이 기특하게 느껴졌다. 서비스직이라 해서 종일 진심을 다해 웃고 있긴 어려웠다. 필요하다면 가식적인 웃음이라도 지어야 했다. 억지로 웃어서 정말 기분까지 좋아지면 좋겠지만 웃는 것도 가끔 지칠 때가 있었다. 이러한 일상에 활력을 주고자 하는 승원의 마음이 고마웠다.

"어머, 승원 씨가 보낸 거 아니야?"

기웃거리며 카드의 내용을 훔쳐본 다빈이 호들갑을 떨었다. 진송은 뜨끔했지만 승원과 관련된 구설수를 더 늘릴 수 없어 최대한 잡아떼 볼 심산이었다.

"여기 승원이 이름이 어디 있어요."

"귀신을 속여. 승원 씨 아니면 누군데?"

진송이 아닌 척 연기를 했지만 분위기는 점점 몰렸다.

진땀을 흘리는 진송에게 헌조의 못마땅한 시선이 닿았다. 정확히는 꽃다발의 존재가 못마땅했다. 어둡던 낯빛만 내내 보여 주던 진송이 오랜만에 환한 웃음을 지은 이유가 거슬렸다.

그동안 헌조라고 마음 편했던 건 아니었다. 헌조의 과거 부하 직원 중에는 그의 등쌀에 못 이겨 대놓고 반기를 들진 않아도 오기를 부리며 일부러 일을 더 안 하거나 그를 피해 도망가는 경우가 더러 있었다. 일을 망쳐 놓으면 망쳐 놓을수록 헌조는 더욱 채찍질했고, 도망가면 나약하다 생각하여 사직서라는 극단적인 선택을 할 때까지 끈질기게 굴었다.

그런데 이번 경우는 지금까지와는 달랐다. 진송이 멀리 도망쳐도 그 자신이 약해진 느낌을 받았고, 끈질기게 붙잡아 옆에 두고 싶었다.

헌조는 승원이 방문한 날 이후로 이상하게 진송이 신경 쓰였다. 동료들에 의해 진송과 승원이 엮일 때마다 기분이 저조해졌다. 이쯤 되자 헌조는 자신의 마음을 자세히 들여다보지 않을 수 없었다.

"말도 안 돼."

스스로를 가리켰던 손가락을 진송에게 뻗은 헌조가 고개를 저었다. 그러면서도 헌조의 눈길은 진송에게 오래 머물렀다.

"퇴근하겠습니다! 주말 잘 보내세요!"

"너도. 푹 쉬고 월요일에 보자."

진송은 마의 금요일답게 힘든 하루를 보냈다. 은행에서 월요일과 쌍벽을 이룰 만큼 바쁜 날이 바로 금요일이었다. 어느 정도 적응이 됐음에도 불구하고 진이 빠져 진송의 눈 밑은 퀭했지만 퇴근할 생각 덕분인지 표정만은 밝았다.

헌조는 진송이 아직 퇴근하지 않은 PB(Private Banking)룸의 최 팀장은 직접 들여다보면서 자신의 책상 쪽으로는 눈길도 주지 않는 게 괘씸했다.

"오늘 키 당번 진송이 아니었어? 누구지?"

"전 월요일이에요."

"키 당번 접니다!"

직원들은 어차피 출근하면 유니폼으로 갈아입어야 하기에 사복은 선호하는 스타일 대로 캐주얼하게 입곤 했다. 물론 유니폼을 꼭 입지 않아도 되는 책임자들이나, 진송처럼 취직도 하기 전에 설레발로 구매해 둔 경우엔 오피스룩도 입었다.

"진송 씨, 오늘 데이트 있어요?"

"그러게, 화사하게 옷 잘 입었네. 예뻐, 진송아."

"저 평소에도 이렇게 입었어요. 민호 씨, 동기한테 관심 좀."

창구의 끝을 벗어나 후문까지 가는 길이 참 길었다. 진송은 툭

툭 말을 거는 직원들에게 대답은 다 하면서도 발걸음을 늦추지 않았다.

"그랬나? 오늘도 추승원 씨 안 만나요?"

"네, 안 만납니다."

민호는 눈치 없이 승원의 방문 이후 매일같이 그 이름을 들먹거렸다. 빠르게 철문을 여는 진송을 보고 팔짱을 푼 헌조가 브리프케이스를 손에 들었다.

"저도 퇴근합니다."

"팀장님, 들어가세요!"

한발 늦은 헌조가 서둘러 지하주차장으로 내려가자 예상대로 진송이 있었다. 진송은 애마인 하얀색 경차의 운전석에 올랐다. 시동을 걸려고 손을 뻗던 진송은 갑작스레 조수석에 사람이 타자 화들짝 놀랐다.

최근 치한이 여자 혼자 탄 차를 노리는 범죄가 성행하는 터라 겁을 집어먹은 것이 무색하게도, 옆에 탄 사람은 임 팀장이었다. 진송은 보는 눈이 없나 주변을 살폈다.

"저 오늘 팀장님 태워 드리기로 한 적 없는 것 같은데요."

"안 그런다더니 대놓고 싫어하는 티 내기로 했어요?"

헌조는 단호한 어조로 불쾌감을 드러내는 진송에게 본론부터 꺼냈다. 좁은 차 안에서 지그시 쳐다보는 헌조와 눈을 똑바로 마주치기란 쉽지 않았지만 진송은 마음을 다잡았다. 승원에 대해 함부로 말한 것에 대한 사과를 듣기 전까진 물러서고 싶지 않았다.

"네, 팀장님이랑 얘기하고 싶지 않아요. 비록 절 싫어하셔서 호되게 혼내신 적도 많지만 배울 점이 많은 분이라고 생각했었는데 제 생각이 틀렸단 걸 깨달았어요. 그 일로 많이 실망했습니다."

"싫어해요? 내가? 손 주임을?"

처음 듣는 얘기처럼 되묻는 헌조 때문에 진송은 왜인지 멍해졌다.

"나도 손 주임처럼 싫어하는 사람이랑 말 안 섞어요. 최소한의 관심조차 가지지 않고 아예 무관심했겠죠."

"팀장님과 더 얘기하고 싶지 않아요."

진송은 헌조에게 거부의 뜻을 내비치며 전방만 바라보기 시작했다. 그에 헌조는 다른 곳을 보는 까만 동공을 자신에게로 빼앗아 오고 싶은 충동을 느꼈다.

"저 퇴근하게 그만 내려 주세요."

쐐기를 박는 진송의 태도에 눈빛이 변한 헌조가 낮게 이름을 불렀다.

"손진송."

불쑥 치민 짜증에 미간을 좁힌 진송은 돌아볼 수밖에 없었다. 그 찰나를 기다린 듯 헌조는 운전석을 짚고 상체를 기울였다. 진송의 선이 고운 입술에 헌조의 입술이 포개졌다. 부드럽게 입술을 삼킨 헌조가 거기서 더 나가지 않고 얼굴을 떼었다.

"무슨 짓이에요!"

얼빠진 기색의 진송이 손바닥을 들었지만 차마 헌조의 뺨을 치진 못했다. 헌조는 동요 없이 날카로운 말투로 쏘아 대었다.

"나랑 얘기하기 싫다며. 그래서 말 대신 행동으로 했어요. 그리고 나 진심 어린 사과 같은 것도 잘 못해요. 고객들한테도 형식적이고. 해 본 적도 없고 앞으로 할 일도 없었거든. 손 주임만 아니었으면."

헌조의 화법은 늘 귀에 콕콕 박히는 스타일인데 지금은 도무지 알아들을 수가 없었다. 그래서 이게 사과를 하는 건가? 진송은 화가 나야 하는 타이밍인데 화가 나지 않는 자신도 이상했다. 꿈에서나 있을 법한 뜻밖의 상황이 그저 황당했다. 말 대신 행동으로 했다는 방금 전의 그건…….

"대체 뭐예요?"

진송이 씩씩거리며 황당함을 드러냈지만 이미 헌조는 차 문을 열어 내리고 있었다.

"조심해서 가요. 바로 출발했다가 사고 낼 것 같으면 조금 있다 출발하고. 나도 그래야 할 것 같네요. 갈게요."

"임헌조!"

뒤늦게 정신을 차린 진송이 싸울 기세로 외쳤지만 이미 하차한 헌조에 의해 차 문이 닫힌 상태였다.

경기 시간이 가까워지자 인조구장을 밟는 사람들이 늘어났다.

경태는 그 속에서 자신의 동기이자 동갑내기인 임 팀장을 찾았다. 흰색 상의에 파란색 하의인 무난한 색상의 유니폼을 똑같이 입고 있는데 헌조의 유니폼만 영 다른 느낌이다. 새삼스럽게 혀를 찬 경태가 헌조에게 다가갔다.

"왔냐?"

"어, 강 과장."

"자주 좀 나와! 내가 남자 얼굴 보길 하늘의 별따기처럼 느껴야겠냐?"

"그러게 경기를 왜 자꾸 주말에 잡아? 그러니까 출석률이 저조한 거 아냐."

은행 축구동호회의 간부인 경태가 닦달했지만 헌조는 시큰둥하게 맞받아치며 인조구장을 휘둘러보았다. 선선한 날씨와 넓은 구장 덕분에 사람들의 인상이 한결 밝았다. 경태는 전날까지 전화를 돌려 어째 경기를 뛸 인원은 맞추긴 했지만 입안이 영 까끌까끌했다.

"짜식, 까다롭긴. 주말에도 얼굴 보고 좋지 뭘 그래? 동료사랑 나라사랑!"

"웃기시네. 그저 집 밖에 나가고 싶어서, 유부남이."

정곡을 찔린 경태는 헌조의 흠을 찾아 머리를 굴렸다.

"아, 아니거든! 우리 가정이 얼마나 행복한데. 너도 그 까다로운 거 고치려면 결혼을 해! 남자는 결혼해야 철든다."

"거기에 넌 왜 포함이 안 되냐?"

차마 반박하지 못한 경태는 대신 슬슬 여자 얘기에 시동을 걸었다.

"아무튼, 주위에 결혼하고 싶은 여자 없어? 독거 생활한 지도 좀 됐잖아!"

"연애하고 싶은 여잔 있어."

큰 기대 없이 운을 띄운 것에 불과한데 월척이 낚여 들었다. 같은 기수의 신입으로 들어와 헌조를 지켜봤던 경태의 궁금증이 폭발했다.

"뭐? 누군데?"

오랜만에 만난 두 남자가 대화를 나누는 사이, 친선 경기를 붙을 상대팀은 이미 질서 정연하게 구장 가운데 모여 있었다. 헌조는 왠지 경기 결과가 예상이 됐다. 몸을 풀며 발길을 뗀 헌조가 인심 쓰듯 대답했다.

"아직 알 거 없어."

"너! 치사하게 이러기야?"

인원 통솔도 해야 하고, 궁금증도 해결해야 하고 할 일이 많은 경태가 허둥거렸다.

"설마 말 못 하는 거 보니 고객이랑 만나는 거야?"

"말을 말자, 그냥. 응?"

경태가 헛다리를 단단히 짚자 헌조는 고개를 절레절레 내저었다. 간단한 개막식이 이루어지고 본격적으로 축구 경기가 시작되자 헌조는 경태의 관심에서 벗어날 수 있었다.

배불뚝이 아저씨부터 깡마른 소년 같은 청년까지 다양한 구성원들이 한데 섞여 경기를 풀어 나갔다. 승부욕 넘치는 남자들답게 분위기는 금세 달아올랐다. 몸을 사리지 않으며 땀을 흠뻑 흘리고 나니 전반전이 끝나 가고 있었다. 오랜만에 동호회 활동에 참가한 헌조도 녹슬지 않은 실력을 뽐냈다.

"왜 그래?"

짧은 쉬는 시간이 주어지자 헌조는 뼈가 쑤시는 듯한 골반을 자신도 모르게 주무르고 있었다. 몸을 충분히 풀고 뛰었건만 통증이 느껴졌다. 선수들을 체크하던 경태가 그런 헌조를 발견했다.

"며칠 전부터 여기가 좀 쑤셔."

"나이 먹으면 한 군데씩 쑤시고 그러는 거야."

"시끄러워."

"20대랑 30대는 다르다. 몸 관리 잘해. 벌써부터 그래서 장가는 가겠어?"

"너, 내 거 보고도 그런 소릴 하냐?"

헌조의 무심한 대꾸에 경태는 또 당했다. 경태는 헌조와 한 번 화장실에서 마주치고 자존감을 상실했던 지난날이 떠올랐다. 승진도 늘 헌조가 빨랐고, 그나마 들먹일 만한 게 결혼이었는데 경태는 말문이 턱 막혔다.

"재수 없는 자식. 파스라도 붙일래?"

"어, 줘 봐."

통증은 안 아프다가 갑자기 확 아프기도 하며 기복을 보였다.

헌조는 또 축구에 몰입하면 이런 경미한 통증은 까맣게 잊어버릴 것이라고 대수롭지 않게 생각했다. 헌조가 아쉬운 대로 파스를 붙이고 나자 후반전이 도래했다. 에이스 중 한 명으로서 제 몫을 다하기 위해 고군분투하는 헌조의 입술이 점차 하얗게 질려 갔다.

이른 아침, 출근한 직원들이 하나같이 주인 없는 책상을 두리번거렸다. 직원이 몇 없다 보니 빈자리는 금세 표시가 나기 마련이었다. 다른 직원들 같았으면 그러려니 할 일도 입에 자주 오르내리는 게, 헌조는 좋은 쪽이든 나쁜 쪽이든 이슈메이커임은 분명했다.

"임 팀장님 오늘 왜 안 나오신대요?"

"그러게, 그런 말씀 없었는데."

"연락 오겠죠."

"결근하시는 거 한 번도 못 봤는데. 무슨 일 있으신가?"

조회를 앞두고서야 출결을 담당하는 직원에게 한 통의 전화가 걸려 왔다. 전화를 끊은 직원이 객장으로 모이던 직원들에게 통화 내용을 공유했다.

"임 팀장님 입원하셨대요."

"네? 왜요?"

귀를 쫑긋 세우고 있던 다빈이 가장 먼저 반응을 보였다. 진송은 헌조의 연락처를 알지만 개인적으로 연락해서 따져 묻기가 영어색해서 단단히 벼르고 출근한 길이었다.

그런데 가는 날이 장날이라고, 헌조가 병가라니 허탈하면서도 신경 쓰였다. 사고 운운하더니 정말 사고라도 났던 건 아닌지. 헌조를 걱정해 줄 입장은 아니지만 사람이 아프다는데 마냥 덤덤할 수는 없는 노릇이었다.

"대상포진이라네요. 내일 오후 출근하시겠다고……."

"그럼 병문안 갈 수 있는 날이 오늘밖에 없는 거네요. 어느 병원이래요?"

"대상포진인데 병문안까진 안 가도 되지 않을까요?"

"무슨 소리야, 예금계는 들여다봐야지."

"금방 퇴원하신다는데 시간 되는 사람만 가는 걸로 해요."

이제는 헌조의 병문안으로 말이 많았다. 직원들이 모인 객장으로 어슬렁거리며 나오는 부지점장을 본 다빈이 빠르게 결론을 내렸다.

"민호랑 난 퇴근길에 들여다보는 걸로 하고. 진송이 넌 당번이라 그 시간에 따로 가기도 좀 그럴 텐데 내가 잘 말씀드릴게."

진송은 얼떨결에 고개를 끄덕였다. 상석에 자리 잡은 부지점장이 가벼운 아침 인사를 건넨 후 전달할 말을 꺼냈다. 딴생각에 빠진 진송은 전달사항을 흘려들었다. 개운하지 않은 기분이 계속되었다.

진송이 다시 건네준 통장을 건성으로 건네받은 고객은 진송의 어깨너머를 힐끔거렸다. 벌써 이런 상황이 몇 번째인지 몰랐다.

"다 되셨어요. 더 보실 업무 없으시고요?"

"네, 근데 저기요. 임헌조 팀장님 오늘 출근 안 하셨어요?"

"네?"

"아침에도 안 계시고 오후에도 없어서요."

눈앞의 여자 고객이 당당하게 헌조를 보러 재방문했노라 밝혔다. 진송은 일을 하며 헌조에 대한 생각을 떨쳐 버리려고 했건만 주변이 도와주질 않았다. 역시, 금요일에 헌조를 뒤따라가 끝장을 봤어야 했다. 그러지 않았던 결과, 주말 내내 진송의 머릿속에서는 차 안에서의 상황이 리플레이 되었고 지금까지 찝찝한 기분을 안고 있었다.

"네, 출근 안 하셨어요."

"왜요, 왜?"

캐묻는 고객에게 평소처럼 좋게 알려 줘도 될 걸 진송은 어쩐지 그러고 싶지가 않았다.

"개인적인 일이 있으실 거예요."

진송이 프라이버시에 대해 돌려 말하자 고객은 다행히 순순히 돌아가려는 듯 가방을 챙겼다. 다음 고객을 맞이하기 전, 진송은 괜스레 손바닥으로 양 뺨을 톡톡 두드렸다. 스스로도 납득이 가지 않는 심술을 부린 것을 인정하고 싶지 않았다.

헌조는 침상 위에서 팔로 머리를 벤 채 누워 휴대전화 두 개를 내려다보고 있었다. 업무용과 비업무용 휴대전화 중 업무용 휴대전화에서 진동이 계속되고 있었다. 저장된 번호 반, 모르는 번호 반이 사이좋게 번갈아 액정을 장식했다. 명함을 팔 곳이 많은 직업이다 보니 업무용 휴대전화는 통제가 안 될 지경에 다다랐다. 헌조는 안면이 있는 고객의 중요한 전화가 아닌 이상 받지 않았다.

"결근이라니 걱정되네요. 내일은 뵐 수 있는 거죠. 아프시다면서요. 왜 허락도 없이 아프고 그러세요. 입원하셨단 말 듣고 놀랐어요. 어디예요, 그 병원이."

단조로운 억양으로 문자를 읽어 가던 헌조는 한기가 들어 몸을 흠칫 떨었다. 직업의 특성상 전화번호를 바꿀 수도 없는데 얼굴도 모르는 여성들로부터 쏟아지는 전화와 문자는 나날이 늘어만 갔다.

이른 병원 저녁밥을 먹을 때까지 헌조의 따분함은 계속되었다. 평일에 이렇게 쉬어 본 게 얼마만이더라. 토요일에 결국 경기가 끝나고 뒤풀이는 참가하지 못한 채 귀가하던 길에 들러 본 응급실에서 바로 입원 권유를 받았다. 입원한 지 3일째에 이르고, 남들 일할 시간에 병원에 있으니 온몸이 배배 꼬였다.

"팀장님! 저희 왔어요!"

그러던 차, 해가 떨어지자 퇴근한 부하직원들이 하나둘 헌조의 병실을 찾았다. 특별 관리 중인 다빈과 민호가 가장 먼저 다녀갔다.

"팀장님, 안녕하세요. 좀 어떠세요?"

다른 팀 직원까지 릴레이로 병문안을 다녀간 지 오래되었다. 어느덧 밤 9시. 1인실을 잡은 헌조의 병실은 불이 훤했지만 다른 병실은 대부분이 까마득한 취침시간이었다. 상체를 반쯤 일으켜 앉아 있던 헌조가 초조한 마음을 참지 못하고 신발을 신었을 때였다. 거짓말처럼 노려보던 미닫이문이 열렸다. 헌조의 낯빛이 환하게 밝아졌다.

"안 올 줄 알았어요."

"병문안 온 거 아니에요. 내 할 말 하러 왔어요."

"뭐가 됐든 잘 왔어요. 기다렸거든요."

진송은 생각보다 멀쩡해 보이는 헌조와 대면하고 그에게 할 말에 대해 덜 미안할 것 같아 안심했다가 오히려 당했다. 그 결과, 표정에서 황당함을 숨기지 못했다.

"팀장님이 절 왜 기다려요?"

"글쎄요, 안 오면 혼내 주려고 그랬나. 상사가 입원했다는데 병문안 안 오는 신입."

분명 따지듯 물으려고 했는데 진송의 음성이 떨려 나왔다. 그에 헌조는 어울리지 않게 농담을 했다.

"앉아요."

폴대를 끌며 다가간 헌조가 멀뚱히 서서 들어올 생각을 않는 진송의 팔목을 잡았다. 손길에 이끌려 침대에 걸터앉혀진 진송이 다시 일어나려 했지만 제지한 헌조가 뚜껑을 딴 음료수를 쥐여 주었다. 진송은 슈트가 아닌 환자복 차림의 헌조가 낯설어 멈칫거렸다.

"환자복도 꽤 소화 잘하죠? 뭐든 다 잘 어울려요, 내가."

타고난 골격이 훌륭해서 천만 둘러도 태가 날 몸이었다. 하지만 진송은 더 이상 헌조에게 말려들고 싶지 않아 차갑게 굴었다.

"아픈 건 괜찮아 보이시네요."

"혹시 내 걱정 조금이라도 했어요?"

"조금은 했겠죠."

진송은 측은지심이 있는 사람이라면 할 최소한의 걱정을 했을 뿐이라고 애써 생각했다.

"그렇다니 기쁜데."

씩 입가를 올린 헌조가 자연스럽게 진송의 옆에 걸터앉았다.

"내일 오전에 퇴원할 거예요. 오후엔 은행으로 출근할 거고요."

"저한테 말씀 안 해 주셔도 돼요."

"그냥 들어요. 난 얘기해 주고 싶으니까."

"아니요! 그런 얘기 말고, 제가 하고 싶은 말 할 거예요."

대화의 주도권을 쥐기 위해 거부한 진송이 다시금 침상을 벗어나려 했지만 헌조에게 팔이 붙들렸다. 진송은 울컥 솟구치는 감정을 애써 눌렀다.

"나한테 화났어요?"

"네, 그러니까 적당히 넘어가려고 들지 마세요."

"왜, 내가 키스해서?"

직접적인 단어가 튀어나오자 진송은 바보 같게도 숙맥처럼 얼

어 버렸다. 느리게 시선을 떨어트린 헌조가 진송의 핑크색 입술을
노골적으로 직시했다.

"손 주임이 먼저 나 좋다며. 화날 이유가 없잖아요."

"제가 언제요?"

진송은 이어진 헌조의 말에 뒷목이 당겼다. 자신은 최근 아무
에게도 고백한 적이 없건만 헌조가 무슨 소리를 하는 건지 알 수
없었다. 헌조는 패닉 상태로 보이는 진송에게 답을 일러 주었다.

"수영장에서."

"그건 인류애 내지 동료애 같은 거라고 예시도 들어 드렸잖아
요!"

"글쎄요, 난 내가 듣고 싶은 말만 들어서."

진송은 딴청을 피우는 헌조로 인해 할 말을 잃었다. 은희의 조
언이 잘 먹혀들었나 했더니 독이 되어 돌아왔다. 듣고 싶은 말만
들으면 그 말도 흘려듣지 왜 곧이곧대로 들었냐고 따져 묻고 싶
은 마음만 굴뚝같았다. 더 가관은 그 다음이었다.

"키스로 난 당신이 싫지 않다고 말한 거예요. 가장 나다운 방
식으로."

혼자서는 결론이 나지 않던 키스의 이유를 들은 순간, 진송은
마음이 일렁거리는 자신이 적응이 안 됐다.

"키스가 언제부터 그런 의미로 쓰이게 된 건지 모르겠네요. 팀
장님한테는 키스가 상대방의 의사는 필요 없이 내키는 대로 하는
가벼운 스킨십인가 봐요. 그런데 전 아니거든요. 사무적이고 수직

적인 관계, 더구나 싫어하게 될지도 모르는 상대와는 할 일이 없는 스킨십이고요."

"스킨십이 자연스러운 걸 좋아하고 잘하는 건 맞지만, 나도 좋아하게 될지도 모르는 상대한테만 해요. 내 방식 때문에 놀랐다면 다음부터는 손 주임 방식대로 해 보도록 하죠. 정중하고 무거운 스킨십."

지극히 개인적인 취향에 대한 이야기가 헌조의 입에서 쏟아져 나왔다. 진송은 지금 자신이 무슨 말을 들은 것인지 갈피를 잡을 수가 없었다. 임 팀장과 함께 있으면 정신을 단단히 붙잡고 있기란 항상 어렵다.

"그리고. 날 싫어하게 될지도 모른다는 말, 확신해요?"

가슴을 펑펑 두드리며 호언장담해야 하는데 어쩐지 진송은 그러질 못했다. 한참 뒤 나온 대답은 그녀가 들어도 확신 없는 목소리였다.

"네."

"잠깐 안을게요."

동의를 구하는 것도 아니고 그저 스킨십을 예고한 헌조가 쥐고 있던 가느다란 팔을 당겼다. 이쯤 되니 진송은 자신이 만만한 여자거나, 헌조가 제멋대로인 남자라는 생각밖에 들지 않았다. 진송은 다른 손에 들린 음료를 쏟을까 봐 헌조를 밀쳐 내지도 못하고 그대로 단단한 가슴팍에 안겼다. 고개를 숙인 헌조가 진송과 눈을 맞췄다.

"어때요? 지금도 싫어요? 난 손 주임 눈빛만 봐도 어떤지 알겠는데. 사람 대하는 일에 뼈가 굵으니까 기분 파악 같은 것도 잘하거든요. 어차피 난 누가 날 싫어하든 말든 상관 안 하는 스타일이긴 하지만."

"놔주세요. 음료수 때문에 가만히 있었을 뿐이에요. 환자한테 뿌려 버릴 수는 없으니까."

당돌한 진송을 보고 짧은 웃음을 터트린 헌조가 요구대로 팔을 놓았다.

"상사한테도 마찬가지죠. 좋네요. 우리가 사무적이고 수직적인 관계라는 걸 둘이 있을 땐 잊어버리는 게 그렇게 오래 걸리지 않을 것 같아서."

불에 덴 듯 일어선 진송이 입도 안 댄 유리병을 수납장 위에 소리 나게 내려놓았다.

"더 잊어버리기 싫으니까 가 보겠습니다. 몸조리 잘하십시오."

일부러 깍듯하게 인사한 진송이 도망치듯 병실을 벗어났다. 호락호락하지 않은 연애가 될 것 같았지만 헌조는 그래서 더 기대가 됐다. 입가에 진한 미소를 띤 헌조가 진송이 남겨 둔 음료를 단숨에 마셨다.

3. 상사의 여자관계에 놀아난 신입

은행에서 그리 멀지 않은 음식점에서 민호와 대부계 남자 둘 틈에 낀 홍일점 진송은 묵묵히 식사를 하고 있었다. 다빈이 약속 이 생겨 순서를 바꾼 것이었다.

"아까 보셨어요? 분홍색 원피스 입은 고객님 예쁘던데."

"봤어. 내가 당겨 오려고 했는데 이 과장님이 스틸했어."

노총각 한 계장이 투덜거리자 승리감에 도취된 유부남 이 과장 이 입가를 길게 늘였다. 예쁜 고객 선점은 결혼 유무에 상관없이 남자직원 사이에서 열기를 띠는 장난 중 하나였다.

"이 과장님, 이왕이면 한 계장님한테 양보 좀 해 주세요. 우리 총각 형 불쌍하잖아요."

"뭐 이 자식아?"

남자들의 속도에 맞춰 밥그릇을 비우려면 진송이 대화에 끼기란 거의 불가능했다. 끼어들 만한 주제의 이야기도 아니었지만 조용히 듣고 있자니 웃음이 터질 것 같아서 진송은 평소보다 더 꼭꼭 씹어 먹었다.

민호가 기분 나쁘지 않게 샐샐거리며 한 계장을 놀렸다. 한 계장은 그럼에도 좋다고 민호에게 고자질했다. 다섯 살 이상의 나이 차에도 불구하고 죽이 잘 맞는 두 남자는 금세 친해져 붙어 있으면 꼭 콤비 같았다.

"이 형 진짜 나보다 더 심하다니까. 평소에는 느릿느릿한 사람이 예쁜 여자만 오면 얼마나 빠른지."

"내가 언제."

억울하단 듯 눈썹을 내린 이 과장이 발뺌하자 한 계장은 더욱 흥분했다.

"이것 봐. 진송이 있다고 또 이미지 관리하는 거지?"

"아닌데? 진송아, 천천히 먹어."

"네, 다 먹어 가요."

한 계장은 자상하게 진송을 챙기는 이 과장을 장난스럽게 흘겼다. 사람 좋게 웃은 이 과장이 민호에게 주의를 돌렸다.

"민호 넌 이제 완벽 적응한 것 같다?"

"뭐 그럭저럭이요."

입이 근질근질한 한 계장이 바뀐 대화의 흐름에 냉큼 끼어들었다.

"너흰 진짜 개인정보 일 터진 후에 입사한 걸 다행으로 생각해! 나 입행 후로 그때가 제일 바빴어."

"그렇긴 했지."

호랑이 담배 피우던 시절 회상하듯 심심찮게 나오는 선배들의 레퍼토리였다.

"진송이는 어때? 할 만하지?"

"좀 숙달됐다고 생각했는데 맨날 혼나는 걸 보면 아직 먼 것 같아요."

꾸역꾸역 배를 채우고 입가심으로 물을 마신 진송이 시무룩하게 대답했다. 안타까움을 느낀 이 과장이 진송을 격려했다.

"아, 임한테? 사람이 까다로워서 그래. 너무 기죽지는 마. 임이 괜히 유명하겠어? 다들 이해한다고."

"병원에서 너무 잘 쉬셨나, 더 팔팔해지신 것 같아요. 임한테 깨지고 나면 쥐구멍이라도 찾고 싶다니까요. 이 나이에 그렇게 깨질 수 있을지 상상도 못 해 봤는데."

혀를 내두른 민호가 한숨을 내쉬었다. 한 계장이 과하게 호들갑을 떨었다.

"넌 임보다 어리기라도 하지. 나한텐 어린 친군데 가끔 무서워."

슬금슬금 일어난 직원들은 계산을 하고 밖으로 나갔다. 복귀하러 가는 길, 청량한 바람을 만끽하며 인도를 걸었다.

"어? 저기 임 아니에요?"

골목을 지나치던 중 눈썰미 좋은 민호만 유일하게 헌조를 알아보았다. 덩달아 한 발짝씩 물린 사람들이 골목 안 복층의 레스토랑을 쳐다보았다. 레스토랑은 프랜차이즈답게 맛은 무난했지만 비싼 식대로 회식이 아니면 직원들끼리는 잘 갈 일이 없는 곳이었다.

"웬 여자랑 같이 있는데요? 여자 친구인가?"

눈이 가늘어진 민호가 음흉하게 웃으며 덧붙였다. 전면 유리인 건물의 1층 창가 자리에서 헌조가 단발머리의 단아한 여자와 함께 있었다. 직원들은 흥미롭게 선남선녀를 훔쳐보았다.

"그런가? 임 여자 친구 생겼단 말 들었어?"

한 계장이 놀라워하며 묻자 민호가 당연한 질문을 한다는 듯 대꾸했다.

"임이 어디 그런 소리 할 사람이에요?"

"그래, 물은 내가 바보다."

토라져서 다시 발걸음을 떼는 한 계장을 따라 나머지도 가던 길을 마저 가기 시작했다. 진송도 발길을 재촉하려던 차, 헌조가 여자를 향해 본 적도 들은 적도 없는 함박웃음을 지었다. 황급히 고개를 돌린 진송은 갑자기 생각이 많아졌다. 쉽게 삐치고 금방 풀리는 한 계장이 신세한탄을 했다.

"임은 좋겠네. 예쁜 여자랑 점심 먹고."

"형도 진송 씨랑 같이 먹었잖아요."

"진송인 그냥 동생이지."

또 장난기가 발동해 눈이 반달처럼 휜 민호가 진송을 도마 위에 올렸다. 한 계장은 동조하여 같이 칼질을 했다. 안 그래도 얄미운 민호로 모자라 한 계장까지 합세하자 진송의 속이 부글부글 끓었다. 허리를 짚은 진송이 씩씩거렸다.

"이분들이 정말!"

영업종료 시간이 되어 정문의 셔터가 내려갔다. 로비매니저가 휴가인 탓에 원래 업무의 주인인 진송이 손수 공과금 기계를 마감했다. 수납확인용 도장이 낡아 힘주어 찍지 않으면 또렷이 찍히지 않기도 했지만, 현재 진송은 감정을 실어 용지에 도장을 쾅쾅 찍고 있었다.

"진송 씨, 아직도 화났어요?"

민호가 점심시간의 장난을 내포한 농담을 걸었다. 진송의 대답이 바로 튀어나왔다.

"아니요."

"도장 찍는 게 살벌해서. 아님 오후에 진상 고객 받았어요? 못 본 것 같은데."

어깨를 으쓱인 민호가 이어서 고개를 갸웃거렸다. 진송은 몇 시간 전을 되짚어 보았지만 역시나 답은 같았다.

"아니요."

단답형의 대구에 진송의 기분이 좋지 않은 것을 파악하고 장난을 접은 민호가 자리를 비웠다. 진송은 문득 이상한 점을 발견했다. 특별한 일이랄 게 없었는데 기분이 바닥을 쳤다. 민호의 유치한 장난에 화난 건 당연히 아니었고, 진상 고객도 없었다. 섭이가 어디 아픈 것도 아니고, 집에 안 좋은 일이 있는 것도 아니다. 더구나 하루가 멀다 하고 호출하던 임 팀장도 잠잠했다.

"정 주임, 잠깐만."

안 보는 척하며 귀 기울이고 있던 헌조는 심부름을 시키기 위해 청원경찰이자 막내인 정 주임을 불러 함께 후문으로 나섰다. 근처 카페에서 직원 수에 맞춰 생과일주스를 사 온 두 남자가 직원들에게 나눠 주었다. 잡생각을 끊은 진송은 무서운 속도로 마감을 해 나가느라 거들떠보지도 않았다.

"왜 안 마셔요? 기분전환 하라고 사 왔는데. 생과일주스 싫어해요?"

수표를 스캔하기 위해 탕비실 쪽에 있는 스캐너를 이용하러 움직이는 진송의 뒤를 헌조가 밟았다. 진송은 왠지 그가 내비친 관심이 나쁘지 않게 느껴진 나머지 스스로도 놀라 고개만 저었다. 그저 점심을 먹은 이후부터 속이 거북했고, 입맛이 없어 손이 가지 않은 것뿐이었다. 자연스럽게 다른 일을 하는 척 나란히 선 헌조가 입을 열었다.

"손 주임 기분 그런 거 나 때문이었으면 좋겠어요."

진송이 동그래진 눈으로 헌조의 옆얼굴을 응시했다.

"그럼 내가 그만큼 손 주임한테 영향을 줄 수 있는 사람이란 거니까. 요즘 내가 혼내지도 않았으니 나 때문은 아닐 거고. 질투

나네요. 무슨 일인지는 몰라도 빨리, 잘 해결되길 바라요."

헌조는 '빨리'를 강조하듯 또박또박 발음했다. 얌전히 자리로
되돌아가려고 움직이는 헌조를 진송이 불러 세웠다.

"팀장님."

"네."

"아니에요, 아무것도."

아무 일 없는데 느닷없이 기분이 파도를 타는 그런 날인 줄 알
았는데 그제야 진송은 원인을 깨달았다. 새삼스럽게 헌조를 응시
한 진송의 눈빛이 흔들렸다.

– 누나! 집에 뭐 필요한 거 없어?

"없다니까."

휴대전화 너머로 승원의 들뜬 목소리가 건너왔다. 진송은 대충
장 봐 온 것들을 거실 탁자에 주섬주섬 펼쳤다. 견과류나 치즈,
크래커 같은 간단한 안줏거리와 과일 그리고 술이 주였다. 메인
안주는 곧 배달되어 탁자 가운데 놓일 예정이었다.

– 그러지 말고. 돈 많이 버는 동생 뒀다 뭐해? 이럴 때 좀 사
달라고 해.

"동생한텐 그런 거 안 바라. 다 와 가기나 해?"

– 좀 바라면 안 돼? 사실 아파트 앞에서 물은 거야. 올라갈게.

"그래, 그냥 와."

풀 죽은 승원이 전화를 끊었다. 지난번 승원을 만났을 때 얘기가 나왔던 파티는 진송의 집에서 간소하게 하기로 했다. 정확히는 은희의 방문에 승원이 꼽사리 끼기 위한 구실이었다.

"이게 다 뭐야?"

벨이 울려 진송이 나가 보니 승원의 손에 짐이 한가득이었다.

"누나네 집 오랜만에 가는 건데 도저히 빈손일 수가 있어야지. 그냥 내 맘대로 몇 개 샀어. 누나 거 말고 섭이 것도 있으니까 부탁인데 그냥 받아."

"알았어. 고마워."

승원은 거실 빈 구석에 그릇세트나 전기포트 같은 것이 든 상자 여러 개를 차곡차곡 내려놓았다. 사람을 잘 따르는 고양이 섭이가 승원의 다리에 솜뭉치 같은 머리를 비볐다. 승원은 섭이를 번쩍 들어 안아 긴 허리를 쓰다듬었다. 섭은 시원하고 기분 좋은지 낮게 울어 댔다.

"은희는?"

"다 왔대. 누나 피곤하지? 오늘 바빴어?"

"아니, 별로. 넌 오늘 뭐 했는데?"

"죽은 듯이 잤어. 요즘 밀린 잠 자기 바빠."

"이리 와. 들고 오느라 수고했는데 한 잔 마셔. 퇴근하고 시간이 부족해서 안주는 파는 것들밖에 없어."

"충분해."

진송이 글라스에 맥주를 가득 따라 승원에게 건넸다. 반색한 승원이 러그 위에 앉아 꿀떡꿀떡 잘도 받아 마셨다.

"누나는 트레이닝복을 입어도 예쁘냐?"

"한 잔 먹고 취한 거니?"

손등으로 입가를 훔친 승원이 진송의 말에 허둥거렸다.

"왜? 나 벌써 얼굴 빨개졌어?"

"아니."

"놀랐잖아. 줄 것도 없는 주량 더 줄어든 줄 알고! 우리 집에 술 못하는 사람이 없는데 나만 왜 이 모양인지 모르겠어. 주량 뽀록나서 주류 광고도 안 들어오고."

승원은 진심으로 불만인 듯 투덜거렸다. 잠시 후 은희까지 진송의 집으로 퇴근해서 편한 옷으로 갈아입고 나와서야 본격적인 판이 벌어졌다.

"우리 동생 드라마 대박난 거 축하하며, 건배!"

"진송이 누나 취직도 축하하며, 건배!"

김이 샌 듯 글라스를 든 팔을 내린 은희가 승원을 나무랐다.

"그건 우리끼리 이미 축하주 마신 지 오래됐거든? 뒷북이야."

"나도 좀 축하하자. 나도 껴 달라고!"

은희와 진송은 덩치만 컸지 순둥이 같은 승원을 귀엽단 듯 바라보았다. 우여곡절 끝에 세 개의 잔이 맞부딪치고, 그 뒤부턴 술이 약한 승원을 배려해 개인플레이가 펼쳐졌다.

은희와 진송이야 워낙 만나는 주기가 짧다 보니 주로 이야기하는 쪽은 승원이었다. 연예계 비화 같은 가벼운 이야기로 시작해서 촬영 중 벌어진 에피소드를 늘어놓던 승원은 어느 정도 취하자 다음과 같은 질문을 꺼냈다.

"누나들, 나 한 가지 물어봐도 돼?"

"뭔데?"

"딱히 남자로 보지 않았던 남자가 갑자기 고백을 하면 여자들은 어때? 아니, 누나들은? 누가 날 좋아한다고 그러면 의식도 되고 덩달아 호감이 생길 수 있을까?"

"NO! 난 똑같이 무관심일 것 같은데."

1초의 고민 없이 은희의 의견이 튀어나오자 승원이 타박했다.

"진지하게 생각 좀 해 보고 말해!"

"YES, 난 가능할 것도 같아. 상상도 안 해 본 일이 벌어졌는데 좋은 거랑 비슷한 거잖아. 사람이라면 응당 호기심도 생길 테고."

진송이 제법 진지하게 응해 주자 승원의 얼굴에 화색이 돌았다. 이는 최근 승원이 깨어 있는 시간에 자주 하는 고민이었다. 성인이 되면, 군대를 다녀오면, 영화촬영을 끝내면, 드라마 촬영이 끝나면. 그렇게 차일피일 미뤄 온 고백이 이젠 무겁다.

"뭐, 성격에 따라 다르겠지. 이런 건 왜 물어? 우리 동생 드디어 짝사랑 포기하고 연애 한번 해 보려고?"

어설픈 남동생의 짝사랑이 안타까운 은희가 대신 마무리를 지어 주었다. 은희가 보기엔 승원이 진송의 눈에 남자로 보이기까지는 까마득한 시간이 걸릴 듯했다.

예나 지금이나 진송은 승원에게 영 마음이 없어 보였다. 학창 시절에 진송은 은희의 집을 자주 들락거렸는데, 그때부터 승원은 진송을 유독 잘 따랐다. 승원이 진송을 좋아하는 마음을 대놓고 드러내거나 하진 않았지만 숨긴다고 숨겨지는 마음이 아니었다.

"무슨 소리야! 시끄러! 조용히 해!"

퍼뜩 취기가 물러가는 느낌을 받으며 승원이 은희의 입을 틀어막았다.

"손 치워! 짜! 짜다고!"

남매는 어릴 때나 지금이나 똑같이 다투었다. 한편 진송은 이상하게 승원과 나눈 문답이 낯설지가 않아 그 생각에서 헤어 나올 수 없었다.

"그래, 호기심일 뿐이야. 딱 그 정도."

"뭐라고?"

진송의 혼잣말에 싸움을 멈춘 남매가 동시에 돌아보았다. 난처하게 미소 지은 진송이 아무 것도 아니라며 얼버무렸다.

출근하자마자 객장의 대기의자에 옹기종기 모여 앉은 직원들이 한창 교육을 받고 있었다. 전날 미리 고지한 대로 새로 나온 보험

상품에 관련한 교육이 있었다. 강사로 온 보험사 직원이 멋쩍은 듯 웃음을 흘리며 시계를 확인했다.

"제 목소리가 아침에 듣기엔 좀 졸린 목소리지만 5분만 더 힘내 주시면 감사하겠습니다. 자, 그럼 마지막으로……."

다빈이 옆자리에서 꾸벅꾸벅 졸고 있는 진송의 옆구리를 찔렀다. 진송은 쥐도 새도 모르게 존 터라 당황했지만 남은 시간만이라도 교육에 집중하려 애썼다. 프레젠테이션의 마지막 장까지 열띤 설명이 끝나고 질의응답도 지나갔다. 강사가 나눠 준 과자를 가지고 자리로 돌아가던 진송은 아침부터 헌조에게 불려 갔다.

"손 주임."

"네, 팀장님."

불길하게 낮은 음성이 진송의 귀에 흘러들었다.

"어젯밤에 안 자고 뭐 했어요?"

"네?"

"또 술 마셨습니까?"

"네. 아, 아니요. 전 딱 한 잔만 하고 음료수만 마셨다고요."

아직 완전히 잠이 깨지 않은 진송이 어리보기처럼 굴었다. 진송은 실로 억울했다. 술 냄새가 날 리 없다는 듯 살갗에 코를 대고 킁킁거렸다. 지난 밤, 헌조에게 걸릴까 봐 승원과 같이 음료수를 홀짝거렸던 처량한 자신을 떠올렸다.

"술자리가 있긴 했군요. 새벽까지 재미있었나 보죠? 아침부터 이렇게 졸 정도면."

진송은 헌조가 지적하는 부분을 뒤늦게 알아차렸다. 낭패감이 서린 얼굴의 진송이 눈을 질끈 감았다 떴다. 미간을 좁힌 헌조가 연이어 쏘아붙였다.

"손 주임 때문에 민망해서 몸 둘 바를 모르겠더군요. 어제 교육 있다는 말 전달 못 받았습니까?"

마감시간에 최 팀장이 말하는 걸 분명히 들었지만 진송은 까맣게 잊어버렸다. 시무룩해진 진송이 입을 합 다물고 느릿하게 고개를 저었다.

"대답은 안 해요?"

"전달받았습니다."

헌조 덕택에 잠은 완전히 깼지만 진송은 헌조가 야속하게만 느껴졌다. 자정에 가까운 시각, 자고 가겠다고 응석 부리는 승원을 은희가 데리고 간 후 진송은 복잡해진 머릿속을 정리하기 위해 그 자리에 좀 더 앉아 있느라 취침이 더 늦었다. 원인을 제공한 사람이 혼을 내니 언짢을 따름이었다.

"업무시간엔 안 졸 거라고 믿어요. 이제 잠 좀 깼어요? 아니면 여기 더 서 있고."

진송의 얼굴을 살핀 헌조는 그녀가 긴장하여 정신을 바짝 차린 듯 보이자 시선을 내리깔았다.

"깼습니다."

"가 봐요."

진송은 헌조의 책상에서 몇 발짝 안 떨어진 자신의 책상으로 가기는 싫어서 탕비실로 향했다. 진송이 헌조에게 불려 간 사이 대부계 구 팀장은 한 계장의 스케줄에 주의를 기울이고 있었다.

"한 계장! 이번 주말에도 중국 간다며? 이번엔 어디로 가나? 지난번에 사다 준 특산물은 맛있게 잘 먹었네."

"네, 맛있게 드셨다니 다행입니다."

쳐진 어깨로 터덜터덜 걸어가는 진송을 한 계장이 억지웃음을 지으며 앞질렀다. 탕비실로 피신한 두 사람은 동병상련의 마음으로 마주 앉아 믹스커피를 마셨다. 한 계장은 질색하며 유리문 너머의 구 팀장을 곁눈질했다.

"연봉도 1억이 넘는 사람이 저러고 싶나? 부하직원 벗겨 먹으려고 하고. 난 구보다 임이 훨씬 낫다고 본다."

여행에 취미가 있는 한 계장은 아시아 지역을 자주 나갔는데 그럴 때마다 구 팀장은 콩고물을 주워 먹으려고 난리였다. 또 그는 좋게 말하면 알뜰한 사람이었고, 나쁘게 말하면 팀원들에게 밥한 번 사지 않는 등 금전적인 측면에서 유독 구질구질한 면이 있어 세 명의 팀장 중 최악의 팀장으로 자리매김했다.

"당연하죠, 그건. 임 팀장님이 구랑 비교할 사람은 아니죠."

방금 혼나고 온 건 어디 사는 누구냐는 듯 임 팀장을 편드는 진송을 한 계장이 어리둥절하게 바라보았다. 같이 상사 욕이나 하며 분풀이나 하려고 했더니 한 계장은 진송의 반응이 영 재미가 없었다.

"너 은근히 임 편든다?"

"편든 거 아니에요! 아니, 편 안 들 거예요!"

한 계장이 가볍게 잡은 트집에 벌떡 고개를 든 진송이 부정했다. 심각해진 표정으로 골똘히 생각에 빠진 진송에게 한 계장은 더 말을 걸지 못했다. 흥이 떨어진 한 계장은 슬쩍 일어나 자리를 피해 주었다.

"민호야!"

한 계장은 결국 만만한 박 주임을 찾아 헤맸다.

진송과 함께 퇴근길에 오른 다빈은 지하주차장에 발을 디디자마자 눈을 비볐다. 진송은 자신도 모르게 다빈처럼 눈을 비벼 재차 확인했다. 헌조와 낯선 여자의 뒷모습이 정면으로 보였다.

"뭐야 지금? 임, 여자랑 같이 퇴근하는 거야?"

"그렇네요."

"며칠 전엔 여자랑 같이 점심 먹었다던데."

"맞아요."

"혹시 같은 여자?"

"그런 것 같기도 하고 아닌 것 같기도 하고."

진송은 건성인 듯하지만 감정이 실린 목소리로 맞장구쳤다. 이와 비슷한 상황을 레스토랑에서 목격했을 때에는 워낙 거리가 있었고 잠깐 본 터라 여자의 얼굴은 기억이 나지 않았다. 그나마 헤어스타일이나 풍기는 분위기가 닮아 보이긴 했다.

"어, 언니."

헌조의 애마인 실버 세단 앞으로 총알같이 튀어 나가는 다빈을 진송이 모기만 한 목소리로 붙잡았지만 소용없었다. 조용히 거리를 좁힌 두 여자에게 남녀의 대화가 들렸다.

"부품 하나 때문에 한 이틀 걸린대. 오빠, 그냥 내 차 수리 끝날 때까진 집에서 자는 게 어때? 어차피 매일같이 수영 가는데 그 편이 낫지."

"불편한데."

"남의 집도 아니고 뭐가 불편해."

심상치 않은 기류에 다빈은 숨을 크게 들이마셨다. 더 엿듣다 헌조에게 들키느니, 두 여자는 허리를 곧게 폈다.

"팀장님, 팀장님!"

"아, 김 계장."

헌조의 눈빛에 한 발 물러나 있던 진송이 다빈의 옆에 쭈뼛쭈뼛 섰다.

"퇴근하시나 봐요. 저도 퇴근하려는 길인데. 그런데 누구……?"

다빈은 노골적으로 말끝을 늘이며 물었다. 알고 싶기도 하고 모르고 싶기도 한 여자의 존재에 진송은 갈등이 되었다. 헌조의 옆에 있는 깡마른 여자는 애초부터 소개 같은 건 바라지 않은 듯 조신하게 고개를 숙였다.

"안녕하세요, 하윤영이라고 합니다."

헌조의 가족관계를 알진 못했지만 혹시나 친동생이 아닐까 했던 두 여자의 추측은 박살 났다. 표정관리를 한 다빈이 영업용 옷음을 지었다.

"네, 안녕하세요. 김다빈입니다."

"이쪽은 손진송 주임."

멋쩍게 입을 열려고 했던 진송은 헌조에 의해 막혔다. 발끈한 진송이 헌조를 쳐다보았지만 의미 모를 눈빛과 마주할 뿐이었다. 윤영은 활짝 웃으며 적극적인 태도로 덧붙였다.

"오빠 직장동료분들 뵙는 건 처음이네요. 반갑습니다."

다빈이 궁금증이 가득한 눈으로 헌조와 윤영을 번갈아 보자 윤영은 수줍게 입가를 가렸다. 심사가 뒤틀려 가는 진송 대신 다빈이 나서서 응했다.

"네, 저희도요. 미인이세요!"

"두 분이 더 예쁘신데요."

여자들끼리의 듣기 좋은 덕담도 오갔다. 그 속에서 진송은 점점 더 꿀 먹은 벙어리가 되어 갔다. 헌조는 화기애애한 다빈과 윤영은 안중에도 없이 애꿎은 입술만 물어뜯는 진송을 주시했다.

그러나 진송이 작은 머리로 무슨 생각을 하는 건지 알아채지 못했다. 대략 통성명이 끝나자 헌조가 흐름을 끊었다.

"다들 피곤해 보이는데 조심히 들어가요. 내일 봅시다."

"네, 팀장님. 들어가세요. 안녕히 가세요."

"안녕히 가세요."

"특히 손 주임은 바로 귀가해서 일찍 자는 게 좋겠네요. 내일 아침엔 안 졸려면."

윤영의 앞에서 꾸지람을 듣자 진송은 어쩐지 두 배로 불쾌했다. 헌조를 쏘아본 진송이 이를 부득부득 갈았다.

"알아서 잘하겠습니다."

"그래요, 운전 조심히 해요."

헌조와 윤영이 탄 차가 갈 생각을 않는 다빈과 진송을 지나쳐 주차장을 빠져나갔다.

"임한테 여자 친구가 생겼다……."

혼잣말을 읊조리곤 다시 충격에 빠진 다빈이 실연이라도 당한 여자처럼 가슴을 부여잡았다.

"집까지 들락날락할 사이면 많이 깊은가 봐."

엿들은 내용을 울먹이며 내뱉은 다빈은 애석한 듯 손가락을 입에 물었다. 진송은 실버 세단이 사라진 곳을 노려보며 주먹을 꽉 쥐었다. 그러곤 욕이 나올 것 같은 걸 꾹꾹 참고 다빈과 헤어져 애마로 걸어갔다.

진송의 뇌리에 헌조와의 사이에서 있었던 일들이 주마등처럼 지나갔다. 지금 그녀는 상사의 여자관계에 놀아난 신입사원의 꼴이었다. 헌조를 좋아하지 않으니 놀아나지 않았다고 생각하며 덤덤해야 할 자신이, 죽일 듯이 화가 나고 가슴 한구석이 아팠다. 이대로 운전대를 잡았다간 사고라도 낼 것 같아 진송은 시동을 켜지 못했다.

윤영이 근무하는 중학교는 은행과 도보로 얼마 걸리지 않는 거리였다. 급식이 먹기 싫다는 핑계로 윤영은 종종 헌조에게 밥을 얻어먹었다. 또 생각 같아선 매일 은행까지는 걸어오는 수고를 하더라도 헌조의 차를 얻어 타고 귀가하고 싶었으나 녹록지 않았다. 이번 경우처럼 차가 정비소에 하루라도 맡겨지지 않는 이상.

윤영을 데려다줄 겸 들른 본가에서 헌조는 손이 큰 한미가 상다리가 부러져라 차린 저녁을 들었다.

"오빠, 있잖아."

입맛이 없는 것처럼 젓가락만 쪽쪽 빨던 윤영이 어렵사리 헌조를 불렀다. 헌조는 식사에 전념한 채 건성으로 대답했다.

"말해."

"혹시 아까 손 주임님 그분이 오빠가 말한 재밌는 신입이야?"

짧은 만남이었지만 윤영이 가진 여자의 촉이 발동했다. 윤영은 윤영 나름대로 헌조의 차를 타고 집으로 오는 내내 생각이 많았다.

"뭐 그런 걸 다 기억하고 그래?"

"맞구나."

윤영의 질문을 가볍게 받아들인 헌조가 대수롭지 않게 목소리를 흘렸다. 확인 사살한 윤영의 머리가 더욱 빠르게 돌아갔다. 주차장에서 봤던 진송의 모습을 곱씹는 윤영의 표정이 심상치 않았다.

"손 주임이 누구니?"

모르는 사람이 언급되자 한미는 흥미로워하며 끼어들었다.

"아니에요. 오빠가 그냥 한 말인데 기억이 나서요. 어머니, 나물 너무 맛있는데요? 어쩜 이렇게 고소해요?"

표정을 싹 바꾼 윤영은 헌조가 잘 먹는 반찬을 가리키며 화제를 전환했다. 칭찬이 날아들자 한미가 눈에 띄게 좋아했다.

"맛있니? 좀 싱겁지 않아? 무칠 땐 몰랐는데 좀 싱거운 것도 같고."

"간 딱 좋아요, 어머니. 그리고 음식은 짠 것보다 싱거운 게 몸에 좋다잖아요."

윤영의 말을 들은 한미가 금세 수긍하며 물었다.

"그렇지. 나물 더 가져다줄까?"

"제가 가져올게요. 주말에 만드는 법 좀 알려 주세요!"

"그래, 같이 만들어 보자."

한미는 반찬 종지를 가지고 주방으로 가는 윤영을 흡족하게 바라보았다.

"하여튼 윤영이 저건, 물건이야 물건."

빈 밥그릇을 들고 일어나며 헌조의 형인 연조가 혀를 내둘렀다. 한미를 닮은 헌조와 달리 연조는 성목을 더 빼닮았다. 둘은 그리 닮지 않은 형제였다.

뒤이어 헌조의 밥그릇도 모두 비워졌다. 소지품을 챙기는 헌조에게 거실에 모여 앉는 가족들의 이목이 쏠렸다. 시기적절하게 헌조가 현관으로 걸음을 옮겼다.

"잘 먹었습니다."

"바로 가? 과일 먹고 가!"

"오빠, 자고 가라니깐! 말은 참 안 들어."

"배불러요. 가서 할 일도 있고."

한미와 윤영이 성화를 부렸지만 헌조는 딱 잘라 거절하고 성목에게 인사를 드렸다.

"그래, 둘 중 하나는 없어야지."

소파에 팔짱을 끼고 앉은 연조가 헌조에게 손을 흔들었다. 윤영은 차고로 향하는 헌조의 뒷모습을 끝까지 눈으로 좇았다. 눈빛에 헌조를 더 붙잡아 놓지 못한 미련이 가득했다. 이윽고 시동이 걸린 실버 세단이 쏜살같이 골목을 빠져나갔다.

생각 같아선 헌조에게 반항하듯 늦게까지 잠들고 싶지 않았지만 초저녁부터 잔 덕분에 가볍게 기상한 진송이 아쿠아백을 챙겨 집을 나섰다. 헌조를 만나 봐야겠다는 생각 하나로 수영장을 찾았다.

수영장에 도착한 진송은 물은 쳐다보지도 않은 채 팔짱을 낀 자세로 주변을 뱅뱅 돌기만 했다. 헌조와 또 마주칠 수 있을 것 같다는 예감이 틀린 게 아닌지 의심이 들 무렵, 진송은 헌조와 대면했다. 한눈에 서로를 알아본 두 사람은 마치 눈싸움을 하는 듯 피하지 않았다. 숨지도 도망가지도 않는 진송을 보고 의외라는 표정을 지은 헌조가 거리를 좁혔다.

"안녕하세요."

"오늘도 그냥 그런 아침이 될 줄 알았는데 좋은 아침이네요."

목례로 인사를 받은 헌조가 밝게 말하자 진송이 삐딱선을 탔다.

"저한테는 그냥 그런 아침인 것 같아요."

"그것도 나 때문인가? 스포츠센터 진짜 옮긴 줄 알았어요. 수영하는 거 무척 좋아하는 것 같았는데 어떻게 그동안 코빼기도 안 보였어요?"

"그거 하난 제대로 보셨네요. 옮겨도 제가 왜 옮기겠어요. 말이 나와서 말인데요, 팀장님."

"네."

진송은 몸을 풀며 헌조의 눈동자를 도전적으로 쳐다보았다.

"시합 한 번 해요. 단판 승부."

"뭘 걸려고 그래요? 무섭게."

진송은 헌조의 수영 실력을 본 적이 없어 모르지만 이길 자신이 있었다. 성별에 따른 핸디캡이야 있겠지만 동등하게 시합을 펼쳐 깨끗하게 이겨야 할 것 같은 느낌이었다. 그리고 다른 여자와 밤을 지새운 후 뻔뻔한 낯짝을 내미는 헌조에게 자신의 바람을 이야기하자 속이 다 시원했다. 자신을 얼마나 쉽게 봤으면. 가벼운 마음으로 건드리는 헌조에게 거부감이 생겼다.

"제가 이기면 팀장님이 센터 옮겨 주세요."

헌조는 반감이 가득한 진송을 보며 미간을 찌푸렸다. 그러나 특별히 토를 달진 않았다.

"그럼 내가 이기면……."

잠깐 생각에 잠겼던 헌조가 뜸을 들였다.

"난 결판이 나면 말할게요."

승리를 확신하는 진송은 별 신경을 쓰지 않고 고개를 끄덕였다. 반드시 이겨서 코를 납작하게 눌러 줄 심산이었다. 각자 간단히 스트레칭을 한 두 사람이 출발선에 섰다.

"셋 셀게요. 마지막 숫자가 끝나면 출발하는 거예요."

"그래요. 하자니까 하는데 나랑 내기한 거 후회할지도 몰라요. 워낙 이것저것 다 잘하거든."

속으로 콧방귀를 뀐 진송은 못 들은 척 숫자를 천천히 셌다. 노련하게 입수한 두 사람은 거의 동시에 반환지점에 다다랐다. 턴을 한 후 스퍼트를 올리다 보니 금세 결과가 판가름 났다.

이기거나 지거나, 둘 중 하나의 결과를 그렸던 것이 무색해졌다.

"단판에서 무승부니 서로가 원하는 걸 해 주는 걸로 하죠."

얕잡아 본 헌조는 꽤나 실력자인지 흐트러짐이 없었다. 진송은 재경기를 했다가 까딱하면 질지도 모른다는 불안이 들었던 차에 받은 헌조의 제안이 나쁘지 않았다. 아직 바람을 얘기하지 않은 헌조가 무슨 말을 꺼낼지 불안하긴 했지만, 일단 그녀의 뜻대로 센터를 옮겨 준다는 소리는 만족스러웠다.

"팀장님도 말씀하세요."

"손 주임이랑 오붓하게 아침이나 먹고 싶네요. 이 시간에 영업하는 곳이 별로 없긴 하겠지만 맛있는 거 사 줄게요."

추측한 것보다 소박한 바람이었지만 진송이 들어주고 싶지 않은 축에 가까웠다. 자신을 상대로 또 장난을 치려는 헌조의 의도에 심기가 상했다. 진송은 헌조의 장난을 원천 봉쇄하기 위해 거짓말을 보탰다.

"죄송하지만 제가 아침을 안 먹어서요. 다른 걸 말씀해 보세요."

"저녁 먹어요."

"그것도 선약이 있어서 안 될 것 같네요. 그런 종류 말고 다른 걸 말씀하시면……."

답답함을 느낀 헌조가 눈을 질끈 감고 젖은 머리를 쓸어 넘겼다. 답답한 어투로 철벽을 세우는 진송 때문에 헌조의 기분도 망가지고 있었다. 상처받은 게 헌조의 얼굴에 드러나는 것을 본 진송은 그것을 어떻게 받아들여야 할지 알 수 없었다.

"내가 또 뭘 실망시켰어요?"

헌조가 가라앉은 목소리로 사납게 물었지만 진송은 그저 잠잠하게 쳐다보았다. 건조하게 변한 헌조의 눈빛과 대면했다.

"왜, 좋다고 자꾸 들이대니까 귀찮고 상대도 하기 싫어요?"

"저 좋아하는 척하지 마세요!"

격해진 헌조의 말투에 진송은 순간 짜증이 치밀어 발작처럼 소리 질렸다. 성큼 거리를 좁힌 헌조가 날카롭게 물었다.

"좋아하는 척이요? 내 감정을 손 주임이 왜 함부로 말해요?"

"진심 아니시잖아요. 저 가지고 노는 거 그만 하시라고요. 팀장님 여자관계에 휘말리고 싶지 않아요!"

"지금 뭐라고 그랬어요?"

새벽 수영을 온 사람이 둘 뿐이라 다행이었다. 수영장이 쩌렁쩌렁 울리도록 싸워 대니 곧 직원이 달려올지도 몰랐다. 헌조의 화난 모습에 진송은 넋을 놓았다. 그동안 헌조가 화다운 화를 내는 걸 본 적이 없었다. 마치 건드려선 안 될 것을 건드린 느낌이 들었다.

"너만 보면 안고 싶고, 키스하고 싶고, 자고 싶은데 이게 안 좋아하는 거면 뭐야? 여자관계? 가지고 놀아, 내가 널? 내가 나 좋자고 너 싫다는 거 한 적 있어? 무슨 근거로 진심이 아니라는 건데! 내 속도가 버거울까 봐 잠깐 풀어 줬더니 이런 생각이나 하고 있었어?"

"어제 그 여자랑 만나는 사이시잖아요! 다 들었어요. 그 여자 집으로 간 거!"

적반하장으로 화를 내는 헌조에게 뒤지지 않기 위해 진송은 힘을 냈다. 가슴이 덜컹거릴 만큼 직접적인 표현이 놀라웠지만 그것을 논하기 이전에 반드시 짚고 넘어가야 할 부분이 있었다.

"누구?"

얼빠진 표정으로 듣고 있던 헌조가 느지막이 여자의 이름을 꺼냈다.

"지금 윤영이 말한 거예요?"

진송은 긍정의 의미로 눈꺼풀만 깜박거렸다. 허무하리만치 김 빠진 헌조가 그제야 진송의 오해를 파악했다. 윤영을 손톱만큼도 여자로 보지 않는 헌조는 여동생을 보고 오해할 수 있다는 것을 간과했다. 누그러진 기색의 헌조를 보며 진송도 뭔가 이상하다는 것을 깨달았다.

"손 주임한테 추승원이 가족 같은 동생이라고 했었죠."

"네."

"나한텐 윤영이가 그래요. 사정이 있어 어릴 때부터 한집에서 같이 컸거든요."

하마터면 바보같이 감탄사를 뱉을 뻔한 진송은 자신의 오해가 열없어서 얼굴이 붉어졌다. 윤영의 태도가 마음에 조금 걸리긴 했지만 헌조의 설명이 그것을 불식시켰다.

"그 애는 아직 부모님 댁에서 지내고 있고, 난 독립한 지 몇 해 됐어요."

"이해했어요. 그만 말씀하셔도 돼요."

머쓱한 진송이 헌조의 말을 끊었다. 오해로 인해 발생한 화가 가라앉은 진송의 눈에 미처 보지 못했던 부분들이 보였다. 적극적으로 반응하는 헌조가 낯설었다. 반쯤 넋이 나간 진송을 걱정스럽게 지켜보던 헌조가 벽에 걸린 시계를 확인하고 아쉬운 투로 말했다.

"오해 풀렸어요? 내친김에 여자관계에 대해 더 해명하고 싶은데 시간이 허락하질 않네요. 그래서 말인데, 점심은 선약 없죠? 우린 차분히 대화할 시간이 필요한 것 같네요."

"오해한 건 죄송하니까 제가 점심 살게요."

더 이상 거절하기 어려운 상황에 직면한 진송이 헌조의 제안을 받아들였다. 눈 녹듯 풀린 마음이 그녀 스스로도 완벽하게 이해가 되지 않았다. 이게 헌조에 대한 호감 때문인지 헌조와 좀 더 대화를 나누며 알아봐야 할 것 같았다.

"오해하게 해서 미안해요. 손 주임이 오해하지 않게 내가 미리 설명했어야 했다는 생각이 뒤늦게 드네요."

"그것보다 팀장님은 방법이 틀렸어요."

"무슨?"

진송이 고개를 절레절레 저으며 지적하자 헌조가 되물었다. 진송이 헌조의 눈을 똑바로 응시하며 또박또박 알려 주었다.

"안고 키스하고 자기 전에 제대로 고백부터 해요."

"손 주임 방식으로?"

휴전의 분위기가 형성되자 비로소 두 사람의 얼굴에 미소가 떠올랐다. 냉랭했던 두 사람의 사이에 비로소 훈풍이 불어왔다. 진송은 마지막으로 개인적인 바람을 덧붙였다.

"네, 이왕이면 로맨틱하게."

그대로 헤어졌던 두 사람은 은행으로 출근하여 둘 사이에 어떠한 일도 없었던 것처럼 평소와 다름없이 근무했다. 그쯤 되니 스포츠센터가 떠나가라 다툰 게 꿈이라도 되는 듯 실감이 안 났다.

"임이랑 점심 먹는다고?"

"네."

"둘이서? 왜 너만 먹재?"

"차례대로 사 주시려나 보죠."

점심시간이 다가와 진송은 대충 미리 둘러대 두었다. 별 의심 없이 수긍하는 직원들이었다. 눈빛을 주고받은 두 사람은 어색하지만 함께 지점을 벗어났다. 헌조가 보폭을 맞춰 느리게 걸으며 물었다.

"먹고 싶은 거 생각해 뒀어요?"

"딱히 가리는 건 없으니 가까운 곳으로 가요."

"그럼 저 골목에 있는 이탈리아 레스토랑은 어때요?"

"거긴 싫어요. 한정식집으로 가요."

헌조가 윤영과 있는 것을 목격했던 레스토랑을 들먹였다. 진송은 윤영에 대한 오해는 풀렸지만 그곳이 꺼려졌다. 반대편에 있는 한정식 가게를 찾은 두 사람은 운 좋게 빈 방에서 한상차림을 기다렸다.

"손 주임이랑 밥 먹기 참 힘드네요."

"다 팀장님 하시기에 달렸죠."

"네, 앞으로 잘 해야겠네요."

헌조가 새침하게 대꾸하는 진송을 귀엽단 듯 바라보았다. 진송은 갑자기 떠오른 점에 대해 물었다.

"수영은 언제부터 하셨어요? 전 5년 정도 됐는데. 스피드에 자신이 있었는데 무승부라 놀랐어요."

"사실 고등학교 1학년 때까지 선수 생활을 했었어요. 학교에 으레 있는 수영부 있잖아요. 부상으로 그만 뒀지만."

"어쩐지. 저 봐주신 거죠?"

"기분 나빠하지 마요. 마음만은 최선을 다했어요."

진송은 모처럼 좋은 상태를 망칠까 봐 헌조가 어울리지 않게 눈치를 살피는 것이 웃겼다.

"제가 건 내기 조건 잊지 않으셨죠?"

"네, 손 주임한테 예쁨받게 말 잘 들어야죠. 혹시 알아요, 더 예쁨받게 되면 센터 금지령도 풀릴지. 나중에 그걸 노려야죠."

진송은 재차 확답을 받았다. 어깨를 들먹이는 헌조가 밉지 않게 느껴진 진송이 수저를 챙겨 주었다.

"건투를 빌게요."

"아침에 하던 얘기 마저 하죠. 나 양다리, 문어 다리에 취미 없어요. 소질은 있겠지만 확인해 볼 마음 전혀 없고. 손 주임 눈에 내가 어떻게 보일지 모르겠지만 한 우물만 파요, 나."

헌조는 진송이 다시는 터무니없는 오해를 하지 않도록 딱 부러지게 말했다.

"그러니까 지금 만나는 사람 없단 말씀이시죠?"

"네, 빨리 만나고 싶은 사람은 있지만. 그게 누군지는 굳이 말 안 해도 되죠?"

진송은 어련할까 싶어 가만히 고개를 끄덕였다. 당당하게 호감을 드러내는 헌조로 인해 진송의 뺨에 연신 홍조가 깃들었다. 돌다리도 두들겨 보고 건너라는 속담을 상기한 헌조가 일부러 질문했다.

"손 주임도 만나는 사람 없는 걸로 알고 있는데, 맞아요?"

돌솥밥과 된장찌개, 살이 통통한 조기구이, 정갈한 반찬들이 서빙되었다. 헌조는 진송이 뜨거운 솥에 손을 데기라도 할까 봐 솥을 비워 내고 무거운 주전자를 기울여 숭늉을 채워 주었다.

"네."

"전 연애가 끝난 지 얼마 안 돼서 연애할 마음이 없는 상태라든가, 삶이 빡빡해서 여유가 없다거나 그렇진 않죠?"

"그랬으면 팀장님한테 고백하라고 말 안 했겠죠."

농담을 섞어 군걱정을 늘어놓은 헌조가 할 말을 잊고 진송을 보았다.

"성격 같아선 지금 이 자리에서 고백하고 싶은데 참을게요."

"일단 밥부터 먹어요. 아침에도 마찬가지였지만 여기에서도 시간제한이 있으니까."

참 헌조다운 반응이었다. 웃음을 터트린 진송은 직원들 모두에게 공평하게 주어진 점심시간을 언급했다. 헌조가 심각한 척 턱을 쓸며 말했다.

"심각하네요. 밥 먹는 것보다 손 주임이랑 얘기하는 게 더 좋아서."

"둘 다 점심까지 굶었다가 일하는 데 지장 가면 안 되잖아요."

진송이 팔을 뻗어 헌조의 손에 수저를 쥐여 주었다.

일리 있는 말에 설득당한 헌조는 식사를 하면서도 밥이 코로 넘어가는지 입으로 넘어가는지 분간이 안 됐다. 앞으로의 계획에 대해 고민할 게 산더미였다.

한두 시간에 한 번씩 꼬박꼬박 들락날락거리는 게 일이었다. 몇 없는 흡연자 중 한 사람인 민호가 알싸한 담배 냄새를 퍼트리며 객장으로 들어왔다. 습관처럼 탕비실에 들러 흡연 후 입가심으로 물을 마신 민호가 막 자리로 돌아왔을 때였다. 뒤늦게 늘어난 고객들을 보고 행동을 서두르는 그에게 어김없이 꾸중이 쏟아졌다.

"박 주임 집이 어디랬죠?"

"저 청담동……."

민호는 비싸고 좋은 집에 사는 것을 당당하게 밝히려 목청을 키웠지만 헌조가 말을 잘랐다.

"청담동이면, 집이 너무 좋아서 집에선 담배를 못 피우겠어요? 아니면 집 근처에 흡연구역이 없어서 출근하는 건가? 담배 피우러 이렇게 멀리까지 나올 필요 있어요?"

의자를 잡고 엉거주춤히 선 민호는 괜스레 찔려 대기 중인 고객들의 눈치를 살폈다.

"죄송합니다."

"적금 타듯 담배 태우지 말고 좀 참아 봐요. 건강에도 좋을 거예요."

"네, 알겠습니다."

자리에 앉은 민호는 헌조에게 들리지 않게 구시렁거렸다.

"씨, 왜 나한테만 난리야."

그 상황을 엿들은 다른 직원들은 실로 속이 다 시원했다. 이렇듯 헌조의 지적은 가끔 가려운 곳을 긁어 주었다. 진송은 옆자리인 민호와 눈이 마주치자 얄밉게 곧잘 웃는 그를 흉내 냈다.

"팀장님, 요즘 부쩍 저만 혼내시고. 편애하시는 거예요?"

끝내 고개를 돌려 대놓고 투덜거린 민호가 진송을 눈짓했다. 진송은 초등학생같이 기어코 자신을 걸고넘어지는 민호가 무척 괘씸했다. 한편으로는 헌조에게서 무슨 대답이 나올지 궁금했다.

"본인의 문제점은 본인 안에서만 찾길 바라요. 일이나 해요. 더 혼나기 싫으면."

꿀 먹은 벙어리가 된 민호가 번호를 호출했다. 진송은 고소해하며 더욱 신나서 업무를 수행했다. 바쁘게 손을 놀리던 진송은 불쑥 뒤에서 느껴지는 기척에 돌아보았다. 상체를 굽힌 헌조가 진송의 의자 주변에 떨어진 서류를 주워 책상 위에 놓아 주었다. 운 나쁘면 서류 분실로 이어지곤 하는 터라 한 소리 듣겠구나 직감한 진송이 아랫입술을 깨물었지만 헌조는 그대로 멀어졌다.

의아한 것도 잠시, 진송은 다시 손님맞이에 정신이 팔렸다. 그러다 업무 도중 카드재고를 파악하러 헌조의 책상 근처에 갔을 때였다.

"손 주임 때문에 큰일 났어요. 일에 관련한 내 원칙 하나가 무너졌어요."

고객이 원하는 재고를 찾아 뒤적이던 진송의 움직임이 우뚝 멈췄다. 진송은 그새 자신이 무슨 잘못을 한 건 아닌지 기억을 되짚어 보았다.

"원칙이요?"

맹하게 시선을 든 진송이 팔짱을 끼고 있는 헌조와 눈을 맞췄다. 이어서 들린 말에 진송의 귀가 화끈거렸다.

"내가 편애를 한다고요."

원인은 너한테 있으니 책임지라는 뻔뻔한 뉘앙스였다. 진송은 사람 설레게 하는 방법이 참 여러 가지구나 싶었다.

직장인의 일주일이란 테이프 늘어진 듯 긴 평일과 물 흐르듯 짧은 주말로 이루어진다. 도돌이표 반복하듯 돌아온 월요일 출근 길이었다. 지하주차장에서 진송은 지상으로 올라가기 위해 엘리베이터를 기다렸다. 진송이 엘리베이터에 홀로 타자마자 정면으로 다가오는 헌조가 보여 열림 버튼을 눌렀다. 초크스트라이프 재킷에 단정하게 타이를 맨 헌조는 한 손에 브리프케이스를 들고 있었다.

"깜박 한눈팔았다가 손 주임 놓칠 뻔했네요."

"올라가 계시지 왜……. 절 무슨 일로 기다리신 거예요?"

"일 없어도 난 손 주임 기다리는데, 몰랐어요?"

이렇듯 헌조가 능청스러운 대답을 자연스럽게 할 때마다 진송은 말문이 막혔다. 문이 닫히자 그들이 탄 엘리베이터가 지상으로 빠르게 올라갔다. 진송은 팔이 스칠 만큼 붙어 선 헌조가 의식이 되었다. 의식하는 진송에게 촉각을 세운 헌조가 또다시 말을 걸었다.

"주말 잘 보냈어요?"

"네, 팀장님도 잘 보내셨죠?"

"아니요. 손 주임은 잘 보냈다니 억울하네."

"네?"

심술궂게 한쪽 눈썹을 들었다 놓은 헌조가 살짝 벌어진 진송의 입술에 지긋한 시선을 던졌다.

"그렇게 순진하고 귀엽게 반응하면 난 무슨 생각 드는지 알아요?"

헌조의 입에서 폭탄 같은 발언이 나오기 전에 진송이 빠르게 수습했다.

"직접 듣고 싶지 않으니 생각만 해 주세요."

제법이라는 듯 웃음을 터트린 헌조가 손을 내밀었다.

"휴대전화 좀 줘 볼래요?"

진송은 어리둥절했지만 별 의심 없이 휴대전화를 내어 주었다. 엘리베이터 문이 열렸지만 휴대전화를 빌려 간 헌조로 인해 두 사람 다 내리지 못하고 있었다.

"03082015. 외워 봐요."

"03082015? 무슨 숫자예요?"

"내 비업무용 번호이자, 오늘부터 손 주임 휴대전화 암호가 되겠네요. 010은 생략."

"네?"

기막힌 진송이 서둘러 휴대전화 액정을 들여다보았다. 한 번도 걸어 본 적 없던 암호가 떡하니 걸려 있었다.

"안 내려요?"

어느새 복도에 서 있는 헌조를 따라 내린 진송이 혀를 찼다.

"이러는 법이 어디 있어요? 팀장님 마음대로!"

"손 주임도 마음대로 내 머릿속에 들어왔잖아요."

자칫 잘못하면 느끼할 수 있는 말을 참 태연하게 잘했다. 굳어 있는 진송에게 헌조가 덧붙였다.

"주말 이틀 동안 내가 손 주임 생각에 얼마나 시달렸는지 알아요? 모르면 이 정도는 넘어가 주죠."

이게 따지는 건지 고백 비슷한 말을 하는 건지 진송은 분간이 안 됐다. 문제는 짧은 새에 그녀가 헌조의 전화번호를 외웠다는 것이었다. 어이없어하며 헌조를 제쳐 후문으로 앞장서 걸어가던 진송의 손목이 붙들렸다.

"손 주임, 잠깐만."

진송은 빠르게 출근 중인 직원이 없나 주위를 살폈다. 막무가

116

내인 헌조에게 그들이 있는 장소를 상기시켰다.

"또 왜 이러세요? 여기 사무실 앞이에요!"

표정 하나 바뀌지 않은 헌조가 진송의 앞에 느릿하게 왼쪽 무릎을 굽혀 앉았다. 진송은 진땀을 흘리며 후문 근처에 아는 얼굴이 없나 둘러보았다. 아는 얼굴이 없는 것을 확인하고 나서야 헌조가 뭘 하는지 볼 여유가 생긴 진송이 고개를 떨궜다.

바닥에 브리프케이스를 내려 둔 헌조는 진송의 풀린 운동화 끈을 손수 매듭지어 주고 있었다. 겸연쩍은 진송이 할 말을 잊고 속눈썹만 깜박거렸다. 주말에 동네를 배회할 때도 신었던 운동화였다. 끈 풀린 줄도 모르고 운전까지 했는데 자신이 생각해도 둔했다.

"감사합니다."

마음이 떨리는 것이 목소리로도 티가 났다. 진송은 자신을 올려다보는 헌조의 눈동자에서 시선을 돌릴 수가 없었다. 헌조가 붉은 입술을 움직여 나지막한 목소리를 냈다.

"신발 끈이 풀리면 누군가 내 생각을 하는 것이라는 말 들어 봤어요?"

"네."

"그 누군가가 나니까 또 끈 풀리면 난 줄 알아요."

몸을 일으킨 헌조가 씩 입가를 올렸다. 예쁘게도 묶인 리본에서 진송은 눈을 뗄 수가 없었다. 헌조에게 묶인 것은 비단 신발 끈만이 아닌 듯했다.

4. 대체방에 긍정적인 신입

꽃이 활짝 개화한 완연한 봄날이 지속되니 사람의 마음도 흐물흐물 동화되었다. 그간 너무 풀어진 것이리라. 평화롭고 순조로운 나날이 반복되다 보니 방심에 방심을 거듭한 게 잘못이었다. 봄비가 어울리지 않게 추적추적 내리는 오후, 은행 안에서는 큰 소리가 흘러나왔다.

"바빠 죽겠는데 사람 똥개 훈련시키는 것도 아니고 뭐야! 아가씨가 저기로 가라며! 가라고 안내를 했으면 똑바로 인수인계를 해야 될 것 아니야! 은행직원이 대단하면 얼마나 대단하다고 사람을 이렇게 무시해!"

날카로운 여자의 음성이 쩌렁쩌렁 공간을 울렸다. 무뚝뚝한 단답으로 용무를 밝힌 여자 고객이 볼 업무가 제대로 파악이 되지 않자, 예금계 창구와 퇴직연금 창구 간에 혼선이 빚어졌다. 텔러는 서로의 일에 바쁘고, 로비매니저는 안내를 함에 있어 부족함이 있었다.

처음 진송의 창구로 왔다가 VIP라운지로 안내된 여자 고객은 그곳에서 다른 VVIP고객들에게 밀려 오랜 대기시간을 가졌고, 좋은 말로 클레임을 걸기보다 화를 폭발시켰던 것이다.

"사모님, 오래 기다리게 해 드려 죄송합니다. 진정하시고요, 지금 바로 처리해 드리겠습니다."

"지금 진정하게 생겼어! 사과 똑바로 안 해!"

씩씩거리며 객장으로 나온 중년의 여자 고객이 만만해 보이는 젊은 여직원 진송에게 되돌아왔다. 진송은 아닌 밤중에 날벼락을 맞은 기분이었다.

별일 아닌 일도 크게 변할 수 있는 직종임은 잘 알지만 사건이 터질 때마다 놀라웠다. 그것도 남에게 발생한 사건이었지, 진송 자신에게 생긴 일은 아니라 한 발짝 물러나 본 것이 전부였다. 좋은 단골 고객들과 교류하며 일에 대한 보람을 알아 가던 차였다. 또 헌조에게 덜 혼나려고 조심하고 열심히 일했는데 부질없었다.

"죄송합니다. 여기 앉으세요."

소란을 피우는 여자 고객 때문에 대기 중이던 고객들의 주의가 집중되었다. 진송은 없는 정신으로 거듭 사과를 하고 창구 앞 의자를 권했다. 하지만 여자 고객은 여전히 배에 힘을 주고 서서 삿대질을 해 댔다. 당황스럽기도 하고 화가 나기도 해서 진송의 얼굴이 누르락붉으락했다.

"임헌조 팀장입니다. 불편을 겪으신 것 같은데 우선 사과드립니다. 어떤 업무 보러 오셨는지 여쭤 봐도 될까요?"

사태를 지켜보던 헌조가 직접 움직였다. 진송의 두 눈에 헌조의 넓고 듬직한 등만 보였다. 창구를 돌아 나온 헌조는 흥분한 여자 고객을 유연하게 탕비실로 이끌었다.

"아니, 내가 IRP계좌 정리해 보러 왔는데 이 아가씨가 날 똥개 훈련 시켜서요!"

여자는 감정 조절이 잘 되지 않는지 한층 부드러워진 말투와 달리 여전히 목소리가 높았다.

"소리 지르지 마시고 차분히 말씀해 주세요. 커피 괜찮으십니까?"

헌조와 여자 고객이 유리벽으로 이루어진 공간 안으로 사라지자 정적이 흘렀다. 불똥이 튈까 봐 관망하던 고객들이 저마다 한마디씩 했다. 걱정스러운 표정의 다빈이 진송의 손을 쥐었다 놓았다.

"진송아 괜찮아? 비 오는 날은 꼭 이 지랄이지."

"그러게요, 딱 걸렸네요."

속닥거린 두 사람은 아무 일도 없었다는 듯 다음 고객을 받았다. 영업종료 시간이 채 30분도 안 남은 시각에 기분이 뒤숭숭하다고 해서 이탈할 수는 없는 노릇이었다.

마지막 고객의 업무까지 잘 끝마친 진송은 긴 한숨을 흘리며 의자에서 일어났다. 트러블이 있었던 여자 고객은 진송이 다른 고객을 받고 있을 때 볼일을 끝내고 돌아갔다. 극심한 피로를 느낀 진송은 구두에 힘을 주고 후문을 벗어났다.

"괜찮아?"

"네, 안 괜찮으면 또 어쩌겠어요."

"그래, 면역은 안 되지만 익숙해질 거야."

마주친 이 과장의 위로에 씁쓸하게 웃은 진송이 비상계단을 찾았다. 양손으로 허리를 짚은 진송은 혼자가 되자 눈물이 날 것 같아 고개를 젖혔다. 울음을 참아 보려 오버스럽게 볼을 부풀렸다 풀기를 반복했지만 허사였다.

"이런 일로 울면 되겠어요? 축하해요. 박 주임보다 신고식 먼저 치렀네요."

이어서 열린 철문으로 헌조가 나타났다. 진송은 맺힌 눈물을 채 닦아 내지도 못한 게 부끄러웠다.

"저 약 올리러 오셨어요?"

"아니요, 위로하러 왔어요."

군더더기 없는 동작으로 다가온 헌조가 팔을 둘러 안다시피 진송의 어깨를 잡고는 입술을 내렸다. 빨갛고 촉촉한 진송의 입술을 앗은 헌조는 입안으로 혀를 밀어 넣었다. 깜짝 놀란 진송이 도망치려고 했지만 헌조의 팔이 단단히 버티고 있었다. 순식간에 머리가 백지장이 되어 버린 진송은 꼼짝없이 당했다.

"이런 식의 위로는 진상인가. 고백도 하기 전에, 그렇죠?"

"네, 만만치 않네요."

장난스럽게 대꾸한 진송이 붉어진 눈가를 휘었다. 방금 전까지만 해도 혼자 있고 싶다고 생각했는데 둘도 나쁘지 않았다.

"싫으면 밀어내요."

진송의 애달픈 미소에 충동을 느낀 헌조가 기습 키스의 연장을 경고했다. 헌조는 고개를 비스듬히 기울여 진송의 입술을 두드렸다. 헌조가 가진 약간의 불안을 잠재우듯 진송의 눈꺼풀이 스르르 내려앉았다. 진송의 동의로 이루어진 키스였다. 확실한 호감을 인정하는 것이나 다름없었다. 뜨거운 혀를 감고 떨어진 헌조가 재차 베이비키스를 했다.

"이거 써요."

바지 주머니에서 손수건을 꺼낸 헌조가 진송의 손에 쥐여 주었다. 헌조에게서 항상 나는 머스크향이 묻은 세련된 디자인의 손수건이었다. 진송은 사소한 배려가 크게 와 닿았다. 고작 이런 일로 진송이 사기가 꺾이고 힘들어하는 것을 원치 않는다는 듯이 헌조는 진송을 내버려 두지 않았다.

"진상 부린 거 만회하게 저녁에 시간 좀 내줬으면 하는데."

"팀장님은 방법이 틀렸다니까요."

헌조는 진송을 울다가 웃게 만들었다. 진송이 작게 투덜거리자 헌조가 순순히 정정했다.

"알았어요, 다시 할게요. 퇴근하고 나랑 데이트해요."

"좋아요."

마음에 드는 멘트에 진송의 입에서 즉답이 떨어졌다. 진송은 헌조가 듬직하게 자신을 도와준 데 이어 혼자 내버려 두지 않아 줘서 고마웠다.

티는 내지 않았지만 헌조는 비교적 빨리 기운을 차릴 것 같은 진송을 보고 안심했다. 마주 보고 선 남녀는 오래도록 서로를 바라보았다. 주고받는 따스한 눈빛에 실린 서로 간의 믿음이 깊어져 갔다.

진송의 주도로 두 남녀는 일부러 늦장을 부려 대부분의 직원들이 퇴근한 후에야 나란히 후문을 빠져나왔다. 조금이라도 보는 눈이 적어야 하기 때문이었다. 진송은 지하주차장으로 내려와 차를 코앞에 두고도 경계를 늦추지 않았다. 역시나 그냥 넘어가지 않는 헌조가 통을 주었다.

"첩보영화 찍어요? 그러니까 더 튀는 거 모르죠?"

"조심해서 나쁠 거 없잖아요."

"왜 조심해야 하는데요? 혼자 전쟁 났어요?"

헌조와 거리를 두고 걷던 진송이 홱 고개를 돌려 째려보았다.

"팀장님이랑 같이 퇴근하면 그림이 이상하니까 그렇죠."

"그 그림 꽤 괜찮을 것 같은데. 잘 어울리고."

"그건 팀장님 생각이죠. 아무 사이도 아닌 남녀가 보통 그러면 이상해요."

"그럼 빨리 무슨 사이가 돼야겠네요. 타요."

진송은 헌조의 에스코트를 받으며 실버 세단의 조수석으로 빨려들 듯 올라탔다. 혼자 느긋한 헌조가 운전석에 오르자 진송이 못마땅해하며 볶아 댔다.

"팀장님, 빨리요! 가요!"

"알았어요."

만면에 웃음을 띤 헌조는 대답과는 달리 진송 쪽으로 상체를 기울였다. 헌조가 진송에게 안전벨트를 채워 주고 멀어졌다.

"나랑 차만 타면 긴장할 건가 보죠?"

"그거야! 팀장님은 전적이 있으니까 그렇죠."

진송은 갑자기 딸꾹질이 날 것 같은 입을 틀어막았다. 발그레한 진송의 뺨이 보기 좋아 눌러 보고 싶은 걸 참은 헌조가 대신 시동 버튼을 눌렀다.

"떡 줄 사람은 생각도 안 했는데."

"떡이랑 비교가 안 되죠. 떡은 맛있기라도 하지."

"내 키스가 맛없었어요? 그럴 리가 없는데."

입씨름에서 패한 진송은 차가 은행 건물에서 꽤 멀어지고 나서야 허리를 쭉 폈다. 나름 안전하게 한 차로 같이 이동하는 것을 성공했다. 한 손으로만 핸들을 잡은 헌조는 아랫입술을 쓸며 전방을 골똘히 응시했다.

"뭐가 문제였을까요?"

"문제요?"

"키스가 맛없는 이유."

"말이 그렇다는 거지, 쓸데없는 고민을 하고 그러세요?"

턱이 떨어질 듯 경악한 진송의 말이 빨라졌다. 웃음이 비집고 나올 것 같은 걸 목을 가다듬어 참은 헌조가 심각한 척 대꾸했다.

"그런 반응은 처음이라서요. 다들 두 번 못 해서 난리였는데."

"다들이요? 팀장님 꽤 날리셨나 봐요? 여자관계에 대해 그렇게 해명을 하시더니 다 거짓말인가."

진송은 비위에 거슬려 헌조의 옆얼굴에 싸늘하게 눈총을 쏘았다. 계속해서 헌조가 진송의 속을 긁었다.

"한 우물만 판다고 했지, 한 명 만났다고는 안 했잖아요."

"됐어요, 안 궁금하니까 말씀하지 마세요."

홧김에 차에서 내려 버릴까 고민하던 진송이 생각을 바꿨다. 기분 좋아진 헌조가 진송을 놀렸다.

"질투하는 거예요?"

"저 안 내렸잖아요. 저 질투 심해서 질투한 거였으면 아까 내렸어요."

문손잡이에 가져다 대었던 손을 슬그머니 감춘 진송이 창가를 내다보며 콧방귀를 뀌었다. 헌조는 진심으로 아쉽다는 듯 서운해했다.

"손 주임 질투 좀 받아 보나 했는데 아직 때가 아닌가 봐요."

도로를 얼마간 내달린 차가 목적지가 가까워졌는지 골목으로 빠졌다. 고래 등 같은 기와집이 진송의 시야에 잡혔다. 널찍한 주차장에는 외제차와 고급 세단이 즐비했다. 진송이 처음 와 본 듯한 눈치에 헌조가 설명했다.

"여기 유명한 한식당이에요. 대통령이나 국외 귀빈들도 많이 오는."

"스테이크 사 주시는 거 아니었어요? 만회하려면 그 정도는 돼 야죠."

식대가 스테이크 못지않게 고가일 것이 분명했지만 진송은 괜 한 트집을 잡았다. 팔짱을 낀 헌조가 의아해하며 되물었다.

"한정식 좋아하는 거 아니었어요? 지난번에 이탈리아 레스토랑 싫다기에 이쪽으로 왔는데."

"그건……. 그냥 그 가게가 싫은 거예요!"

진송은 뼈도 못 추릴 트집 잡은 것을 후회하며 주차된 차에서 재빨리 하차했다. 고개를 갸웃한 헌조가 따라 내렸다.

"오늘은 떡갈비 먹어요. 다음에 스테이크 사 줄게요."

어린애 달래는 듯한 헌조의 태도에 진송이 엉덩이를 씰룩이며 문지방을 넘었다. 나무로 된 마루를 거쳐 헌조의 이름으로 예약된 룸으로 안내받은 두 사람이 직사각형의 테이블을 사이에 두고 마 주 앉았다.

가장자리에 세워진 병풍과 흰 식탁보 위에 놓여 있는 은수저와 놋그릇이 고급스러웠다. 넓은 도자기 접시에 말린 과일과 죽이 애 피타이저로 나온 후 수라상이 차려졌다.

"잘 먹겠습니다."

"많이 먹어요."

진송은 그 순간 음식에도 색채가 있다는 말을 이해할 수 있었다. 다채로운 식재료가 사용된 한식은 정성스럽게 플레이팅 되어 나왔다. 눈 돌아갈 듯 다양한 음식의 향연이었다. 진송은 늦은 저녁 식사를 알리는 배꼽시계를 잠재우려고 내숭도 잊고 먹었다. 그러다 어느 정도 배가 채워져 고개를 들자 헌조는 수저를 내려놓고 그녀를 빤히 응시하고 있었다.

"왜 안 드세요?"

"손 주임 먹는 것만 봐도 배부르네요."

"팀장님 역시 선수였죠?"

진송은 헌조에게 불신이 깃든 시선을 쏘았다. 말도 안 되는 소리를 들은 사람처럼 헌조가 작게 한숨지었다.

"선수였으면 벌써 로맨틱한 고백에 대한 고민을 끝마쳤겠죠. 벌써 손 주임은 홀랑 넘어왔을 거고."

"호, 홀랑? 잘 모르시나 본데 저 쉬운 여자 아니거든요."

"나한테만 좀 쉬우면 안 돼요? 손 주임 앞에서 난 이미 쉬운 남잔데."

하마터면 사레들릴 뻔한 진송이 물컵으로 손을 뻗었다. 티슈로 입가를 정리한 진송은 부끄러움에 목소리를 가다듬었다.

"말이 나와서 말인데, 고백 준비는 잘 돼 가세요?"

"글쎄요, 이게 잘 돼 가는 건지. 연습이라도 해 봐야 하나."

무거운 한숨을 내쉬며 헌조가 혼잣말처럼 말했다. 흥분한 진송은 소리를 빽 질렀다.

"연습은 무슨! 누구한테 연습을!"

헌조는 기분 좋게 웃으며 전을 집어 진송의 앞 접시에 놓아 주었다. 흥분을 가라앉히고 간신히 진정한 진송이 엄격한 음성으로 헌조를 모방했다.

"기대하고 있을 테니까 분발하세요, 팀장님."

부담을 주는 것처럼 말은 했지만 진송의 속내는 달랐다. 그녀는 허례만 차리는 것도 싫고 그저 담백하고 솔직한 말 한마디를 바랐다. 진송은 헌조가 그것을 알아주길 바라며 진심 어린 눈빛을 보냈다.

"그리고 오늘 감사했어요. 많이 든든했어요."

낯간지럽지만 계속하고 싶었던 감사 인사였다. 진송은 힘든 일이 생길 때마다 떡 벌어진 어깨와 넓은 등이 떠오를 것 같았다. 그것만으로도 힘든 상황을 이겨 낼 수 있는 힘이 생길 것이다. 부끄러움에 시선을 피하던 진송이 어렵사리 헌조와 눈을 맞췄다. 유쾌했던 분위기가 진지하게 흘러갔다.

"언제든 와서 숨어요."

떨리는 가슴에 손을 댄 진송이 고개를 끄덕였다. 진송은 헌조가 예기치 못했을 때 주는 설렘이 좋았다. 이 설렘은 시간이 아무리 지나도 익숙해지지 않을 것 같았다.

"오기 전에 내가 가겠지만."

헌조의 진솔한 목소리가 이어졌다. 진송은 이 사람이 힘들 때 자신도 힘을 줄 수 있기를 바랐다. 그러기 위해선 일도 더 열심히 하고 헌조를 담기 시작한 마음도 키워 나가야 했다.

음식은 도저히 두 사람이 해치울 수 없는 양이라 아쉬움을 뒤로하고 집으로 향해야 했다. 해가 많이 길어지긴 했지만 한식당에 들어섰을 때 이미 어둑어둑했던 사위는 칠흑같이 깜깜해진 지 오래였다.

헌조의 실버 세단은 내비게이션이 알려 주는 길을 잘 찾아가지 못하고 뱅글뱅글 돌았다.

"팀장님, 또 지나치시면 어떡해요!"

"밤눈이 어두워서 그만."

"제가 운전할까요?"

"아니요."

헌조가 칼같이 거절하자 진송은 팔을 걷어붙이며 자신감을 어필했다.

"저 무사고 6년이에요! 사고 안 낼 테니까 운전대 맡기셔도 돼요. 믿어 보세요!"

"난 손 주임 믿는데, 손 주임도 나 믿어 봐요. 집에 무사히 데려다주긴 할 테니까."

눈치 없이 답답해만 하는 진송으로 인해 길치인 척 연기하는 것도 한계였다. 결국 헌조는 얼마 지나지 않아 진송의 아파트로 차를 진입시켰다. 진송이 안도의 숨을 내쉬며 중얼거렸다.

"팀장님 때문에 집에 못 오는 줄 알았네."

"손 주임 집에 무슨 금송아지라도 숨겨 놨어요? 나중에 한번 보여 줘요, 왜."

헌조가 마뜩잖아하며 진송에게 핀잔을 주었다. 그제야 진송은 헌조가 일부러 시간을 지체했을지도 모른다는 것을 알아차렸다. 어울리지 않는 귀여운 행각에 진송은 대놓고 지적하기보다는 맞받아치는 쪽을 택했다. 새치름하게 눈을 내리깐 진송이 헌조의 성질을 긁었다.

"모르죠, 금송아지가 있을지, 남자가 있을지, 뭐가 있을지."

"집에 나랑 같이 올라가고 싶어서 그래요? 놈이 있으면 화날 것 같은데."

이미 난 화를 삼키는 표정으로 헌조가 진송을 똑바로 쳐다보았다. 진송은 최근 헌조가 너무 유해서 불같은 성격을 가진 사람이란 걸 깜박하고 있었다. 그에 황급히 뱉은 말을 정정해야 했다.

"남자는 취소. 데려다주셔서 감사합니다. 맛있는 식사도요. 가 볼게요."

"손 주임 못 보는 시간이 아까워서 벌써 내일을 생각하는 내 마음도 좀 헤아려 줘요. 차 두고 와서 불편할 테니 아침에 픽업하러 올게요. 잘 자고 내일 봐요."

헌조가 부드럽게 인사를 남기긴 했지만 심기가 상한 게 확실해 보였다. 진송이 차에서 내리자 실버 세단이 빠르게 아파트 단지를 빠져나갔다. 불필요한 기 싸움으로 데이트의 마무리가 껄끄러워진 듯해 진송의 마음도 편치 않았다. 통로로 막 발을 들이던 진송을 익숙한 목소리가 불러 세웠다.

"누나."

어둠 속에 있던 인영이 주황색 센서 등 아래에 모습을 드러내었다. 바지 주머니에 양손을 찔러 넣은 승원이 진송의 앞에 섰다.

"승원이니?"

제자리걸음 한 진송이 반가운 기색으로 미소 지었다.

"웬일이야? 연락하고 오지."

"전화 몇 통이나 했는데 안 받아서 걱정돼서 와 봤어."

"아, 전화 온 줄 몰랐어. 이상하다, 진동으로 해 뒀는데."

잊고 있던 휴대전화를 꺼낸 진송은 괜스레 그것을 손아귀에서 굴렸다. 헌조와 있다 보니 현대인의 습관인 휴대전화를 확인하는 것도 잊었고, 오후에 있었던 속상한 일도 좀 더 과거가 된 듯하다. 승원은 짐짓 아무렇지 않은 척 가볍게 물었다.

"어디 갔다 와?"

"친구랑 밥 먹고 오는 길. 넌 저녁 먹었어?"

승원은 거짓으로 둘러대는 진송이 수상하게 느껴져 발끝으로 바닥을 툭툭 찼다. 진송을 기다리고 있던 승원은 헌조가 그녀를 내려 주고 가는 모습을 빠짐없이 지켜보았던 것이다. 왜 거짓말을 하냐고 캐물을지 갈등한 승원은 일단 모른 척하기로 했다.

"아직."

"이 시간까지 안 먹고 뭐 했니?"

"그러게 말이야. 나 배고픈데, 누나가 밥 좀 줘."

승원은 배를 문지르며 진송에게 애교스럽게 졸랐다. 헌조와 나눈 말이 떠오른 진송은 승원을 집으로 들이는 게 괜스레 망설여졌지만 이내 고개를 털어 내었다.

승원과 집으로 향한 진송은 김치찌개를 급하게 끓여 냈다. 금세 밥 한 공기를 뚝딱 해치워 버린 승원이 의자에서 늘어졌다.

"아! 살 것 같다."

"한 그릇 더 줘?"

"응!"

승원은 진송이 주는 음식이라면 얼마든지 위장을 혹사시킬 의도가 있었다. 진송은 승원이 원하는 대로 밥그릇을 채워 주면서도 염려스러웠다.

"너 밤에 이렇게 먹어도 되는 거야?"

"하루 정도는 괜찮아. 찜찜하면 내일 운동 더 하면 되고."

진송은 냄비째 설거지할 기세로 다시 폭풍 식사에 들어간 승원을 자상하게 타일렀다.

"천천히 먹어. 그러다 체해."

"응, 다 먹고 내가 치울게. 누난 쉬고 있어."

"그럴래? 그럼 나 좀 씻을게."

승원의 제안을 냉큼 받아들인 진송은 말릴 새도 없이 욕실로 들어가 버렸다. 승원은 스스럼없이 씻으러 들어간 진송을 보며 자신의 위치를 새삼스럽게 느꼈다. 오랜만에 진송이 해 준 밥을 먹느라 넘치던 입맛이 뚝 떨어지는 기분이었다.

"누나."

"왜? 뭐 더 만들어 줘?"

승원이 가라앉은 음성으로 진송을 불렀지만 돌아오는 대답에 맥이 풀렸다.

"아니."

진송이 한 차례 더 들락날락거리며 옷가지를 챙겨 들어간 후부터 욕실에서는 물소리가 새어 나왔다. 정수기로 달려가 물을 벌컥벌컥 마신 승원이 그대로 현관으로 직행하다 발길을 멈췄다. 짜증스럽게 감탄사를 뱉은 승원은 다시 돌아와 개수대를 정리하고 조용히 발치에 다가온 회색 고양이 섭이를 끌어안았다 내려놓았다.

"오늘은 너희 엄마 미우니까 형 그만 갈게."

섭이 마치 알아듣기라도 한 듯 낮게 울었다. 승원은 진송에겐 말도 없이 현관문을 나섰다. 굳게 닫힌 문을 불만스레 노려본 승원이 머리카락을 헝클였다. 거대한 벽을 앞에 둔 듯 미동 없이 서 있던 승원은 한참 후에야 그곳을 떠났다.

원래의 기상 시간보다 조금 일찍 일어난 진송이 주방에서 분주하게 움직였다. 누가 그러라고 시킨 것도 아닌데 냉장고를 뒤져 계란을 삶고, 채소를 썰고, 햄을 구웠다. 모양 좋은 샌드위치가 랩으로 포장되었다. 콧노래를 부르며 완성한 진송은 출근준비에 들어갔다.

집사가 기분이 좋으니 섭이까지 아침부터 활발하게 캣 타워를 오르내렸다. 평소보다 신중하게 사복을 고르고 공들여 화장한 진송은 이대로 출근해야 하는 상황이 섭섭했다. 마음이 봄의 어느 날처럼 들떴기 때문이었다.

연락을 받고 한달음에 1층으로 내려간 진송이 헌조의 애마를 발견했다. 전날의 데이트로 회사에 차를 두고 온 바람에 카풀을 하게 되었다.

"내리실 필요 없는데……."

체크무늬 슈트를 입은 헌조가 차에서 내려 조수석 문을 열어 주었다. 탄탄하고 긴 다리에 감긴 하의에 저절로 시선을 뺏긴 진송은 침을 꿀꺽 삼켰다. 불편하지 않을까 싶을 정도로 여유가 없는 핏이 참 섹시해 보였다.

"내가 해 주고 싶으니까 그냥 받아요."

사람에 따라 매너라고 생각하고 넘길 수도 있겠지만 진송은 이런 대접이 익숙하지 않았다. 진송은 쑥스러워하며 덜 마른 머리카락을 등 뒤로 넘겼다. 운전석으로 되돌아온 헌조가 진송에게 커피 캐리어에 든 테이크아웃 컵 하나를 건넸다. 그러고 보니 원두향이 차 안에 은은하게 맴돌고 있었다.

"모닝커피 한 잔 해요."

"고맙습니다."

화색을 띤 진송이 허벅지에 올려 두었던 종이가방을 한 손으로 뒤적였다. 마실 것까진 미처 준비를 못 했었는데 헌조의 센스가 빛을 발했다. 진송의 손에 들려 나온 샌드위치를 본 헌조의 입이 약간 벌어졌다.

"저도 해 주고 싶어서 만들어 봤어요."

"손 주임이 직접 만들었다고요?"

"네, 산 거 아니에요. 드셔 보세요. 맛있을 거예요. 샌드위치가 맛없긴 힘드니까."

샌드위치는 물의 양을 맞춰야 하는 라면보다도 더 만들기 쉬우므로 진송이 자신 있게 권했다. 헌조는 커피는 안중에도 없고 샌드위치에 온통 시선을 빼앗겼다.

"그러니까 이걸 손 주임이 날 생각하면서 만든 거네요?"

"얘기가 왜 그쪽으로 튀는지 모르겠지만, 아예 틀린 말은 아니니까."

인심 쓰듯 수긍한 진송이 고개를 주억거렸다.

"팀장님도 그냥 받으시면 돼요."

"갑자기 이런 생각이 들었어요."

"무슨 생각이요?"

"우린 꽤 잘 맞을지도 모르겠다는 생각."

말을 마친 헌조가 샌드위치를 한 입 베어 물고 맛을 음미했다. 양손으로 컵을 쥐고 커피를 홀짝이던 진송이 물었다.

"잘 안 맞으면요? 그래도 저한테 맞춰 주실 거 아니었어요?"

"당연하죠. 빨리 맞춰 보고 싶네요. 정신적으로든, 육체적으로든?"

잘 나가는 듯하다 옆으로 새는 헌조에 진송이 허탈하게 웃었다.

"팀장님은…… 사람이 참 일관성 있어요."

"그래서 싫어요?"

"싫지 않아요."

지난날, 그가 싫어질 거라고 했던 확신이 무너졌다. 대답이 충분한지 살며시 눈을 감은 헌조가 입가에 호선을 그렸다.

조회시간에 들린 뜻밖의 소식으로 은행 분위기가 어수선했다. 공문 내용에 의하면, 은행의 광고모델이 교체되었으니 이전 모델과 관련된 모든 홍보물들을 파쇄하라는 것이었다. 객장에 팸플릿 하나라도 남겨졌다간 소송이 걸릴 수 있으니 샅샅이 뒤져 정리해야 했다.

앞으로 6개월간 은행의 새로운 얼굴로 기용됐다는 스타모델은 다름 아닌 승원이었다. 국민 남동생을 거쳐 이제는 성인 연기자로서 정상급 인기를 얻고 있는 승원이 발탁된 것은 그리 놀라울 일은 아니었다. 단지 진송은 모델계약을 하고 광고 촬영을 할 동안 언질도 주지 않은 승원이 의외였다.

"진송 씨도 몰랐다는 표정인데?"

"네, 저도 방금 알았어요."

"둘 친한 거 아니었어요?"

"일적인 부분이니까, 지인이라고 해서 알려야 할 의무는 없으니까요."

민호에겐 마음이 넓은 척 굴었지만 진송은 승원을 만나면 자신
도 모르게 한마디 해 버릴 것 같았다. 승원이 오롯이 휴식에 전념
할 것처럼 말했던 것을 떠올려 보면 그 이후 금융 광고모델 제의
가 간 모양이라고 추측되었다.

"어쨌든 신기하네요. 내가 아는 사이는 아니지만, 주변 사람 지
인이 우리 회사 모델이 되고. 그때 추승원 씨 직접 본 것도 신기
했는데 또 온다니까."

홍보 계약의 일환인지, 승원의 지점 방문이 공식행사로 잡혀
있었다. 공문에 적힌 행사의 내용은 이러했다. 지점을 방문한 승
원이 창구에서 직접 통장과 카드를 만들고 기념사진을 촬영하고
간다는 것이었다.

"당연히 진송이 창구에서 하는 거겠지?"

"네? 하고 싶은 분이 하세요."

아쉬움을 감추지 못하는 여자 선배들을 둘러본 진송이 손을 내
저었다.

"아냐, 그게 나을 거야. 추승원이랑 마주 앉아서 무슨 실수를
하려고? 지인이 하는 게 자연스럽겠지."

생각만으로 떨리는지 경련한 다빈이 입맛을 쩝쩝 다시며 물러
섰다. 딱히 하겠다고 나서는 사람이 없어 진송이 승원을 마크하는
걸로 여론이 기울어졌다.

개점이 되어 업무를 시작하며 진송은 여전히 승원에게 연락이

없는 휴대전화를 곁눈질했다. 평소 같았으면 바로 전화를 걸어 타박했을 걸 이상하게 이번 일은 행사일이 되기 전에 먼저 전화를 해 봐야 하나 고민이 되었다.

며칠 후, 디데이가 닥쳤다. 본사 차원에서 섭외된 사진작가가 스태프와 함께 일찍이 은행에 도착했다. 은행직원들과 친한 단골 고객들은 이미 소문을 듣고 승원의 방문을 기다리며 객장에서 죽치고 있었다. 폐점을 두 시간 남겨 둔 시각이 바로 행사 시간이었다.

행사 시간에 거의 근접했을 때, 도로가에 거대한 블랙 밴이 주차되었다. 밖을 서성거리던 팬들이 하차한 승원에게 모여든 탓에 승원이 은행 내부로 들어가기도 쉽지 않았다.

"안녕하세요."

인쇄 촬영 의상이었던 블랙슈트를 그대로 착장한 승원이 지난번 방문 때와 다르게 직원들에게 인사를 하고 화장실로 향했다.

"노 메이크업 상태라 그러니 사진 찍지 마세요!"

직찍을 조금이라도 줄여 보려고 매니저 정준이 핑계를 대며 사람들에게 양해를 구했다. 스케줄의 시작을 숍에서 하는 연예인이 노 메이크업 상태로 사람들 앞에 설 리가 없었지만 일부 믿는 사람도 있는 듯했다.

정준과 함께 남자화장실에 들어갔던 승원은 잠시 후 다시 나와 사진작가와 인사를 나눴다. 객장에 있는 고객들에게 촬영 협조를 구한 뒤, 동선에 따라 재입장하는 승원에게 사진작가가 따라붙었다.

"안녕하세요, 손진송 주임님."

진송의 창구 의자에 화보처럼 걸터앉은 승원이 존댓말을 썼다. 홍보 촬영에도 연기가 필요한 건지 알 길이 없었지만 진송은 손발을 맞춰 똑같이 인사했다.

진송이 은행 매뉴얼대로 멘트를 하면 승원이 모르는 사이처럼 높임말로 대답을 했다. 진송은 자신이 잘 아는 승원의 눈빛이 아니었기에 처음으로 그가 낯설게 느껴졌다. 승원의 드라마 촬영 상대배우가 된 느낌을 간접 경험하는 듯한 수준이었다.

"조금만 기다려 주세요."

승원이 작성한 서류를 넘겨받은 진송은 경직된 미소를 띠고 통장과 카드를 개설했다. 진송은 떨지는 않았지만, 아는 사람이라서 더 어색한 점이 있었다.

창구에 깍지 낀 손을 얹은 승원은 진송을 주시하던 시선을 옮겼다. 뒷자리의 헌조와 눈이 마주치자 승원의 눈에서 불꽃이 튀었다. 헌조는 반감이 깃든 승원의 눈동자를 피하지 않았다.

"다 되었습니다."

"감사합니다."

진송이 칼톤에 승원이 원한 통장과 카드를 가지런하게 담아 내밀자 사진작가가 열심히 셔터를 눌러 댔다.

"승원 씨, 일어나셔서 찍을게요."

사진작가의 요구에 창구를 등지고 선 승원이 통장과 카드를 손에 쥐고 꾸며진 웃음을 지었다. 프로답게 포즈를 척척 취하는 승원의 모습에 여심이 흔들거렸다. 승원의 표정, 손짓 하나에 자지러지는 소리가 여기저기서 흘러나왔다.

　"수고하셨습니다."

　진송의 창구 양옆을 제외한 다른 창구들에서는 업무가 진행되고 있긴 했지만 승원에게 주의가 쏠려 거의 중지 상태였다. 짧은 촬영이 끝나자 눈치를 보고 있던 민호가 승원에게 대담하게 말을 걸었다.

　"저기, 저희 지점 직원들이랑 단체사진 한 장 부탁드려도 될까요?"

　총대를 메고 나선 민호를 주변에서 반짝이는 눈으로 응시했다. 민호가 별 기대 없이 한 부탁이었는데, 승원의 입에서 허락이 떨어졌다.

　"좋습니다, 제 다음 스케줄 때문에 그런데 빠르게 모여 주시면 감사드리겠습니다. 작가님, 단체사진 한 장만 더 부탁드립니다."

　"네, 네."

　정중히 거절하기 위해 끼어들려고 폼을 잡던 정준이 놀라 승원을 쳐다보았다. 업무를 마무리한 직원들이 고객들에게 양해를 구하고 잠깐 창구 앞으로 모였다. 직원들 틈바구니에 껴 나간 진송도 끝줄에 대충 자리를 잡고 섰다. 멀찍이서 관망하던 지점장까지 모두 모이고 보니, 진송의 양옆에 헌조와 승원이 서 있었다.

"승원 씨, 죄송한데 친한 척 좀 해도 될까요?"

승원의 또 다른 옆자리를 꿰찬 다빈이 수줍은 표정으로 승원의 팔을 잡았다.

"얼마든지요."

승원답지 않게 너그러운 태도에 지켜보던 정준이 숨을 집어삼 켰다. 다빈은 기다렸다는 듯 승원에게 팔짱을 꼈다. 다른 여직원 들의 부러운 한숨이 귓가를 간지럽혔다. 승원의 주변은 모두 여자 직원들이 차지하고, 남자직원들은 가장자리에서 대충 자리를 잡 고 선 형세였다.

"야."

진송은 불쑥 어깨를 두른 승원의 팔에 놀라 작은 목소리로 승 원을 불렀다. 그러나 승원은 못 들은 척 카메라를 응시하고 있었 다.

"찍습니다."

사진작가의 말에 진송도 어쩔 수 없이 표정을 갈무리했다. 그 런데 깍지를 껴 오는 커다란 손 때문에 그것도 얼마 가지 못했다. 헌조는 정면에서는 보이지 않게 진송의 손을 등 뒤로 잡았다.

"팔짱, 어깨동무! 팬 서비스 장난 아니다."

"부러워라!"

부러운 눈길로 바라보던 구경꾼들은 손가락만 쭉쭉 빨았다. 스 타인 승원에게만 관심이 집중되었지, 뒤에서 무슨 일이 벌어지고 있는지 아는 사람은 단둘뿐이었다. 질겁한 진송이 손을 빼려고 했지만 헌조가 놓아주지 않았다.

찰칵.

그대로 사진이 찍혔다.

은행의 스타마케팅은 해외에서도 인기인 승원의 드라마 덕을 톡톡히 봤다. 승원이 방문 행사를 한 뒤 그의 사진이 실린 앨범을 보러 일부러 객장을 찾는 외국인들로 인해 환전 업무가 성황이었다. 실적이 늘어나자 지점장도 항시 웃는 상으로 직원들을 대했고, 직무 환경도 부쩍 좋아진 듯했다. 여느 때처럼 진송은 열과 성을 다해 근무를 하고 있었다.

"아직 더울 때가 안 됐는데 날이 왜 이리 더워."

허리가 반쯤 굽은 할머니가 비지땀을 흘리며 자동문으로 들어섰다. 걸어오느라 힘이 빠진 듯 느릿하게 로비매니저에게 다가간 할머니가 번호표를 받는 것을 본 진송이 번호를 호출했다.

"어서 오세요. 의자가 잘 미끄러지니까 조심히……."

바퀴 달린 창구 의자가 쉽게 움직여서 넘어지는 어르신들이 많았다. 진송이 습관처럼 주의를 줬음에도 불구하고 팔에 힘이 없는 할머니가 팔걸이를 꽉 잡질 못해서 바닥에 엉덩방아를 찧었다.

이러한 사고가 빈번하게 일어났지만 별다른 도리가 없었다. 책임자들이 법인카드를 쉽게 긁어 대는 것에 비해, 객장에 쓸 돈이나 직원들 회식비는 쪼들렸다. 지점의 자금 형편상 멀쩡한 의자를 노인들을 위해 새로 바꾸기란 어려운 것이었다.

"고객님!"

부리나케 창구를 돌아 나간 진송이 넘어진 할머니를 부축했다. 그런데 언제 다가온 건지 헌조도 노인이 의자에 앉는 것을 돕고 있었다.

"괜찮으세요?"

"괜찮아, 괜찮아요. 늙으니까 심심하면 넘어져."

앓는 소리를 내면서도 손을 내젓는 할머니를 자리로 돌아온 진송이 안쓰럽게 응시했다. 간혹 성격 나쁜 노인들도 있긴 하지만 대부분의 평범한 노인들은 친할머니, 친할아버지같이 느껴져 더 마음이 쓰였다. 헌조도 마찬가진지 발길을 옮기지 않고 서서 진송의 창구를 지켜보고 있었다.

"이거 혹시나 집에 가서도 아프시면 붙이세요."

진송이 서랍에서 파스 한 장을 꺼내 할머니의 손에 쥐여 주었다. 사비를 들여 약을 구비할 필요까지는 없었지만 진송은 이런 일이 있을 때를 대비해 파스를 보관하고 있었다.

"그렇게, 고마워요."

친절하게 챙겨 주는 진송에게 노인이 깍듯하게 고개를 숙여 보였다. 진송이 몸 둘 바를 몰라 하며 예쁘게 웃는 모습을 본 헌조의 표정이 편안하게 변했다.

"이거 입금 좀 해 줘요."

"네, 이리 주세요."

통장과 쌈짓돈을 받아 든 진송에게서 눈길을 떼지 못하던 할머니가 불쑥 물었다.

"아가씨, 남자 친구 있어? 참하고 착한 게 우리 큰손자 소개시
켜 주고 싶네."

진심인 듯 할머니가 주름진 눈가를 곱게 접었다. 막 한 발짝 뗀
헌조가 그 소리를 듣고 우뚝 멈춰 섰다. 그런 헌조를 내다본 진송
은 속으로 몰래 웃었다.

"할머니 손자분도 좋은 분일 것 같은데, 제가 지금 호감 있는
사람이 따로 있어서 안 될 것 같아요."

"만나는 사람이 있나 보구먼? 아쉽네."

할머니가 미련이 남아 서운한지 혀를 찼다. 진송은 제게로 쏟
아지는 뜨거운 시선이 누구의 것인지 보지 않아도 알 수 있었다.

청소용역을 쓰지 않는 탓에 은행원의 하루 일과 중에 짧은 청
소 시간이 있었다. 출근한 직원들이 유니폼으로 막 갈아입고 나오
면, 청소 시간의 시작을 알리는 최신가요가 스피커에서 흘러나왔
다. 평균 3곡 정도를 들으며 각자 맡은 청소 구역을 청소하고 나
면 체조음악이 이어졌다.

"누구야?"

걸레를 적신 진송이 반원 모양의 창구를 구석구석 닦고 있는데
근처에서 밀대질을 하던 한 계장이 다짜고짜 물었다.

"뭐가요?"

"민호한테 들었는데, 호감 있는 사람 있다며?"

"아, 그거요."

한 계장이 어르신과의 대화를 언급하자 진송은 난감한 듯 이마를 긁적였다. 민호가 잠잠하다 했더니 한 계장이 걸고넘어졌다. 진송은 동요를 감추며 청소를 계속했다.

"혹시 나야? 그럼 좀 미안한데."

"아니니까 미안해하시지 말고, 김칫국 드링킹도 하지 마세요."

우스갯소리긴 했지만 무안해진 한 계장이 진송의 발치에 일부러 밀대를 들이밀었다. 짓궂지 못한 한 계장은 진송이 대답하기 난감해 보이자 이쯤에서 상황을 무마하려는 듯했다.

"빈말이라도 좀 해라!"

"계장님, 하지 마세요!"

학창시절에나 치던 장난을 하는 한 계장과 웃음이 터진 진송은 밀대를 피해 뒷걸음질했다. 먼저 청소를 마친 헌조가 밀대를 들고 두 사람 옆을 지나갔다.

"사내연애에 긍정적인 입장이긴 하지만, 청소 시간엔 청소에만 집중하죠?"

"알겠습니다."

차가운 말씨가 한 계장과 진송을 갈라놓았다. 헌조에게서 지적이 날아들자 비로소 한 계장이 점잔을 뺐다. 헌조가 밀대를 원위치시키러 화장실로 사라지자 한 계장이 진송을 돌아보았다.

"임 방금 뭐라고 한 거냐? 대체를 권장한다고?"

"그러게요."

대학교 커플을 CC라고 하는 것처럼 은행 동료 커플을 대체 또는 대체방이라 칭했다. 이 은어는 현금의 수입과 지출을 수반하지 않는 대체거래라는 용어에 빗대어 생긴 것으로 보였다.

"임 뭐 잘못 먹었나? 저런 소리 할 사람이 아닌데 왜 저래?"

한 계장은 헌조의 태도가 이해가 안 되는지 머리를 갸우뚱거렸다.

"계장님은 사내연애에 부정적이세요? 저는 긍정적인데."

"어? 나도 동료 중에 좋은 사람 만나면 땡큐지."

노총각인 한 계장은 엉겁결에 결혼이 급한 자신의 형편을 떠올렸다.

"저희 다 생각이 같네요."

무슨 문제냐는 듯 어깨를 으쓱인 진송까지 걸레를 빨러 화장실로 향했다. 황망하게 진송의 뒷모습을 바라보던 한 계장이 고개를 절레절레 저었다.

"저거 저거, 또 임 편드네."

진송이 깨끗해진 걸레를 들고 나오니 헌조가 여자 화장실 앞에 비스듬히 기대 서 있었다. 가슴에 손을 올린 진송은 소리 내어 숨을 내쉬었다.

"팀장님, 놀랐잖아요."

"혹시 손 주임이 호감 있다는 사람, 사내에 있어요?"

"네, 비호감이어야 하는데 이상하게 호감이 생겼어요."

노코멘트할까 망설인 진송은 솔직해지기로 했다. 한 번 솔직했는데 두 번 못 할 건 없었다. 대답을 들은 헌조가 여유를 잃은 듯 진송의 정면에 섰다. 헌조는 여전히 팔짱을 낀 채로 진송을 지그시 내려다보았다.

"그래요? 소개도 안 받은 걸 보면 호감이 꽤 큰가 봐요."

"저도 몰랐는데, 그만큼 커졌나 보죠."

진송이 순순히 수긍하며 고개를 끄덕이자 헌조의 눈빛이 눈에 띄게 흔들렸다.

"아까 말했다시피 난 사내연애 권장하는데 잘해 봐요."

"그럴까 고민 중이에요."

헌조가 참지 못하고 진송의 양 어깨를 감싸 쥐었다.

"그 고민 언제 끝나요?"

"음, 상대가 잘해 보고 싶게 나오면?"

턱을 괸 진송은 뜸을 들이다 힌트를 주었다. 유쾌한 내색을 드러낸 헌조가 고분고분하게 손을 떼고 물러났다. 헌조가 구석진 화장실과 객장이 이어지는 복도 쪽으로 안내하듯 팔을 뻗자 진송이 또각거리며 헌조를 지나쳐 걸어갔다.

5. 사과하는 신입

후발대로 점심 식사를 마치고 복귀한 진송이 명패를 제자리에 놓는데 다빈이 옆에서 호들갑을 떨었다.

"또 왔어, 또 왔어!"

"누가요?"

"승원 씨 말이야."

다빈은 성을 떼고 제법 친근하게 승원의 이름을 입에 담았다. 진송이 승원의 그림자를 찾아 두리번거리자 다빈이 지점장실을 손가락으로 가리켰다. 둘의 대화에 민호가 대뜸 끼어들었다.

"연예인도 3번 보니 전 이제 놀랍지도 않은데 누난 뭘 일일이 놀라고 그러세요. 진송 씨네는 오늘 뭐 먹었어요?"

"부대찌개요."

"아, 맛있었겠다. 나도 부대찌개 당겼는데."

민호는 진송의 식사 메뉴에 더 관심을 보이더니 바지 위로 아기 배처럼 볼록 튀어나온 자신의 배를 쓸었다.

"너 다이어트 한다더니 하고 있는 거 맞아? 결혼도 안 한 총각 배가 그래서 되겠어?"

못 볼 걸 본 듯 미간을 좁힌 다빈은 손을 재게 놀리며 민호를 타박했다. 그러곤 지점장과 대담 중인 승원이 빨리 나와 안구정화를 시켜 주길 바라는 마음에서 닫힌 지점장실 유리문을 힐끔거렸다.

"걱정 마세요. 헬스 PT 들어가면 금방 추승원 복근 빰칠 테니까."

전혀 기죽지 않은 민호는 근거 없는 자신감을 뽐냈다.

"그놈의 PT는 만날 들어간다는 소리만 하고 정작 언제 하는 거니?"

"내일, 아니 다음 주부터 진짜 할 거라니까요! 시간만 나 봐."

습관처럼 또 뒤로 미룬 민호는 무엇 하나 제 힘으로 이룬 적이 없는 의지박약이었다. 단단히 벼르는 시늉을 하는 민호를 본 다빈이 코웃음 쳤다.

"본사랑 얘기하면 몰라도 광고모델이랑 우리 지점장님이 할 얘기가 뭘까요?"

진송의 관심은 다른 곳에 있었다. 부쩍 자주 은행과 엮이는 승원의 꿍꿍이가 의심스러웠다.

"승원 씨가 우리 지점 VVIP가 되었으니 지점장님도 접대를 좀 하시는 거겠지. 연예인 돈 많이 버는 직업인 줄은 알았지만, 저 나이에 수십 억의 재력가라니. 완전 판타지야."

양손을 겹쳐 잡은 다빈이 꿈을 꾸는 듯한 표정으로 중얼거렸다. 진송은 한 차례 해머가 머리를 강타하는 느낌이었다.

"수, 수십 억?"

"PB룸에 의하면, 예치시킨 금액이 거의 백 억에 가깝다던데요? 하긴, 어렸을 때부터 사회생활을 한 케이스니 그럴 만도 한가."

금수저를 물고 태어난 민호라 가능한 반응이었다. 민호가 귀를 후비며 또다시 껴들자 진송이 소스라쳤다. 승원이 돈 쓸 시간 없이 벌어들이는 것은 알고 있었지만 재산 수준까진 헤아려 본 적이 없었다.

"강 사장님처럼 이제 깍듯하게 접대해야겠네요."

입이 근질거리는지 민호가 한마디 더 덧붙였다. 강 사장은 지점을 자주 방문하는 VVIP중 한 명으로, 대접받길 좋아하는 고객이었다. 강 사장은 자신이 방문했을 때 업무 중임에도 직원들 모두가 인사를 건네지 않으면 잘 삐쳤다.

그래서 직원들 사이에서 더 회자되는 고객이었다. 요식업으로 자수성가한 아버지 밑에서 자란 강 사장은 아버지의 졸부 기질을 고스란히 닮았다.

"낮말은 새가 듣고 밤말은 쥐가 듣는 거 모릅니까? 소문나서 기사라도 나면 박 주임이 책임질 거예요? 잡담 그만하고 일합시다."

고객의 재무 상태를 함부로 발설하는 것은 금기시되었다. 헌조의 엄한 음성에 민호가 어깨를 움츠리며 반쯤 틀었던 몸을 똑바로 했다.

"그럼 또 뵙겠습니다."

"네, 언제든지 편하게 오십쇼."

승원이 지점장과 악수를 하며 유리문을 걸어 나왔다. 승원과 심한 나이 차에 지점장은 고개를 숙여 인사하진 않았지만 존칭을 유지했다.

"저, 가기 전에 손진송 주임님 잠깐 뵙고 갈 수 있을까요?"

"아, 손 주임이랑 잘 아신다고 들었습니다."

"네, 맞습니다. 손 주임님 잘 부탁드립니다."

"부탁 안 하셔도 참 성실한 친구라 좋게 보고 있어요. 손 주임!"

마침 창구가 빈 진송에게 뒷짐을 지고 다가간 지점장이 손짓했다. 책상을 정리한 진송은 지점장이 이끄는 대로 움직여 승원과 탕비실에 들어갔다. 승원은 헌조의 못마땅한 눈초리를 놓치지 않았다.

"차 줘?"

"아니, 마셨어. 누난 커피가 좋지?"

"어, 뭐."

진송을 제지한 승원이 종이컵에 믹스커피를 부었다.

"앉아 있어. 내가 타 줄게."

"야, 그래도 넌 고객인데."

객장을 훔쳐본 진송은 지점장이 보이지 않아 승원을 내버려 두었다. 승원이 커피를 진송의 앞에 놓아 주고 맞은편에 앉았다.

"그래, 용건이 뭐야?"

"그런 거 없는데."

"할 말 있어서 불러낸 거 아니야?"

"아니, 그냥 누나 한숨 좀 돌리라고."

"생각해 줘서 고맙다."

엉뚱한 이유에 바람 빠진 웃음을 지은 진송이 기지개를 켰다. 그러다 불현듯 눈에 힘을 주고 상체를 곧추세웠다.

"승원이 너, 누나 너무 놀라게 하는 거 아니니? 광고모델 건도 비밀로 하고."

"놀랐다니 성공이네."

넉살 좋게 웃는 승원을 진송이 믿지 않게 흘겼다.

"오늘 일은 다 뭐야? 어머님이랑 상의하고 벌인 일이니?"

"내 돈 내가 관리한 지 좀 됐어. 그래도 예의상 엄마한테도 얘기하긴 했는데 잘 생각했다고 하시던데? 누나네 지점이라니까."

승원은 가볍게 진송의 걱정을 막았다. 몸의 긴장을 푼 진송이 실답지 않게 말했다.

"돈 많은 동생 덕을 이렇게 보는구나. 이미 벌어진 일은 어쩔 수 없지만 나 때문에 이렇게까지 하지 않아도 돼."

"누날 위해서라면 더한 일도 할 수 있는데."

승원이 가라앉은 눈빛으로 응시하자 진송이 속눈썹을 연신 깜박거렸다.

"네가 날 이렇게 생각하는 줄 몰랐다. 고마워."

"지금부터라도 알려고 노력 좀 해 줘."

애원하듯 내뱉은 승원이 긴 한숨을 내쉬었다. 진송은 판도라의 상자가 열릴 것 같은 불안한 느낌에 재빨리 화제를 전환했다.

"이제 어디로 가니? 집?"

"응, 은행 광고만 구미가 당겨서 맡은 거야."

"CF 다 봤어. 멋있더라."

"고마워, 누나네 은행이니까 더 열심히 했는데 알아 주네."

빈 종이컵을 찌그러트린 진송이 자리를 털고 일어났다.

"덕분에 잘 쉬었다. 이제 나가 봐야겠어."

"누나 토요일 비워 둬."

눈만 들어 진송을 바라본 승원이 명령조로 기어올랐다. 갈색머리를 쥐어박아 줄까 고민한 진송은 일단 궁금증을 풀기로 했다.

"토요일은 왜? 무슨 날이야?"

"내 생일이잖아."

"이게 어디서 눈 하나 깜짝 않고 거짓말을 해? 너 진짜 한 대 맞을래?"

시치미를 뚝 떼는 승원으로 인해 진송이 왈칵 성을 냈다.

"누나 내 생일은 기억하는구나?"

"누굴 바보로 알아? 은희 생일, 네 생일, 우리 가족 생일은 외우지."

"내 생일만큼 중요한 날이 될 예정이야, 그날. 그러니까 다른 약속 잡지 마."

씩 웃은 승원이 일어나 먼저 탕비실을 벗어났다. 진송은 복잡한 기분으로 승원의 등을 눈으로 좇았다.

머피의 법칙처럼 일이 잘 풀리지 않고 오히려 꼬였다. 통로를 막 벗어난 진송은 눈앞에 보이는 세단 때문에 근심이 쌓였다. 승원과의 약속 시간이 다가오는데 헌조가 연락을 취해 왔다. 집 근처라며 잠깐 얼굴만 보자는 그를 진송은 세차게 밀어낼 수가 없었다.

"팀장님, 어떻게 된 일이에요? 오늘 축구하러 안 가셨어요?"

주차된 세단의 조수석에 오른 진송은 헌조에게 눈인사를 건넸다. 하루 전, 헌조는 축구 경기에 참여할 신입들을 모아 보라는 경태의 연락을 받고 민호와 진송의 의사를 물었다. 부자연스러웠던 진송의 태도가 못내 마음에 걸린 헌조가 귀신같이 찾아왔다.

"네, 안 갔어요."

"왜요?"

"손 주임이 안 간다기에 흥이 떨어져서요."

시큰둥한 말투의 헌조가 머리를 갸웃 기울였다. 진송은 찜찜한 느낌이 들어 애가 탔다.

"제가 안 간다고 안 가시다니요? 팀장님이야말로 책임감이 없으시네요! 지금 가면 경기 전에 도착하겠는데 진짜 안 가실 거예요?"

"난 그쪽보다 이쪽에 더 책임감을 느껴서. 손 주임 오늘따라 좀 수상하네요."

"제가 뭘요?"

헌조의 예리한 눈빛에 뜨끔한 진송이 반문했다.

"난 주말에 손 주임 보니까 좋은데, 손 주임은 날 보자마자 보내고 싶어 하는 것 같아서요."

"팀장님이 갑자기 찾아오셔서 그래요!"

"갑자기 보고 싶은데 어떡해요?"

얼굴이 확 붉어진 진송은 아무 대꾸도 하지 못했다. 헌조를 더 나무라야 하는데 몸이 제어가 되질 않았다.

"저 이따 약속이 있어서 오래는 못 봐요."

"갑자기 왔으니 그 정도는 감수할게요. 아쉽지만."

"팀장님은 참 그런 말을 어떻게 그리 쉽게 하세요? 한 명 만난 거 아니라더니 그동안 한 백 명쯤 만난 거 아니야?"

안절부절못한 진송이 불만에 찬 목소리로 웅얼거렸다.

"어허, 너무 멀리 가진 말고."

"어머, 왜 반말하세요?"

"먼저 반말했잖아요."

"혼잣말이었어요, 전. 그러고 보니, 지난번에 화내실 때도 저한테 반말하셨죠?"

155

어느덧 허리에 양손을 짚은 진송이 헌조에게 떽떽거렸다. 헌조
는 응석을 받아 주는 듯한 여유로운 표정이었다.

"상사가 반말 좀 할 수도 있잖아요? 나이도 더 많은데."

"둘이 있을 땐 사무적인 관계인 거 잊어버리라더니 뭐야. 흥!"

"실행하고 있었어요? 착하네."

손을 뻗은 헌조가 소중한 것을 다루듯 진송의 뒤통수를 쓰다듬
었다. 불시의 공격에 진송은 딸꾹질이 날 것 같아 숨을 꾹 참았
다.

"차 한잔 안 줄 거예요?"

차창 너머의 아파트를 올려다보는 시늉을 한 헌조가 진송을 돌
아보았다. 방어하듯 팔짱을 낀 진송이 최대한 문 쪽으로 몸을 붙
였다.

"어딜 들어가시려고요? 다른 사람이면 몰라도 팀장님은 출입금
지예요."

"또 출입금지예요? 아직 아무 사이도 아니라면서 왜 나만 출입
금집니까?"

스포츠센터에 이어 집까지 출입금지를 명받았다. 완강한 진송
에게 헌조가 떨떠름한 기색으로 되물었다.

"벌써 안고 키스까지 했으니까……."

"네?"

다음 차례를 짚은 진송의 얼굴이 더욱 타올랐다. 진송은 손을
허둥거리며 거듭 덧붙였다.

"아무튼 안 돼요! 오늘은 카페 같은 장소로 이동할 시간도 부족하니까 원하시는 차는 다음에 사 드릴게요!"

"알았어요."

웬일로 순순히 물러서나 했던 헌조가 진송의 약점을 짚었다.

"이따 무슨 약속인지 궁금해해도 돼요? 말 못 할 약속이면 어쩔 수 없고요."

그대로 침묵한다면 말 못 할 약속이라는 것을 인정하는 꼴이었다. 대답을 유도하는 헌조로 인해 진송이 진땀을 뺐다.

"승원이가 좀 보자고 해서요."

진송은 거짓말을 하고 싶진 않아서 바른대로 알려 주었다. 시트 깊숙이 묻고 있던 등을 세운 헌조가 팔짱을 꼈다.

"모르는 게 약이었네요. 둘이 봐요?"

"네, 커피만 마시고 올 거예요."

진송은 왠지 헌조를 안심시켜 주고 싶어서 행선지까지 에둘러 설명했다.

"안 가면 안 되냐, 손 주임 안 보내 주면서 유치하게 굴고 싶은데 참아 볼게요. 손 주임 덕분에 내 인내심이 강해지네요."

힘이 빠진 듯한 헌조를 본 진송의 마음이 약해지려고 했지만 승원을 또 피해선 안 된다는 생각이 강하게 들었다.

"미안하지만 붙잡으셔도 다녀올 거예요. 팀장님 저 믿으신다면서요. 뭐가 문제예요."

입매를 올려 빙그레 웃는 진송을 헌조가 눈 깜박이는 것도 잊

은 채 바라보았다. 가슴에서 불안해서인지, 설레서인지 모를 떨림
이 느껴졌다.

"이번 주 스타는 어떤 분일지 궁금하시죠? 바로 요즘 가장 핫
한 배우 추승원 씨입니다! 추승원 씨, 안녕하세요?"

"안녕하세요, 추승원입니다."

장소로 섭외된 카페의 2층은 방송 스태프들에게 통제되어 촬영
이 진행되었다. 테이블을 사이에 두고 리포터와 마주 앉은 승원이
카메라를 보고 인사했다. 상체를 반쯤 승원 쪽으로 기울인 댄디한
스타일의 남자 리포터가 적극적인 자세로 인터뷰했다.

"얼마 전 드라마 '아마 이유는 사랑'이 성황리에 종영했는데,
인기를 실감하시나요?"

"네, 요새 어딜 가든 제 이름보다 극 중 역할인 재강이라는 이
름으로 더 불리는 것 같아요."

"기억에 남는 재강 역의 대사가 있으신가요?"

"얼마나 무너져 내렸는지, 끝까지 몰렸는지, 처참한 몰골이 됐
는지. 구경 다 했으면 네 부모님 품으로 돌아가."

"와, 카리스마가 대단하신데요. 정말 금방 몰입하시네요."

매끄럽게 호응한 리포터가 큐시트를 곁눈질했다.

"드라마에서 누가 가장 편하셨어요?"

"상대배우였던 주노애 씨요. 같은 소속사 식구라 친합니다."

리포터가 승원에게 몇 가지 질문을 더 던졌고, 승원은 미리 준

비한 대답을 자연스럽게 읊었다.

그 시각, 카페 건물 앞에 진송이 도착했다. 진송은 카페 입구를 막고 선 블랙 밴 주변에 몰린 사람들을 보고 당황했다. 근처에 방송국 로고가 붙은 승합차도 주차되어 있었다. 승원의 부탁을 받고 진송이 오길 기다리고 있던 로드매니저가 그녀를 알아보고 다가왔다.

"안녕하세요, 저 따라 오세요."

"이게 다 무슨 일이에요? 승원이 지금 뭐 하나요?"

"인터뷰 중인데 곧 끝나요. 승원이가 진송 씨 모시고 오래서, 이쪽으로."

로드매니저의 안내를 받아 진송은 몇몇 스태프들이 협찬해 준 보답으로 카페 음료를 팔아 주고 있는 1층을 지나 어색하게 2층으로 향하는 계단을 밟았다. 2층의 벽 하나를 배경으로 촬영 중이던 승원이 진송을 발견했다. 촬영은 거의 막바지였다. 방해되지 않게 구석에 선 진송이 승원을 지켜보았다.

"마지막으로, 배우 추승원의 소원은?"

"올해는 연애를 해 봤으면 좋겠습니다."

"모태솔로라는 말이 있던데 사실인가요?"

"네, 제가 어릴 때부터 지금까지 쭉 지고지순한 짝사랑을 해 왔거든요."

승원의 위험한 발언에 매니저 정준이 펄쩍 뛰었다. 초조하게 엄지를 문 진송은 차마 승원을 더 바라보지 못 했다. 의외의 떡밥에 리포터가 흥분하여 파고들었다.

"대세 배우 추승원 씨를 사로잡은 그녀가 누군가요? 혹시 스캔들이 난 적 있던 같은 아역배우 출신 K양인가요?"

"비연예인입니다. 금융권에 종사하고 있는. 그분의 신변을 위해 여기까지만 대답하겠습니다."

소름이 돋을 만큼 해약한 진송이 자신도 모르게 바닥을 응시하던 시선을 들었다. 카메라를 향해 있던 승원의 눈이 비스듬히 비켜 가 진송의 눈과 마주쳤다. 아찔한 상황에 진송이 질끈 눈을 감았다.

리포터의 마무리 멘트가 나가고 상기된 분위기 속에서 촬영이 종료되었다. 태연하게 의자에서 일어나는 승원에게 화가 난 정준이 달려갔다. 진송은 귀에 물이 들어간 것처럼 정준이 떠드는 소리가 희미하게 들렸다.

"너 미쳤어? 나 피 말려 죽이려고 작정한 거야? 무슨 생각으로 이런 일을 벌여?"

"그냥 놔둬. 편집으로 막지 말고. 사장님한테 전해. 막으면 나 재계약 안 한다고."

방송국 스태프들이 빠르게 철수하고 승원과 진송, 매니저들, 경호원들만이 남아 있었다. 정준을 시켜 카페를 더 빌린 승원이 진송을 뺀 다른 사람들을 2층에서 모두 내쫓았다. 승원과 진송은 바깥을 서성이는 사람들에겐 보이지 않게 사각지대의 테이블에 마주 앉았다. 두 사람의 사이에서 처음으로 정적이 감돌았다.

"가만히 있지 말고 말 좀 해 봐, 누나. 화를 내든지."

결국 승원이 먼저 입을 열었지만 진송은 커피 잔만 매만지며 묵묵부답이었다.

"이 정도 스케일은 돼야 누나가 은근슬쩍 넘어가지 못할 것 같았어. 누나가 화내도 사과는 안 할 거야. 내 마지막 자존심이야. 언젠가 용기가 나면 하고 싶었던 고백 방식이기도 했고."

"승원아."

진송은 납덩이같이 무거운 마음에 어렵사리 승원을 불렀다. 진송의 어두운 안색에 지레 겁먹은 승원이 못을 박았다.

"누나, 좋아해."

카메라 앞에서도 떨지 않던 승원이 테이블 아래로 떨리는 손을 감추는 것을 본 진송은 가슴이 콕콕 쑤셨다.

"은희 누나가 처음 누날 우리 집으로 데려왔던 날 첫눈에 반한 것 같아. 그때부터 난 누나뿐이었어."

"승원아, 난……."

승원이 혈기 왕성한 기세로 진송을 몰아붙였다.

"누나가 그랬지. 아무 호감 없던 남자라도 고백을 기점으로 이성으로 볼 수도 있을 것 같다고. 그 말에 더 용기 낼 수 있었어."

지난날을 회상한 진송은 할 말을 잃었다. 다른 남자를 대입한 대답이었다고 죽었다 깨어나도 말할 수 없을 것 같았다.

"승원아, 누나가 미안해……."

"바로 대답하지 말고! 누나가 한 말 지켜. 단 며칠만이라도 시간을 갖고 노력이라도 해 달라고."

쌍심지를 켠 승원의 목소리가 쩍쩍 갈라졌다. 목이 메는지 커피를 벌컥벌컥 마신 승원이 급기야 자리를 박찼다. 승원은 죄인처럼 고개를 떨어트리고 있는 진송의 모습이 보기 싫었다. 거절의 대답을 이미 들은 듯 속이 쓰렸다. 진송을 남겨 두고 계단을 두 칸씩 밟아 내려간 승원이 대기 중이던 밴에 탑승했다. 세팅된 머리카락을 신경질적으로 헤집은 승원은 낮게 욕을 내뱉었다.

지난번, 진송과 함께 있던 헌조가 승원의 뇌리에서 떠나지 않았다. 애꿎은 허공을 노려보는 승원의 눈빛에 원망이 가득 찼다.

매니저 정준으로부터 소식을 들은 은희가 버선발로 진송의 집을 찾았다. 진송은 은희를 볼 낯이 없었다. 두 여자를 감싼 심각한 공기에 섭이가 캣 타워에서 꼼짝 않고 내려다보았다. 러그에 양반다리를 하고 앉은 은희가 이마를 짚었다.

"올 게 왔어, 드디어. 터질 게 터졌다고."

"그러게."

"그 자식, 그렇게까지 대책 없는 자식인진 몰랐어."

머리를 벅벅 긁은 은희가 분을 못 이기고 무릎을 쳤다.

"정준 씨가 승원이 자식 반응 보니 네가 거절한 것 같다고 하던데."

"거절하려고 했는데 못 했어. 천천히 답해 달라고 하더라. 미안. 이러기 전에, 애초에 내가 행동을 똑바로 했어야 했나 봐."

축 처진 진송의 어깨를 은희가 가볍게 두드렸다.

"됐어, 짝사랑에 부담 느끼지 마. 네가 뭘 더 어떻게 하겠어. 고백받으면 껄끄러워질 게 뻔한데 계속 마주칠 사람이면 마음이 없음 피하는 게 낫지."

"그래도."

"승원이 자식이 내 핏줄이긴 하지만, 너도 내 절친한 친구라 난 중립이야. 남녀 문제에 발 담그고 싶지도 않고. 두 사람이 알아서 해."

"어머님도 같이 들으셨어?"

"아니, 부모님은 아직 모르셔. 곧 알게 되시겠지, 방송 나가면."

은희의 씁쓸한 말투에 설마 하던 진송이 화들짝 놀라 물었다.

"방송 안 막아?"

"그게, 소속사 측에서 요구는 하고 있는데 잘 안 먹히나 봐. 승원이 놈도 강경하고. 에라, 똥 싼 놈이 치우라고 해 버렸어."

"그럼 어떡해!"

"짝사랑에, 일반인이니까 기자가 붙고 그러진 않을 거야. 그래도 혹시 모르니 당분간만 몸 사려."

도리어 미안한 얼굴로 조언한 은희가 일어나 주방을 들락거렸다. 냉장고에서 캔맥주를 가져온 은희는 하나를 진송에게 주었다.

"이왕 일 크게 된 거 연예인 한 번 만나 보는 건 어떠니? 어차피 껄끄러울 사이 만나 보고도 아니면 뻥 차 버려!"

목을 축인 은희가 남 얘기하듯 가볍게 진송을 부추겼다. 진송은 말도 안 되는 소리라며 머리를 내저었다.

"그럴 수 없어. 나 사실 다른 사람과 시작 단계거든."

"뭐? 누구? 너 나 몰래 선봤어?"

"아니, 우리 수다의 단골손님 있잖아. 임헌조 팀장님……."

새된 비명을 지르며 기함한 은희가 양손으로 입을 틀어막았다. 그러곤 진송의 팔뚝을 찰싹찰싹 때렸다.

"왜 말 안 했어? 그동안 그렇게 욕을 해 대더니 미운 정이 무섭기도 하지. 언제부터 두 사람 사이가 그리 바뀌었어?"

"얼마 안 됐어. 보고 못 해서 미안."

은희는 또다시 밀려난 승원의 생각에 찡했지만 한편으로는 진송의 연애담이 흥미진진했다.

"괜찮아, 오늘 하면 되지. 밤을 새서라도 듣고 간다! 그나저나 그 팀장 진짜 언제 보러 간담?"

은희가 버릇처럼 헌조를 보러 가겠다는 말뿐인 다짐을 늘어놓고 있었다. 과연 은희가 헌조를 볼 날이 올지 의문이었다.

방송은 이변 없이 전파를 탔다. 추승원의 짝사랑은 24시간 뜨겁게 포털사이트 실시간 검색어 순위권에 올랐다.

방송 다음 날, 진송은 출근길이 막막했다. 직장동료들은 진송을 의심할 텐데 생각만으로도 피곤했다. 아직까지 헌조에게 승원의 고백에 대해 털어놓지 못했다. 헌조도 방송을 봤거나, 못 봤어도 출근하면 귀에 들어갈 것이었다. 지하주차장에 차를 대고 한참을 머물러 있던 진송이 지각 위기에 처하기 전에 내렸다.

"안녕하세요."

"진송아, 왜 이제 와!"

무리지어 두런거리던 동료들이 화제의 주인공을 반겼다. 손짓하는 그들에게 어색한 웃음을 날린 진송이 탈의실로 직행했다.

"유니폼부터 갈아입고요."

종일 부대껴야 하는 사람들이니 어차피 넘어야 할 산이었다. 직원회의 시간이 진송의 청문회가 되었다. 탕비실 테이블에 좁게 모여 앉은 직원들의 눈빛이 반짝였다.

"추승원 씨 짝사랑 상대 너지?"

애초에 강하게 부정할 수도 없고, 인정할 수도 없었다.

"글쎄요, 본인만 알겠죠."

"불러내서 고백 또 안 하든?"

"아니요, 몰라요. 전지 아닌지!"

호락호락하지 않은 진송을 제쳐 두고 총무계 직원이 회의 안건을 꺼냈다.

"지점장님이 춘계행사 하자시네요. 달력 돌릴 테니까 각자 안 되는 주말 체크해 주시고요."

"어디로 가요?"

"어르신들은 등산 좋아하시니까 산으로 정하든지."

"안 돼요! 등산 싫단 말이에요. 절 구경 가는 걸로 해요."

본인들에게 해당 사항이 있는 일이 화제로 떠오르자 묵묵히 있던 사람들도 의견을 냈다. 업무 중간마다 승원의 이야기가 또 나오긴 하겠지만 동료들은 그럭저럭 잘 넘긴 듯했다. 남은 건 헌조였다.

오전 책임자 회의를 들어갔던 헌조는 진송이 말을 붙일 새도 없이 외근을 나갔다. 그는 종일 기업의 대표이사들에게 접대 및 영업을 하고 폐점이 가까워져서야 복귀했다. 헌조가 눈에 띄기 시작한 후부터 진송의 진갈색 눈동자가 계속해서 그를 따라다녔다.

"팀장님."

"네."

"퇴근하고 지난번에 못 사 드린 차, 사 드리고 싶은데……."

마감시간, 주변의 자리가 비길 기다린 진송이 헌조의 책상으로 다가갔다. 쭈뼛대는 진송을 직시한 헌조가 깍지 낀 양손을 책상 위로 올렸다.

"오늘 들은 소리 중 가장 반가운 소리긴 한데, 그러려면 마감부터 신경 써요. 나 그만 살피고. 서류 결제는 다 올린 것 맞아요? 혼자 평소보다 양이 적은 것 같아서."

"네, 확인해 볼게요."

헌조에게 정신이 쏠려 일에 소홀했음을 깨달은 진송이 서둘러 자리로 돌아갔다. 입안으로 곱씹던 제안을 내뱉고 나자 일할 맛이 났다. 방금 전까지만 해도 자꾸 틀리던 시재도 맞아 들어갔다.

"마지막 기회입니다! 카드 안 주신 분 반납하세요."

"아! 여기 있습니다."

카드계 직원이 애타게 찾던 범인도 진송이었다. 아까까지만 해도 눈에 들어오지 않던 것들이 보이기 시작했다. 차근차근 마감을 끝낸 진송은 헌조와 같은 차를 타고 디저트로 유명한 모처의 카페로 이동했다. 차 안에서는 진송이 수동으로 길을 알려 주느라 말을 좀 했을 뿐 그렇다 할 대화가 오가지 않았다. 이윽고 도착한 카페에서 밥을 대신할 샌드위치를 커피와 함께 각각 주문한 두 사람이 아늑한 소파에 앉았다.

"떨리네요. 손 주임한테서 무슨 말이 나올지."

테이블에 주문한 음식이 담긴 트레이가 놓이자 헌조가 운을 뗐다. 눈썹을 내려트린 진송은 쉽사리 입을 열지 못하고 주저했다.

"보셨어요?"

"추승원 인터뷰를 말하는 거라면, 사람들한테 듣고 영상 찾아봤어요."

"혹시 제가 팀장님을 불안하게 만들었어요?"

내내 마음이 편치 않던 진송이 조심스럽게 물었다.

"불안하고, 화도 나고, 후련하기도 했어요."

"후련하다니요?"

"그 친구가 손 주임 좋아하는 게 내 눈에도 보였었거든. 그 친구는 박힌 돌이고 난 굴러들어 온 돌이니까 아무래도 좀 미안했는데, 막을 새도 없이 고백을 해 버려서 이제 미안하지 않네요."

의외로 헌조가 차분하게 속마음을 드러냈다. 진송이 홀린 듯

멍한 시선으로 사과했다.

"불안하게 만든 건 죄송해요. 그렇지만 팀장님이 걱정하실 제 대답은 당연히 거절이에요. 말씀드렸다시피, 가족 같은 남동생이랑 사귀진 않아요."

"안심이네요. 남자가 봐도 멋진 친구라 걱정을 안 할 수는 없었는데."

긴 숨을 내쉰 헌조는 한층 피로가 덜한 얼굴이 되었다.

"좀 들어요. 배고플 텐데."

"네, 팀장님도 드세요. 여기 샌드위치 푸짐하고 맛있어요."

잘 먹는 진송이 음식을 앞에 두고 고사를 지내는 것이 탐탁지 않았던 헌조가 샌드위치를 그녀의 손에 들려 주었다. 맛을 음미할 상황은 아니라 두 사람은 식빵이 더 눅눅해지기 전에 기계적으로 샌드위치를 해치웠다.

"손 주임 잘 먹는 모습 보니 화도 풀리네요."

"승원이 고백 때문에 아무래도 화나셨죠?"

"아니요, 손 주임 때문이에요."

냅킨으로 입가를 정리하던 진송은 어리둥절해졌다. 커피 잔을 기울였다 놓은 헌조가 내리깐 시선을 유지했다.

"손 주임을 통해서가 아닌 다른 사람 통해 알게 돼서 기분이 안 좋았어요."

"사과드릴게요……."

예상했던 부분이라 진송은 미안함에 말끝을 흐렸다. 누그러진 기색의 헌조가 투정을 부렸다.

"안 좋은 기분으로 영업하려니 배로 힘들고."

"죄송해요, 미리 털어놓고 싶었는데 엄두가 안 났어요."

오늘만큼은 헌조가 어떤 언행을 하든 다 받아 줄 것처럼 진송의 태도가 너그러웠다. 진송의 얼굴을 빤히 들여다보던 헌조가 의외라는 듯 말했다.

"사실 지금 내 기분 별로라고 화풀이한 건데, 어떻게 보면 손주임이 미안해할 이유가 없는데 사과하니까 착각할 것 같아요. 손주임 마음도 나처럼 커졌다고."

"미안한 건 미안한 거니까요."

"착각 아니라고 해 주길 바랐는데."

진송은 지금은 그냥 아무것도 생각하지 않고 사과하고 싶었다. 헌조가 받았을 상처가 신경이 쓰였다. 이 상처가 벌어지고 더 커져서 헌조가 자신을 떠나가길 원하지 않았다.

"오늘은 이쯤에서 헤어지고 내일 웃으면서 봐요."

불만족스럽게 입맛을 다신 헌조가 빈 트레이를 들고 몸을 일으켰다. 진송은 괜찮아진 건지, 안 괜찮은 건지 분간이 안 되는 헌조의 표정을 관찰하는 것을 그만두었다. 동의한 진송이 헌조를 따라 카페를 벗어났다.

진송은 아침부터 지점에 들이닥친 승원 때문에 좌불안석했다. 매니저를 대동하지 않고 단신으로 온 승원이 모자에 마스크까지 착용해 위장을 했다고는 하나 얼굴이 알려진 그를 못 알아볼 리 없었다. 고객이 많지 않은 시간에 찾아온 게 다행이었다.

"이쪽으로 오세요!"

"죄송하지만 손 주임님 창구에서 할게요."

다빈의 창구에서 번호가 호출되었지만 일축한 승원은 꿋꿋하게 진송의 창구가 비길 기다렸다.

헌조는 진송의 입장은 고려하지 않는 승원의 행동이 거슬려 그에게 좋은 시선이 나가질 않았다. 헌조의 시선을 느낀 승원은 진송에게 향하던 부드러운 눈길을 거두고 헌조를 노려보았다.

"와, 얼른!"

진송은 하고 있던 업무가 끝나자 냉큼 승원을 불러들였다. 창구 의자에 앉은 승원은 진송의 코앞까지 다가갈 것처럼 상체를 기울였다.

"누나, 안녕."

"안녕 못 해. 넌 PB룸에서 업무 보지 왜 고집을 부리니?"

"당연히 누나 보려고 그런 거지."

"쉿! 그런 말 하지 마."

식겁한 진송은 다른 직원들이 들었을까 봐 눈치를 보았다. 뜨거운 존재인 승원에게 주의가 쏠린 지금, 못 들었을 리 없는 직원들이 몹시 술렁거렸다. 식은땀이 다 난 진송은 승원에게 얼른 용건을 물었다. 머리를 괸 승원은 업무를 보는 진송을 응시하며 좋은 티를 숨기지 않았다.

"퇴근하고 누나한테 잘해 주시는 직원분들 모아 봐. 나 은행 광고도 찍었겠다, 한턱내게."

"됐어, 뭘 그렇게까지 해."

"어? 승원 씨가 회식 자리 만드는 거예요?"

"네, 퇴근 후 봬요, 김다빈 계장님."

승원은 센스 있게 다빈의 창구에 놓인 명패를 곁눈질했다. 진송이 만류했지만 다빈이 껴들어 승원의 주도하에 회식이 확정되는 듯했다. 민호까지 합세하여 진송은 눈앞이 핑 돌 것 같았다. 승원에게 싫다는 눈치를 계속 주었지만 본 척도 하지 않았다.

"저도 가도 돼요?"

"그럼요. 시간 되시는 분들 다 남으세요. 제가 쏩니다."

"소고기도 돼요?"

"네, 회도 괜찮고요. 상의해 보시고 손 주임님 통해 연락 주세요."

승원이 또 마음대로 일을 벌였다. 통제가 되지 않는 승원으로 인해 진송은 머리가 지끈거렸다. 다른 사고를 더 치기 전에 승원을 보내야 할 것 같아 진송은 손을 바쁘게 놀렸다.

"다 됐어."

"열심히 근무하고 이따 봐, 누나."

"그래, 사람들 많아지기 전에 얼른 가."

"알았어, 알았어."

매정하게 손을 내젓는 진송을 승원이 쓸쓸하게 바라보았다. 그대로 은행을 나가려나 했더니, 승원은 마침 창구를 돌아 나온 헌조 쪽으로 다가갔다. 눈이 화등잔만 해진 진송이 두 남자를 조마조마하게 지켜보았다.

"클레임 걸까요?"

"어떤 사유로……?"

서로에게 호의적이지 않은 두 남자가 낮은 목소리로 대화를 주고받았다.

"임 팀장님 눈빛이 불친절해서요. 팀장씩이나 되는 분이 고객을 그렇게 쳐다보면 안 되는 거 아니에요?"

짝다리를 짚고 선 승원은 온몸으로 반감을 드러냈다. 싸늘한 눈빛의 헌조가 대꾸했다.

"친절한 고객은 친절하게 쳐다봐요."

"지금 고객한테 시비 거는 거예요? 이거 빼도 박도 못하는 클레임 사유 아닌가?"

입가를 비스듬하게 올린 승원이 이죽거렸다. 한 발짝 더 좁힌 헌조가 승원에게만 들리도록 말했다.

"어디 해 봐. 난 당하고만 못 사는 성격이라. 옷 벗을 일도 없겠지만 벗으면 나도 연예인이나 해 보지 뭐."

헌조가 만만치 않게 나오자 승원은 인상을 찌푸렸다. 자신을 지나쳐 멀어지는 헌조의 등에 대고 승원이 외쳤다.

"임 팀장님도 꼭 오세요, 회식. 재밌을 거예요."

잠시 멈칫하는 듯했던 헌조는 변함없이 갈 길을 갔다. 진송과 헌조를 지목하여 회식에 부른 승원이 유유히 출입구를 나갔다. 흥미롭게 구경하던 민호가 조금 놀란 듯 중얼거렸다.

"강 사장님이랑 똑같은 전철을 밟네."

즉, 헌조의 말대로 승원이 좋은 고객은 못 되리라는 뉘앙스였다. VVIP인 강 사장은 자신의 비위를 잘 맞춰 주는 마음에 드는 직원들만 모아 자주 회식을 열곤 했다. 고개를 절레절레 저은 민호가 다시 업무에 집중했다.

진송은 승원의 뒷모습이 시야에서 완전히 사라지고 나서야 허벅지 위로 쥐고 있던 주먹을 풀었다. 승원의 건방이 그녀 자신의 탓인 것만 같아 마음이 무거웠다. 다가오는 저녁이 걱정스러운 게 진송의 얼굴에서 드러났다.

승원의 지인이 운영하는 고깃집의 미리 예약한 룸으로 사람들이 일제히 모여들었다. 먼저 도착한 승원은 진송이 자신의 옆자리가 아닌 맞은편에 앉는 것이 성에 차지 않았다. 설상가상으로 헌조가 진송과 나란히 앉자 이성의 줄 하나가 끊기는 느낌이었다.

"누나 내 옆으로 와."

"왜? 뭐하러."

승원은 편한 자리가 마련되자 진송을 평소처럼 불렀다. 승원의 양옆도 이미 선점한 여직원들에 의해 메워진 상태였다. 자리를 이동할 생각이 없는 진송은 승원에게 난감한 시선을 던졌다.

"아, 진송아 여기 앉을래?"

"아니, 아니요! 괜히 그러는 거예요. 앉아 계세요."

승원의 눈치를 본 여직원이 엉덩이를 들썩거리자 진송이 손을 내저으며 말렸다. 기분이 상한 승원은 토를 달았다.

"괜히 한 말 아닌데."

"두 사람 친한 거 아니까, 그냥 앉죠? 기껏 모인 사람들 불편하게 만들지 말고."

예약 시간에 맞춰 미리 세팅이 된 테이블에서 술병을 딴 헌조가 시선을 내리깐 채 끼어들었다.

"팀장님, 왜 자작을 하고 그러세요! 이리 주세요."

발끈한 승원이 걸고넘어지려 했지만 민호가 자작을 하는 헌조를 만류하며 적당한 때에 끊었다.

"잘 먹을게요, 승원 씨!"

"마블링이 좋네, 좋아. 맛있겠어요."

"많이 드세요. 필요한 거 있으면 마음껏 주문하시고요."

어디로 튈지 모르는 승원이 불안했던 진송은 분위기가 유해지자 안심하고 식사를 할 수 있었다. 4인용 테이블이 이어 붙여져 있다 보니 승원과 다빈, 진송과 헌조가 앉은 테이블에서는 진송이 나서서 소고기를 구웠다. 진송은 성격상 수저나 물을 챙기는 게 익숙했다. 고기도 잘 굽다 보니 친구들과 이런 자리를 가져도 고기 굽는 집게는 늘 그녀의 차지였다. 그래서 익숙하게 집어 든 것

뿐인데 승원이 또 말도 안 되는 트집으로 엮어 왔다.

"아, 해."

"됐어, 내가 먹을게."

"누나 혼자 고기 굽느라 바쁘니까 내가 먹여 주는 거잖아."

승원이 고집스레 젓가락을 거두지 않아 진송은 앞 접시에 놓으라고 내밀었다. 승원이 필두가 된 자리만 아니었으면 진작 머리를 쥐어박아 주었을 텐데 그러지 못해 진송의 속이 부글부글 끓었다.

"진송아, 좀 먹어. 이제부터 내가 구울게."

승원의 지적에 다빈이 민망해하며 나섰다.

"아니에요, 언니. 저 구우면서 얼마나 잘 먹는데요."

"그럼 임 팀장님이 구운 고기 한번 먹어 보죠?"

승원이 기다렸다는 듯 헌조를 지정하자 참다못한 진송이 승원을 째려보았다.

"너 무슨……."

"그래요, 어려운 일도 아니고."

"아니에요, 팀장님."

마침 헌조도 마음에 걸렸던 차였기에, 스스럼없이 진송의 손에서 집게를 빼앗아 갔다. 자신의 시비가 헌조에게 소용이 없자 승원은 술로 쓰린 속을 달랬다. 승원은 맞은편의 남녀를 볼 때마다 술이 당기는 걸 참을 수 없었다.

"한 잔 받으시죠?"

승원의 삐딱한 제안에 헌조가 말없이 잔을 내밀었다. 넘칠 듯 채워진 술잔을 앞에 내려놓은 헌조가 미동이 없자 승원은 자신의 잔을 들고 흔들었다.

"제 빈 잔은 안 보이세요?"

"취한 것 같은데 그만 마시는 게 좋을 것 같군요."

"왜 마음대로 판단하고 그러세요? 저 이 정도로 안 취해요."

"그렇다면."

승원의 억지에 어깨를 들었다 놓은 헌조가 승원에게 술을 따라 주었다. 강해 보이고 싶었던 승원은 일부러 잔이 차자마자 원샷을 했다.

"내가 봐도 너 많이 마셨어. 천천히 마셔."

"누나도 한 잔 따라 봐. 누나가 주는 술은 안 취할 것 같아."

"내가 주는 술은 뭐 물이라도 되니?"

"얼른."

헌조는 두 사람이 아무리 친근한 사이라지만 진송을 막 대하는 승원으로 인해 불쾌해졌다. 눈썹을 일그러뜨리는 헌조를 승원이 우쭐한 표정으로 응시했다.

"누나한테 임 팀장님 얘기 많이 들었어요."

진송은 발음이 새기 시작한 승원이 꺼낸 이야기가 불안하게 들렸다. 눈을 가늘게 뜬 승원이 밉살스럽게 덧붙였다.

"사디스트 경향이 있는 이상한 분일 줄 알았는데 막상 뵈니 멀쩡하시더라고요."

"지금 은행원한테 시비 거는 겁니까?"

"그럴 리가요. 전 누나한테 들은 건데 누나가 팀장님한테 시비 걸 리 없잖아요?"

오전에 승원이 했던 말을 헌조가 응용하자 승원이 치사하게 나왔다. 진송은 아예 없는 말도 아니라 승원을 나무라지도 못한 채 가시방석에 앉은 기분이 되었다. 할 말 안 할 말 가릴 줄 모르는 승원 때문에 진송의 얼굴이 점차 붉어졌다. 헌조를 쳐다볼 낯짝이 없었다.

"네, 뭐. 시비는커녕 지금은 사이가 너무 좋아 탈이죠. 안 그래요, 손 주임?"

"당연하죠. 팀장님, 승원이 말은 못 들은 걸로 해 주세요."

두 사람 사이를 어떻게든 갈라 보려고 했던 승원은 헌조가 또 유하게 넘어가자 마음에 들지 않았다. 진송이 겸연쩍은 웃음을 흘리며 수습하자 다빈도 분위기를 바꿔 보려 노력했다.

"그렇죠, 우리 예금계가 얼마나 단합이 잘 되는데요!"

두 남자의 신경전을 지켜보는 다른 직원들은 저마다 입이 근질거렸다. 승원의 스캔들 상대가 진송임을 물어보지 않아도 승원의 태도로 확신할 수 있었기에 침묵했을 뿐이었다. 다만 승원이 헌조를 건드리는 점이 의문이었다.

더 이상의 트러블 없이 회식이 잘 마무리되는 듯했다. 파장 분위기가 이루어지자 비틀거리며 계산대로 향한 승원이 성을 내기 전까진.

"오늘 제가 사는 자리라고 말씀드린 것 같은데요."

가게에 들어서며 헌조가 미리 맡긴 카드로 계산이 끝나 있었다. 자존심에 금이 간 승원이 헌조에게 쌀쌀맞게 굴었다.

"저희 직원들이 너무 잘 먹어서 법인카드로 계산했어요. 누가 계산한 게 뭐가 중요합니까? 즐거운 회식이었으면 된 거죠."

"맞아요, 승원 씨 덕분에 저희 잘 먹은 거죠. 평소 회식해도 소고기는 거의 제외예요."

한 계장이 응수하며 승원을 살살 달랬다. 신발을 신은 승원이 진송에게 어깨동무했다.

"그럼 2차는 제가 꼭 삽니다. 빠지시는 분 없이 가시죠."

룸 형식 노래주점에서 회식 2차가 진행되었다. 다른 직원들은 최신곡을 부르며 회식을 즐겼지만 세 사람은 그렇지 못했다. 눈이 더 풀린 승원은 완고하게 자리를 지켰다. 승원과 헌조, 두 남자 사이에 낀 자리 배치에 진송은 불편하기 짝이 없었다. 헌조는 묵묵히 안주도 먹지 않고 술만 마셨다.

"승원 씨도 한 곡 해요!"

"추승원 씨 노래를 언제 들어 보겠어요. 연기처럼 노래도 잘하시죠? 연기자들은 뮤지컬도 많이 하니까 노래를 기본적으로 잘하시는 것 같던데……."

"못 하진 않습니다만, 여러분의 기대를 증폭시킬 겸 순서를 좀 넘길까 하는데요. 팀장님 노래 한 곡 하시죠?"

자리에서 일어난 승원이 건네받은 무선마이크를 헌조에게 내밀었다. 자신의 순서에 앞서 분위기를 띄워 보라는 듯한 승원의 의도에 또다시 상황이 나빠졌다. 헌조가 승원을 노려볼 뿐 가만히 있자 진송이 가로막듯 벌떡 일어났다.

"승원이 너, 취했어."

"나 안 취했다니까."

"안 취했으면 너 팀장님한테 그러는 거 아니야."

사람들이 있는 곳에서 대놓고 무안을 당한 승원이 진송을 원망하듯 바라보았다.

"접대로 그 정도도 못 해? 그럼 누나가 대신 부르든가."

비아냥대는 승원을 보는 진송의 눈이 붉어졌다. 기분 내키는 대로 진송을 상대하는 승원을 더 이상 봐줄 수 없던 헌조가 진송의 앞으로 걸어 나갔다. 헌조가 매서운 주먹으로 승원의 복부를 가격한 건 순식간이었다. 상체를 숙인 승원이 연신 기침을 했다.

"팀장님!"

헌조가 승원을 더 팰 듯 다가가자 진송과 다른 직원들이 그를 붙잡았다. 헌조가 냉정한 말투로 승원에게 일갈했다.

"너 이 새끼 그 정도밖에 안 돼? 그게 너 꼴리는 대로 온 세상에 떠든 네 대단한 사랑이야?"

반격을 하려고 주먹을 치켜들던 승원이 우뚝 멈췄다. 술이 깨는 듯한 느낌을 받은 승원은 천천히 주변을 돌아보았다. 눈물이 고인 진송과 경악을 금치 못하는 직원들, 화가 난 헌조가 승원의 눈에 들어왔다.

갑자기 극심한 외로움을 느낀 승원은 늑대처럼 포효하며 테이블 위를 쓸어 바닥으로 던졌다. 안주 그릇과 술병 따위가 산산조각 났다. 요란한 소리에 관리인이 룸으로 뛰어 들어오고, 열린 문을 승원이 박차고 나갔다.

"죄송합니다. 원래 저런 애가 아닌데 만취한 것 같아요. 정말 죄송합니다. 다치신 분 있으세요?"

"없어, 괜찮아."

진송이 꾸벅꾸벅 고개 숙여 사과하자 다들 그녀를 다독였다. 헌조도 유감이라는 듯 자리를 정리했다.

"못 볼 꼴 보여 미안합니다. 이쯤 하고 내일 봅시다. 다들 조심히 들어가세요."

"네, 팀장님. 가 보겠습니다."

"들어가세요!"

인사를 나눈 직원들이 우수수 빠져나가고 어느덧 진송과 헌조만 남겨졌다. 아직까지 꽉 쥐고 있는 헌조의 손을 발견한 진송이 양손으로 감싸 쥐었다.

"죄송해요, 팀장님."

"그런 놈 때문에 네가 왜 사과해."

"그러게요, 오늘은 동생이 아니라 원수 같았는데."

헌조는 여전히 화가 난 상태인지 반말을 했다. 눈물 맺힌 눈가를 어설프게 휘는 진송을 헌조가 마뜩잖은 눈빛으로 응시했다. 한손으로 소지품을 챙긴 진송이 여전히 잡고 있는 헌조의 손을 끌었다.

"팀장님답지 않게, 조금만 참으시지 그랬어요. 제가 데리고 나가서 혼내려고 했는데. 가요, 우리도."

꿈쩍하지 않는 헌조로 인해 진송이 다시 그를 돌아보았다. 진송을 뜨겁게 내려다보며 헌조가 양손으로 부드럽게 진송의 눈가를 닦아 주었다.

"네가 좋아. 여기가 어딘지, 내가 누군지 잊을 만큼."

진송의 눈이 슬로모션처럼 크게 뜨였다. 손바닥을 내려 진송의 뺨을 감싼 헌조의 얼굴이 가까워졌다. 진송이 천천히 눈을 감자 눈물 한 방울이 볼을 타고 흘러내렸다. 헌조가 호선을 그린 촉촉하고 얇은 입술을 앗았다. 진송의 윗입술과 아랫입술을 차례로 삼킨 헌조가 더 욕심내지 않고 떨어졌다.

"좋아해요, 손 주임."

이성이 돌아온 헌조가 애틋하게 속삭였다. 헌조의 허리를 끌어안은 진송은 그의 가슴에 얼굴을 묻고 참았던 눈물을 쏟아 내었다. 헌조의 셔츠가 진송의 손길에 구겨지고, 눈물에 젖어 들었다. 간질거리고 아슬아슬했던 연애 초장의 시기가 끝을 알렸다. 흐리지 않고 분명한 관계로 접어들어야 할 국면에 봉착했다.

청소 도구를 가지고 관리인이 돌아왔다. 불에 덴 듯 뜨거워진 입술을, 숨결을 나눈 두 사람은 다시금 손을 잡고 주점을 나섰다. 네온사인으로 대낮 못지않게 밝은 밤거리를 조용히 걸었다. 그러다 맞잡은 손을 내려다본 진송이 헌조의 상처를 발견했다.

"팀장님, 다쳤잖아요!"

"몰랐어요."

승원이 낸 사달로 얻은 상처였다. 깨진 유리가 튀며 긁힌 듯 손등에 생긴 긴 생채기에 진송이 발을 동동 굴렀다. 근처 편의점으로 달려 들어간 진송은 약과 밴드를 구매했다.

"가만히 계세요."

헌조는 치료에 열중한 진송을 물끄러미 내려다보았다. 헌조의 손에 밴드가 덕지덕지 붙었다. 치료를 마치고도 고개를 들지 못하는 진송의 턱에 검지를 댄 헌조가 그녀의 얼굴을 들었다.

"또 왜 울어요."

헌조의 담담한 목소리에 좀 전의 고백이 겹쳐지는 듯하여 진송은 울다가 웃었다. 골칫덩이 남동생에 대한 일말의 걱정은 잊은 지 오래였다. 진송의 세상에 한 남자가 들어왔다.

6. 나한테만 쉬운 신입

승원을 만나 하루라도 빨리 매듭을 지어야겠다고 생각한 진송이 다음 날 그에게 연락을 취했지만 닿지 않았다. 잠수를 타던 승원이 진송의 앞에 다시 나타난 건 그로부터 며칠이 지난 뒤였다.

며칠 새 수척해진 승원의 인상이 제법 날카로워 보였다. 부스스한 머리에 얼굴 절반 이상을 가린 흰 마스크를 쓴 승원이 진송의 퇴근길에 나타났다. 아파트 주차장에 막 주차를 마치고 내린 진송은 담담히 승원을 맞았다.

"너 죽을래? 어디서 잠수를 타?"

"미안, 술 깨고 나니 도저히 누나 볼 면목이 없더라고."

관자놀이를 짚은 승원이 고개를 숙이자 정수리가 훤히 드러났다. 눈을 가늘게 뜬 진송은 다시금 차오르는 울분에 승원에게 쏘아 대고 싶은 걸 꾹 참았다.

"알면 됐어."

"누나, 저녁 안 먹었지?"

"보다시피 바로 퇴근하는 길이야."

"일단 이동하자. 미안하니까 밥 살게."

진송이 승원의 감정을 확실하게 들은 이상 예전처럼 집에 들일 수 없던 차에 반가운 제안이었다. 승원의 손짓대로 진송은 그의 차인 블랙 SUV에 탑승하여 음식점으로 이동했다.

승원은 번화가에서 떨어진 위치에 있는 주택을 개조한 듯한 작은 가게로 진송을 데려갔다. 낡은 가게 외관에 비해 실내는 흰 벽으로 깨끗하고 넓은 느낌을 주었다. 오픈형 주방의 앞에는 테이블이 한 개밖에 없었다. 그야말로 가게를 통째로 빌려야 이용할 수 있는 음식점이었다.

"여기 예약한 거야?"

"응."

"뭘 이렇게까지 했어?"

"여기 음식 괜찮대서. 매일 다른 코스 요리로 나온대. 누나랑 와 보고 싶었어."

진송이 부담스러움에 소근대자 승원은 해맑게 웃으며 진송이 앉을 의자를 빼 주었다.

"이런 것도 안 해 줘도 괜찮아."

"이게 뭐라고. 그냥 매너지."

승원이 묘하게 들떠 보여서 진송은 달싹이던 입술을 이내 감쳐 물었다. 승원이 맞은편에 앉자 때맞춰 외국인 셰프가 만든 애피타 이저를 여직원이 서빙했다. 샴페인과 간단히 곁들일 수 있는 핑거 푸드였다.

"다시 한 번 사과할게, 누나. 내가 죽을죄를 졌어. 그날 너무 취해서 내가 내가 아니었어. 누나한테 함부로 해선 안 되는 건 데."

샴페인으로 입술을 축이는 진송에게 승원이 재차 그날 일을 입에 올렸다. 진송이 침묵하자 승원은 괴로운 듯 눈가를 찌푸렸다.

"좋아한다면서 너무 못나게 굴었어. 사실 누나 옆에 앉았던 그 형이 너무 거슬려서 그랬어. 누나 집에서 밥 먹은 날, 나 봤거든……. 누나가 그 형 차에서 내리는 거."

진송의 붉은 입술이 살짝 벌어졌다. 진송은 본의 아니게 승원에게 상처를 남긴 기분이었다. 회식에서 승원이 내내 헌조를 경계했던 이유가 있었다.

"그랬구나. 어쩐지……. 널 속이려고 작정하고 숨긴 건 아니었어."

"일부러 숨겼대도 나 상관 안 해."

흔들림 없는 목소리로 답한 승원이 연이어 나온 연어스테이크를 썰어 진송의 접시에 놓아 주었다.

"그동안 내가 너무 성급하게 굴었어. 누나도 사정이 있을 텐데. 나 빨리 답 달라고 하지 않을게. 얼마든지 기다릴 수 있어. 대신

이렇게 가끔 식사도 같이 하고, 차도 같이 마셔 줘. 누나가 날 피하지만 않으면 난 괜찮아."

승원은 어른스러운 척 태연을 가장했지만 속으로는 겁이 났던지 일말의 거절도 하기 힘들도록 입장을 표시했다. 마음이 아팠지만 진송은 더는 승원이 바라는 대로 해 줄 수 없었다.

"승원아, 나 팀장님 좋아해. 그렇게 된 지는 얼마 안 됐어. 팀장님도 날 좋아하고."

커틀러리를 내려놓은 진송은 승원이 모르는 사실을 밝혔다. 승원은 마음의 동요가 온 듯했지만 포크를 바로 잡았다.

"역시 그랬구나. 아예 짐작 못 한 건 아니야. 축하는 못 해 줘."

"그러니까 기다리지 마. 네가 계속 날 좋아하면 나 더는 너 못 볼 것 같아."

쓸쓸한 웃음을 짓고 식사를 계속하던 승원의 동작이 멈추었다. 승원은 세상이 무너진 표정을 지었다.

"그런 말 하지 마!"

"누가 그러더라. 남의 감정을 함부로 말하는 거 아니라고. 네가 날 좋아하는 걸 터치하진 않을게. 하지만 그런 널 보기 힘든 것도 내 감정이니 존중해 줬으면 해."

"누나!"

"식사 맛있게 잘 먹었어. 너는 나보고 피하지 말라고 하지만, 앞으론 이런 자리도 좀 힘들 것 같아. 오늘은 거절하려고 응했어.

확실히 하는 게 모두에게 이로우니까. 먼저 갈게."

"잠깐만! 기다려, 누나!"

승원이 허둥지둥하며 서둘러 계산을 했지만 진송은 이미 가게를 벗어난 후였다. 승원이 따라와 붙잡기 전에 택시에 오른 진송은 떠오르는 목적지를 아무렇게나 불렀다. 그러곤 휴대전화를 꺼내 헌조에게 전화를 걸었다. 승원에게 상처를 주고 나온 악역이었지만 위로가 필요했다.

"팀장님, 지금 어디세요?"

– 어딘지 얘기하면 올 거예요?

진송은 평상시처럼 자신을 놀리는 듯한 헌조의 음성에 안정을 찾았다.

"네, 가려고요."

– 퇴근하고 집으로 간 거 아니었어요? 이상하네. 무슨 일 있어요? 목소리도 좀 안 좋은 것 같고.

"만나요, 우리."

– 손 주임은 어딘데요? 난 지금 집이라, 내가 그쪽으로 갈게요. 마음 같아서는 집으로 초대하고 싶지만 너무 속 보이니까.

"택시 기사님 바꿔 드릴게요. 집 주소 불러 주세요."

놀란 헌조가 뭐라 대꾸하는 게 들렸지만 진송은 휴대전화를 택시 기사에게 넘겨주었다. 방향을 튼 택시는 초호화 빌라 단지에서 진송을 내려 주었다. 연예인들이 많이 산다며 텔레비전에서 종종 등장하는 빌라였다.

패기 좋게 헌조의 집 쪽으로 오긴 했지만 망설여진 진송이 헌조에게 다시 전화를 걸어야 할지 고민하는데 어두운 골목에서 누군가가 다가왔다.

"왔어요?"

"왜 나와 계세요?"

좀처럼 보기 힘든 캐주얼한 복장의 헌조가 가로등 아래에 섰다.

"손 주임이 집에 온다는데 가만히 있을 수가 있어야죠."

"그건 그렇네요. 승원이 거절하고 팀장님한테 온 건데 버선발로 맞아 주셔야죠."

"정말이에요?"

"네, 정말. 승원이한테 미안해서 목소리가 안 좋은 거니까 다른 오해는 하지 마시고요."

밝은 헌조에게 맞춰 주지 못한 진송이 덧붙여 설명했다. 순식간에 거리를 좁힌 헌조가 진송을 끌어안았다.

"안아 달라는 소린 줄 어떻게 아셨어요."

"내가 손 주임 마음 하난 잘 들여다보죠."

웃음을 터트린 진송이 헌조의 가슴에 파고들었다.

"팀장님 저녁 드셨어요?"

"네."

"다행이네요, 빈속에 술은 안 좋으니까."

"지금 술 마시고 싶구나. 집에 술 많은데 좀 비워 주고 가요."

"그냥 팀장님 동네 술집 가서 마실래요."

"집에 가면 더 잘 안아 줄 수도 있는데."

진송을 밀착해서 안은 헌조가 은근하게 속삭였다. 기가 막힌 진송이 혀를 찼다.

"집으로 초대하면 너무 속 보인다더니?"

"생각해 보니 손 주임한테 속 보여 주는 건 좋은 일이잖아요? 스포츠센터에서 본 건 약과고."

외설스럽게 말은 했지만 헌조는 진송의 손을 잡고 가까운 술집을 향해 걸음을 떼었다. 진송은 자신을 위해 주는 헌조의 마음 씀씀이가 좋아서 그의 팔에 매달렸다.

"좀 더 기대시켜 봐요. 혹시 알아요? 나 차도 안 가지고 왔잖아요."

"손 주임 말에 내가 더 기대하게 되네요."

헌조가 투덜거리며 검지로 진송의 코끝을 가볍게 두드렸다. 습한 밤공기를 가르며 얼마나 걸었을까, 두 사람의 앞에 일본식 주점이 나타났다. 나무를 주로 한 전체적인 인테리어에 아기자기한 일본 특유의 느낌이 더해진 곳이었다. 손님은 술집 분위기가 나도록 적당히 북적거릴 만큼 있었다. 기다란 나무 바에 나란히 앉은 두 사람은 과일소주와 꼬치를 주문했다. 물론 첫 잔은 가장 먼저 주문한 맥주였다.

"아, 시원해."

"잘 마시네요."

"방금 좀 아저씨 같았죠?"

맥주잔을 깨끗하게 비우고 감탄했던 진송은 볼을 긁적이며 멋쩍어했다. 어깨를 떨며 웃은 헌조가 뒤늦게 웃지 않은 척 목을 가다듬었다. 헌조를 흘긴 진송이 가게 내부를 꼼꼼히 둘러보았다.

"여기 자주 오시는 곳이에요?"

"자주는 아니고, 몇 번 와 보긴 했죠."

"저희 동네에도 있었으면 좋겠어요. 꼬치도 맛있네요."

진송은 직원이 직접 구워 내놓은 꼬치를 날름 해치웠다. 헌조가 두 개의 잔에 과일소주를 채웠다.

"손 주임네 동네라고 생각하고 자주 오면 되죠."

"그게 말이 돼요?"

"손 주임이 우리 집에 자주 놀러 오면 자주 오게 되겠네요. 내 집, 우리 동네라고 편하게 생각해요."

진송은 헌조의 억지가 귀엽게 느껴져 웃어넘겼다. 그러곤 나무로 만들어진 바에 팔꿈치를 얹고 얼굴을 괴었다.

"제가 연락하기 전까지 뭐 하고 계셨어요?"

"손 주임 생각?"

"마음에 들긴 한데, 그런 빤한 답 말고요."

"하긴 너무 당연하죠? 저녁 먹으면서 손 주임은 뭐 먹을까 생각하고, 씻으면서 손 주임은 뭐 하고 있을까 했죠."

"못 말려."

두 사람은 잔을 들어 건배한 후 원샷을 했다. 헌조도 진송과 주량이 비슷한지 술을 빠른 속도로 잘 마셨다. 진송은 헌조와 이런 것마저도 잘 맞아서 좋았다.

"얘기는 잘 마무리된 거예요?"

"일방적으로요. 아무래도 거절이라는 게 일방적일 수밖에 없잖아요."

멍하게 술잔을 들여다본 진송이 스스로에게 하는 말처럼 중얼거렸다.

"그렇죠, 거절하면 미안할 수밖에 없는 것까지도 이해는 가는데. 그 미안함 속에서 빨리 빠져나왔으면 좋겠어요. 나랑 있을 때 다른 남자 생각하는 거 싫거든."

"팀장님 생각만 나게 도와줘요."

"역시 여기보단 집으로 갈 걸 그랬네요."

아쉽다는 투로 얘기한 헌조가 진송의 손에서 잔을 빼앗아 꼬치를 들려 주었다. 진송은 꼬챙이에 꽂힌 알맹이를 하나씩 빼 먹으며 헌조를 찬찬히 뜯어보았다. 헌조에 대해 궁금한 것들이 자꾸만 늘어난다.

"집하니 생각난 건데, 책임자들 연봉은 대충 알고 있지만 그렇게 좋은 집에 사실 줄은 몰랐어요."

"비상 연락망에 전 직원들 집 주소 적혀 있는데 몰랐죠?"

"연락처만 적혀 있지 않아요?"

토끼처럼 눈을 동그랗게 뜬 진송이 지갑을 꺼냈다. 총무계 직원이 명함 사이즈로 만들어 돌린 비상 연락망에는 헌조의 말대로 주소까지 작은 글씨로 인쇄되어 있었다.

"진짜네."

"관심 좀 가져요, 나한테."

핀잔을 준 헌조가 다시 본론으로 되돌아가 덧붙였다.

"은행 다니면서 번 돈으로는 이 나이에 어림도 없는 집이죠. 스무 살 때부터 재테크에 눈을 떴어요. 대학교에서 장학금 받은 돈으로, 아르바이트비로 돈을 굴려 봤는데 그쪽으로 재능이 있더라고요. 푼돈이 쌓이고 쌓이니까 목돈이 되고. 은행 입사해서 번 돈이랑 합쳐서 굴리니 거금이 돼서 내 집 마련한 거죠."

"대단하세요. 전 스무 살 때 그저 쓰기 바빴는데."

"손 주임이 일반적인 거예요."

과거를 회상하며 부끄러워하는 진송에게 전혀 그럴 필요 없다는 말투로 헌조가 대꾸했다. 통장 잔고를 떠올린 진송은 괜스레 하지 않아도 될 말까지 했다.

"전 아직도 내 집 마련하려면 멀었는데. 지금 살고 있는 아파트 전세거든요."

"뭐하러 내 집 마련을 해요? 몸만 오면 되는데."

"네?"

"요즘 남자들은 집 살 능력을 갖춰야 결혼할 준비가 되었다고 생각하죠. 나도 결혼할 준비가 된 남자라고 손 주임한테 어필한 거라고요, 방금."

경제적인 현실을 떠올리자 심각해졌던 진송의 표정이 눈 녹듯 풀렸다. 아무튼 어디로 튈지 모르는 남자였다.

"전 팀장님한테 어필한다면 뭘 가지고 해야 할까요? 저도 재테크라도 배울걸, 가진 게 없어서 좀 심각하네요."

생각에 빠져 동공을 아무리 굴려 보아도 진송 자신은 빈털터리였다. 갑자기 침묵이 감도는 상대를 깨닫고 진송이 돌아보자 헌조가 믿을 수 없다는 듯 물었다.

"나한테 어필할 마음까지 생긴 거예요? 그거 호감 이상 아닌가?"

"네, 굳이 말하자면요."

어두운 술집 조명으로 인해 확실하진 않았지만 진송은 어쩐지 헌조의 귀가 달아오른 듯 보였다. 시치미를 떼며 대답했지만 진송의 볼도 화끈거렸다.

"내가 말했죠. 몸만 오라고. 손 주임은 존재 자체로 어필하니까."

두 사람에게 술기운이 급속도로 올랐다. 진송은 뜨거운 뺨을 양손으로 가리며 속눈썹만 깜박거렸다. 그런 진송에게 키스하고 싶었지만 헌조는 이곳이 공공장소라는 것을 상기했다.

"그래서 나한테 언제 올 거예요?"

짙은 눈썹 아래 남자답게 부리부리한 두 눈이 진송을 담았다.

"가고 있어요, 매 순간."

비유하자면 불같은 헌조를 진송이 물처럼 달래 주었다. 헌조는 더 이상 욕심을 부리지 않기로 마음먹었다. 라이벌 승원으로 인해 심경이 복잡할 진송에게 자신까지 보태고 싶지 않았다. 또 그에게는 진송의 마음을 얻어 낼 자신감이 있었다. 헌조는 진송에게서 좋아한다는 고백을 들을 그 순간을 미치도록 고대했다.

◆

회의는 크게 전체 회의, 책임자별 직원별 회의, 팀별 회의로 구분할 수 있다. 금일은 팀별 회의가 있는 날이었다. 체조 시간 후 직원들은 팀별로 무리 지었다. 예금계는 객장의 대기의자에서, 대부계는 탕비실, PB계는 VIP라운지가 각 회의 장소였다. 막내인 민호와 진송은 사이좋게 커피 5잔을 타서 팀원들에게 나눠 주었다.

"땡큐."

"고마워요."

팀장인 헌조, 다빈과 진송, 민호, 카드 담당 문 과장이 객장 대기의자에 모여 앉아 커피를 마셨다. 전체 회의와 책임자별 회의를 제외한 다른 회의들은 그냥 모임의 성격이 강했다. 딱히 정해야 할 안건 같은 것도 없는 그저 친목 도모의 시간이었다.

"오늘은 디저트도 있어요. 이거 권 과장님이 보내신 거래요."

"고마워. 권 과장님한테 오랜만에 연락해야겠네."

청원경찰인 막내 정 주임이 주방에서 롤케이크를 잘라 담아 온 접시를 각 팀들에게 가져다주었다. 올해 입사한 신입사원들이 말로만 들었던 권 과장은 지난 분기까지 지점에서 근무를 하다가 다른 지점으로 간 동료였다. 이처럼 옛정을 잊지 못하고 동료들이 나눠 먹을 음식을 보내는 일이 종종 있었다.

"권 과장님 잘 지내시나 모르겠네요."

"지난번에 김주연 계장 결혼식에서 뵀는데 여전하시더라고요. 남편분이랑 여전히 사이도 좋으시고."

"여전하시겠죠. 일 참 열심히 하셨는데. 거기서도 잘하시겠죠."

대화의 주인공을 공통적으로 아는 세 사람은 호평을 늘어놓았다. 같은 지역 다른 지점에 근무하는 동료들은 보통 한 다리만 건너면 아는 사람들이라 민호와 진송도 권 과장에 대해 주의 깊게 들었다. 잠시 침묵이 생긴 틈에 커피를 홀짝이던 사람들은 다른 주제로 이야기를 시작했다.

"참, 다음 주 토요일이죠? 춘계행사."

"네."

"벌써 그렇게 됐나."

"어차피 한 번은 가야 할 거, 덜 더울 때 등산을 다녀오는 게 맞는 것 같긴 해요. 대신 하계행사는 문화행사로 퉁 치기로 했다죠?"

"그렇게 들었어."

"관악산 정도면 양반이죠. 거리라도 가까우니까."

"맞아."

등산을 싫어하는 직원들도 체념하고 받아들였다. 편도 두, 세

시간 정도면 정상을 찍고 하산할 수 있는 코스라 만족하는 듯했다. 또 다른 화제가 튀어나오고, 디저트 접시도 바닥을 보였다. 다른 팀의 회의도 끝났는지 분위기가 어수선해졌다. 개점 준비를 해야 할 때가 다가와 헌조가 먼저 몸을 일으켰다.

"슬슬 일어납시다."

"네."

양치질을 할 사람들은 저마다 칫솔을 입에 물고 화장실로 향했다. 진송은 세면대 쟁탈이 치열할 듯해서 끝 무렵에 화장실을 찾았다. 그런 그녀를 헌조가 뒤따랐다. 이미 빈 화장실에는 아무도 없었지만 두 사람은 화장실 입구에서 같이 이를 닦았다.

"팀장님, 여기요."

진송이 구비되어 있는 치약을 헌조의 칫솔에도 짜 주었다.

"팀장님, 그렇게 세게 닦으시면 이 다 상해요."

헌조와 마주 서서 문득문득 웃음을 흘리며 이를 닦던 진송이 지적했다. 헌조의 팔에 힘이 빠지고 진송이 하라는 대로 부드럽게 칫솔질했다.

"그리고 칫솔 눕혀서 위아래로요."

시범을 보인 진송이 헌조가 따라하는지 지켜보았다. 장난이 동한 헌조는 입을 벌리고 가지런하게 다문 이를 드러낸 채 진송에게 칫솔을 내밀었다. 눈가를 휜 진송은 헌조의 어리광을 받아 주었다. 자신의 양치질을 멈춘 진송은 무릎을 굽혀 어정쩡한 자세로 선 헌조의 이를 닦아 주었다. 웃음이 터진 두 사람은 성별에 맞는 화장실로 들어가 입을 헹궜다. 티슈로 물기를 마무리하고 복도로 나온 진송은 혹시나 하고 들고 나온 티슈로 헌조의 턱을 훔쳐 주었다.

"손 주임한테 챙김 받으니까 좋네요."

"팀장님 은근 손이 많이 가는 남자네요."

"일부러 그런 건데. 나 좀 챙겨 달라고."

능청스럽게 잡아떼는 헌조 때문에 진송의 입이 떡 벌어졌다. 사실이라면 남자 여우가 따로 없었다.

"혹시 애정결핍 같은 거 있으세요?"

"네, 손 주임한테만 한정해서?"

진송이 놀리고자 하는 말을 헌조가 순순히 인정했다. 져 주질 않는 헌조가 얄미워서 진송은 그의 슈트재킷에 튄 물방울을 터는 손길에 힘을 실었다. 민첩하게 진송의 손을 낚아챈 헌조는 작은 손바닥을 심장 부근에 가져다 대었다.

"그러니까 애정 어린 손길 많이, 부탁합니다."

깜짝 놀라 붙잡힌 자신의 손을 응시하던 진송은 헌조의 얼굴로 시선을 들었다. 여자만큼 붉은 헌조의 입술이 시원한 미소를 그리고 있었다. 미혼인 진송이지만 모성애라는 게 뭔지 어렴풋이 알 것 같았다. 애원하는 헌조에게 다 주고 싶어지는 것을 보면. 진송은 손바닥으로 고스란히 전해지는 심장 고동 소리에 이내 신경을 빼앗겼다.

"먼저 나갈게요."

"그래요."

떨리는 손을 감춘 진송이 다른 직원들에게 의심을 사지 않기 위해 서둘러 발길을 뗐다. 빠른 속도로 뛰었던 헌조의 심장이 옮겨 온 듯 진송의 가슴도 쿵쿵 뛰었다. 탈의실에서 화장을 고치고 태연하게 창구에 앉았지만 진송은 떨림이 주체가 되지 않았다.

직원들이 퇴근하고 텅텅 빈 사무실에 한 계장이 마지막으로 남아 있었다. 산더미처럼 쌓인 일을 처리하고 퇴근할 채비를 한 한 계장은 마침 후문으로 들어서는 헌조를 반겼다.

"팀장님, 아직 퇴근 안 하셨네요?"

"네."

괜스레 주위를 두리번거린 한 계장이 거듭 질문했다.

"혹시 진송이 못 보셨어요?"

"아니요. 무슨 일 있어요?"

"진송이 오늘 당번이라 퇴근한 것 같진 않은데 아까부터 계속 안 보여서요."

"내가 기다릴 테니까 퇴근하세요."

"그래도 될지……."

"괜찮으니까 가 봐요."

말끝을 흐리며 헌조의 눈치를 보던 한 계장은 고개를 꾸벅 숙여 인사를 했다. 사무실을 나서는 한 계장의 뒷모습을 지켜보던 헌조가 여전히 보이지 않는 진송을 찾아 이곳저곳을 누볐다. 탕비실, VIP라운지, CCTV관리실, 여자 탈의실, 하다못해 지점장실까지 샅샅이 찾아보았지만 어디에도 진송은 없었다. 전화는 계속 연결되지 않았다.

이상한 느낌이 들어 제외했던 남자 탈의실로 향한 헌조는 허탈한 숨을 내뱉었다. 헌조가 미닫이문을 열자 바닥에서 새우잠을 자고 있는 진송이 보였다. 많이 피곤한지 새근새근 숨소리를 내며 잠든 진송이 깨지 않도록 헌조는 조심스럽게 탈의실에 발을 들였다. 진송이 춥지 않도록 온돌의 온도를 높인 헌조가 입고 있던 그레이 더블 브레스티드 재킷을 벗어 진송에게 덮어 주었다.

"손 주임, 그만 일어나요."

헌조는 잠든 진송을 발견하고 딱 한 시간여가 지난 시각에 진송을 불렀다. 쉽게 깨지 않는 진송이 걱정되어 헌조가 이마를 짚어 보았지만 다행히 열은 없었다. 낯선 손길에 눈을 뜬 진송은 헌조를 보고 졸음이 확 달아났다.

"어떡해! 잠깐 누워 있는다는 게 잠들었나 보네!"

벌떡 일어나 앉은 진송이 머리맡에 두었던 휴대전화로 시간을 확인했다. 안 그래도 큰 진송의 눈이 더욱 크게 뜨였다.

"엄청 잤네! 죄송해요, 팀장님. 직장에서 자기나 하고……."

헌조가 당장에 혼쭐을 내도 이상하지 않은 상황이었다. 울상이 된 진송은 밀려드는 자괴감에 입술을 질끈 깨물었다. 헌조는 어찌할 줄을 모르는 진송의 반응이 귀여워서 가만히 지켜보고만 있었다.

"왜 남자 탈의실에 있어요?"

"그게, 남자직원들은 유니폼 갈아입을 일이 없으니까 탈의실 들락거릴 일이 적잖아요. 그에 비해 여자 탈의실은 계속 쓰이거든요. 그래서 잠깐 들러 허리만 펴고 간다는 게 깜박 잠들었어요. 죄송해요."

"이런 일 자주 있었어요?"

"아니요! 결단코 처음이에요! 잠들어 버린 건……."

"조심해야죠, 의심하는 건 아니지만 잠든 손 주임한테 무슨 일이 생길지 모르니까."

"네, 다시는 이런 일 없을 거예요."

헌조는 잠든 진송이 아기같이 예뻐 한 시간이 전혀 지루하지 않았다. 낮잠을 오래 잤다간 밤에 잠이 안 올 것 같아 적당한 시간에 진송을 깨워야 했던 게 아쉬웠던 참이었다. 이 모습을 다른 남자가 발견했다면. 헌조는 상상도 하고 싶지 않았다.

걱정으로 찌푸려진 헌조의 인상을 보고 오해한 진송이 안절부절못했다. 아예 몸을 일으킨 진송은 한숨을 내쉬며 여전히 앉아 있는 헌조를 내려다보았다.

"팀장님이 발견 못 하셨으면 저 진짜 내일 아침까지 잤을지도 몰라요. 퇴근하셔야죠, 가요."

"잠깐만요, 오래 이러고 있었더니 다리에 쥐가 나서."

"네? 오래요?"

"기억 안 나요? 내 허벅지 베고 자다 일어난 거?"

진송이 잠결에 너무 놀라 간과했던 것을 헌조가 친절히 알려 주었다. 진송이 눈을 떴을 때 헌조가 보였던 위치가 이상하긴 했었다. 바닥에서 잠든 것치고 머리가 덜 배긴 것도. 헌조의 튼실한 허벅지로 어쩔 수 없이 진송의 눈길이 갔다. 안면에 홍조를 띤 진송이 마른세수를 했다.

"죄송해요, 좀 주물러 드릴까요?"

금방이라도 손을 뻗을 것처럼 구는 진송을 헌조가 빠르게 말렸다.

"사양할게요. 그랬다간 내가 여기가 회사인 걸 잊을 것 같아서."

"네?"

"대신 손 좀 당겨 줄래요? 일어나게."

"네! 잡으세요."

헌조와 손을 잡은 진송이 일으켜 주려고 힘을 썼지만 도리어 남자의 힘에 딸려 갔다. 새된 비명을 내지른 진송은 헌조의 어깨를 잡고 지탱하여 꼬꾸라지지 않을 수 있었다.

"뭐예요, 팀장님!"

고개를 돌린 진송은 생각보다 가까운 헌조의 얼굴에 치밀었던 화가 쏙 들어갔다. 눈을 내리뜬 헌조가 진송의 입술에 입술 도장을 찍었다. 아기에게 뽀뽀하듯 가벼운 베이비키스로 입술이 몇 차례 더 맞붙었다. 적나라한 소리를 내며 길게 머물렀다 떨어진 헌조의 입술을 진송이 멍하게 응시했다.

"자는 모습이 어찌나 아기 같던지, 예뻐서. 베개 해 준 보답으로 쳐요."

씩 웃은 헌조가 가뿐하게 일어나 미닫이문을 열고 나갔다. 탈의실에 홀로 남은 진송은 자신이 아직도 꿈나라가 아닌지 의심되어 스스로 볼을 꼬집어 보았다.

"쥐 났다더니 뭐야!"

현실임을 인지한 진송이 씩씩거리며 신발을 꿰어 신었다. 사복으로 갈아입은 진송과 헌조는 사무실 문단속을 하고 늦은 퇴근을 했다. 지하주차장으로 가기 위해 엘리베이터 버튼을 누르고 기다리는 진송에게 다가간 헌조가 건물의 입구를 손짓했다.

"간단하게 저녁 안 먹을래요? 손 주임 기다리느라 저녁 못 먹었는데. 집에 밥도 없어서."

"앞장서세요."

진송은 속수무책으로 끌려갈 수밖에 없었다. 걸어서 건물 바깥으로 나간 두 사람은 적당히 식사할 만한 곳을 물색했다.

"면 괜찮아요?"

"네, 소화 안 되고 그런 건 없으니까."

세련된 인테리어가 돋보이는 퓨전 중화요리 음식점이 식사 장소로 낙찰되었다. 실내에는 식욕을 돋우는 색상인 빨간색의 장식품이 곳곳에 진열되어 있었다. 중화요리의 자극적인 음식 냄새가 더욱 허기를 불러일으켰다. 주문한 음식들이 금세 나왔고, 단골 은행의 직원임을 알아본 가게 주인이 서비스로 군만두를 챙겨 주었다.

"얼굴이 낯이 익다 했는데 팀장님 맞네, 맞아! 많이들 드세요."

여사장은 호들갑을 떨며 헌조의 손을 공연히 쓰다듬다 놓았다.

"감사합니다."

"일이 그렇게 많아요? 이제 퇴근을 한대."

"좀 남은 일이 있어서, 오늘만 특별히……."

구차하게 변명을 늘어놓던 진송이 어설프게 웃었다. 난처할 땐 얼른 화제를 돌리는 게 최선이었다. 탱탱한 면발을 입안으로 삼킨 진송은 엄지를 치켜들었다.

"맛있어요!"

"우리 가게 맛있지. 자주 오세요."

기분 좋게 돌아선 여사장이 다른 테이블에 서빙을 하러 멀어졌다. 처음 들른 가게에서 헌조의 팬을 만나 기분이 상한 진송이 불퉁거렸다.

"하여튼 팀장님이 문제예요. 여기도 오면 안 되겠어요. 알아보셔서."

"네, 아무래도 스릴 넘치는 비밀 연애를 하려면 회사에서 먼 곳으로 가야겠네요."

"누가 비밀 연애 한댔어요?"

"그럼 공개 연애 할래요?"

"그게 아니라!"

반발하는 진송의 입에 헌조가 냉큼 군만두를 넣어 주었다.

"나랑 연애 안 할 거예요? 튕기긴."

"튕기다니요."

만두를 씹느라 웅얼거리는 진송을 본 헌조가 미소 지었다.

"밀고 당기기도 좋고, 손 주임이랑 하는 건 다 좋지만. 진지하게 생각해 봐요. 우리가 만나는 거에 대해서."

"……긍정적으로 생각하고 있어요."

진송은 무게감 있게 나오는 헌조에게 맞춰 누그러진 어조로 대답했다. 헌조는 진송이 맞은편에 앉아 있어 머리를 쓰다듬어 주지 못해 아쉬웠다.

"나 품절남이라고 소문도 내고 해야 팬들이 떨어져 나갈 거 아니에요."

진송의 심기를 꿰뚫어 본 듯한, 듣기에 확실히 솔깃한 이야기이긴 했다.

"알았어요. 조금만 더 기다려 주세요."

이제 그 타이밍을 잡는 것만 남았다.

형형색색의 등산복을 입은 직원들이 집결 시간에 맞춰 은행 건물 앞에 모였다. 직원들의 자가용 중 세 대의 차만 움직여 관악산으로 출발했다.

관악산 일주문을 지나자 본격적인 산길이 펼쳐졌다. 주말이라

이미 많은 사람들이 산행하고 있었다. 열댓 명이나 되는 직원들이 우르르 뭉쳐 다닐 수는 없기에, 대충 친분이 있는 사람끼리 짝지어 다녔다. 시간을 맞춘다고 맞춰도 빠지는 사람이 발생했고, 하필 다빈이 빠진 터라 진송은 혼자 동떨어졌다.

"왜 혼자 그러고 있어? 김 계장이 없어서 그래? 빨리 와."

"네!"

은행의 가장 웃어른인 지점장이 뒤쳐진 인원이 없나 틈틈이 돌아보다 진송이 걸렸다. 진송은 책임자들 무리에 얼떨결에 끼게 되었다. 팀장 둘과 묵묵히 산행하던 헌조가 어느새 진송의 옆에서 걸었다.

한 시간 동안 흙길을 밟아 올라가자 연주암에 다다랐다. 절 내부를 구경도 할 겸, 이곳에서 잠시 쉬는 시간을 가졌다. 직원들은 매일 앉아 있는 게 일이다 보니 등산을 대부분 힘들어했다. 등산이 취미인 4, 50대 직원들이 오히려 젊은 직원들보다 말짱했다.

"걸을 만해요?"

"아니요, 조금 걸었다고 힘드네요."

"물 좀 마셔요."

"네."

헌조는 다른 직원들 몰래 진송을 간간이 살폈다. 사찰을 한 바퀴 돈 후 다시금 정상을 향해 부지런히 발길을 떼자 벌써 산행을 마치고 내려오는 사람들과 마주쳤다. 여름의 문턱을 지나 따가워진 햇살 아래서 산을 오르고 또 올랐다. 힘든 만큼 몸이 개운해졌다. 등산을 반기지 않던 다른 사람들도 기분이 좋아 보였다. 직원들은 아찔한 절벽 위에 위치한 연주대를 보며 감탄하느라 잠시 걸음을 주춤했다.

"왜 그래? 어디 안 좋아?"

"아니요, 제가 고소공포증이 있거든요."

지점장은 절경을 오래 보지 못하고 관자놀이를 짚는 진송을 염려했다. 관악산 정상 표지석이 있는 산 정상에 가까워지면 가까워질수록 진송의 앞날은 험난해졌다. 어른들께 걱정을 끼치고 싶지 않아서 씩씩한 척했지만 높이가 주는 공포에 다리가 후들거렸다.

"잡아요."

"감사합니다."

바위 계단같이 위험한 곳을 지날 때마다 헌조가 손을 빌려 주었다. 스킨십에 등산만 한 운동이 없다는 말은 사실이었다. 몇 달치 손잡을 걸 하루 만에 다 잡은 것 같았다.

앞서가는 헌조의 듬직한 등을 볼 때면 진송의 가슴은 여지없이 설레었다. 역동적으로 움직이는 등 근육이 진송의 눈에 참 멋져 보였다. 흔들림 없는 튼튼한 다리와 탄탄한 엉덩이가 어쩔 수 없이 시야에 들어올 때에는 아찔했다. 길을 터 주고, 등 뒤를 지켜 주는 헌조가 있어 진송은 무사히 정상을 찍었다. 등산 하나로 진송은 그를 더 의지하게 되었다.

"야호!"

혼자 등산한 듯 땀으로 흠뻑 젖은 민호는 바위 끝에 서서 한 계장과 번갈아 소리를 지르고 있었다. 기혼인 여직원들은 서로 사진을 찍어 주느라 정신없었다. 저마다 고지에 오른 것을 즐기고 있었다. 산등성이 너머로 서울이 한눈에 내려다보이며 전망이 좋았다.

"팀장님, 귀 좀 빌려 주실래요?"

"네?"

"비록 저렇게 소리 지를 순 없지만 작게라도 외치고 싶어서요."

진송은 입가에 손바닥을 대고 외치는 민호를 가리켰다. 의아한 눈빛의 헌조가 허리를 낮춰 주었다. 민호처럼 입가를 가린 진송이 헌조의 귀에 대고 속삭였다.

"팀장님, 저도 좋아해요."

너무 빨라 헌조가 흘려듣는 일이 없도록 진송은 꾹꾹 눌러 담은 진심을 전했다. 장소가 장소인 만큼 중화요리 음식점에서 하지 못한 고백을 하고 나니, 헌조의 귀가 대나무 숲이라도 된 듯 속이 시원해졌다.

햇살은 여전히 뜨거웠고, 선선하게 부는 바람이 땀을 식혀 주었다. 다만, 몸이 갑자기 체력적 한계를 잊은 듯 새털같이 가볍게 느껴진다는 것과 눈앞의 상대에게서 빛이 나는 듯한 착각이 들었다.

"잠깐 모여 보세요!"

헌조가 어떠한 행동도 보이기 전에 구 팀장이 사람들을 불러

모았다. 진송이 헌조의 등을 밀며 사람들의 틈바구니 속에 꼈다. 왜소하지만 기개가 강건한 지점장이 직원들의 얼굴을 찬찬히 훑어보았다.

"여기까지 오느라 수고했습니다. 낙오하는 사람 없이 여러분들과 정상에 올라 뜻깊습니다. 점심 식사 맛있게들 하시고 하산합시다!"

"네! 맛있게 드세요!"

바글바글한 등산객들의 틈바구니에 끼여 엉덩이를 붙이고 앉은 직원들이 도시락을 펼쳤다. 꿀맛 같은 점심을 나누어 먹고 막걸리도 빠트릴 수 없어 종이컵에 돌려 마셨다. 그러는 사이 정오를 훌쩍 넘겼다. 진정한 하산주를 위해 아쉬운 발걸음을 돌린 직원들은 산을 내려가기 시작했다.

"고마워요."

"뭐가요?"

"하산길을 설레게 만들어 줘서."

주변에 일행이 없을 때 헌조가 조용히 둘의 이야기를 꺼냈다. 두 사람은 산 정상에서의 여운을 안고 있었다. 부푼 가슴이 쉬이 진정이 되지 않았다. 만만치 않은 관악산 등산을 마치자 기분이 한층 더 상쾌해졌다. 직원들은 산 아래의 미리 예약해 둔 횟집에서 뒤풀이를 가졌다. 광어회와 소주의 조합은 환상적이었다.

"녹턴은행 A지점 파이팅!"

"파이팅! 건배!"

건배 제안을 하길 좋아하는 지점장의 취향에 따라 모두 빠짐없이 건배사를 읊어야 했다. 운전을 해야 하는 사람들을 제외하고는 기분 좋게 낮술을 했다. 신선하고 맛있는 회에 얼큰한 매운탕을 안주 삼으니 잘도 넘어갔다.

"과장님, 한 잔 더! 받으세요."

"어, 그래."

진송은 술병과 손이 합체라도 한 듯 놓을 생각이 없어 보였다. 이 과장은 진송이 싹싹하니 보기 좋긴 했지만 평소 술자리보다 오버페이스라 신경이 쓰였다. 주변에 있던 한 계장이 빈 술잔을 들고 흔들었다.

"난 안 줘?"

"계장님도 당연히 드려야죠!"

그것으로 그치지 않고 진송은 별거 아닌 행동으로도 박장대소를 했다. 이상하게 회식 때마다 볼일이 생겨 첫 참석이나 다름없는 헌조는 조용히 회식 분위기를 관망하고 있었다. 이 과장이 슬쩍 한 계장의 술잔 옆에 자신의 잔을 내밀어 진송에게 술을 받고는 의외라는 듯 입을 열었다.

"벌써 취했어? 진송이 너 술 세잖아."

"취하긴요. 기분이 좋아서 그러죠."

진송은 산 정상에서부터 좋은 기분을 티 내고 싶었지만 이유를 말할 수 없기에 꾹 참고 있었다. 헌조에게 마음을 밝히고 이제 커플로 거듭나 기분은 이미 날아갈 듯했다. 내키는 대로 웃고 좋아하기엔 술만 한 핑계가 없었다. 의도한 건 아닌 게 확실했지만, 한 계장이 웬일로 날카로운 질문을 던졌다.

"그새 무슨 좋은 일 있었어?"

"그야……."

진실을 말할 수 없으므로 난처함을 느끼던 진송은 헌조와 눈이 마주친 후 표정이 더 어색해졌다. 헌조가 나서려던 차, 안 보는 듯 보고 있던 지점장이 껴들었다.

"높은 출석률로 다친 사람 없이 등산을 끝마쳤으니 기분이 좋을 수밖에."

"맞습니다, 지점장님."

한 계장은 진송이 기분 좋은 이유를 물었건만, 지점장은 자신의 기분이 좋은 이유를 읊었다. 진송은 이때다 싶어 지점장에게 묻어갔다.

"손 주임, 한 잔 받아."

"네!"

지점장은 밝게 술자리 분위기를 띄우는 진송이 대견하여 그녀의 빈 잔을 채워 주었다. 옆 테이블에 있던 지점장에게 다가가 술을 받고 자리로 돌아온 진송은 공손하게 원샷했다. 오늘따라 술이 매우 달았다.

"오늘 정말 수고 많으셨고, 일요일 푹 쉬시고. 다음 주부터 힘내서 일합시다!"

"네, 부지점장님!"

흥건하게 취한 지점장 때문에 부지점장이 끝인사를 대신했다. 횟집을 빠져나온 일행들은 흐지부지 해산했다.

"지점으로 가실 분은 박 주임 차 타시고, 바로 집으로 가실 분은 제 차 타세요!"

"저 지하철역까지만 좀 부탁드릴게요."

"네, 타세요."

진송은 은근슬쩍 지하철역까지 간다는 최 팀장과 함께 헌조의 차에 올랐다. 헌조의 집 방향과 정반대인 최 팀장과 이 과장은 가까운 지하철역에서 하차하여 헤어졌다. 슬그머니 차에 남은 진송은 조수석으로 자리를 옮겨 탔다.

"팀장님, 안 더우세요? 왜 이렇게 덥지. 여름이 정말 훅 왔나 봐요."

진송이 헤벌쭉 웃으며 열린 창문 밖으로 손을 내밀었다. 헌조에게 한 고백이 부끄러웠던 진송이 뒤풀이 자리에서 술을 열심히 받아 마신 결과였다.

"에어컨 틀었어요. 손 넣어요. 창문 닫을게요."

"네!"

고분고분 하란 대로 한 진송은 손부채질을 하더니 얇은 바람막이를 벗어 던졌다. 그것으로도 모자라 상의로 입은 면티를 펄럭였다.

"그렇게 더워요?"

"네, 얼른 집에 가서 샤워하고 싶어요. 끈적거리고 찝찝해요."

"조금만 참아요. 다 와 가니까."

헌조의 말대로 차는 얼마 지나지 않아 진송의 아파트에 도달했다. 차 내부가 시원해지자 진송은 그새를 못 참고 잠이 들어 있었다. 조용하다 했더니 잠들어 있는 그녀의 모습에 헌조는 터질 것 같은 웃음을 참았다. 곤히 잠든 진송을 몇 분 더 재워야 할 것 같아 헌조가 의자 등받이를 눕혀 주기 위해 상체를 기울였다.

의자가 둔탁하게 넘어가자 그 작은 충격에 진송이 눈을 반짝 떴다. 코앞에 있는 헌조의 얼굴을 본 진송이 깨지 않은 척 도로 눈을 감았다.

"다시 자는 척하는 거예요?"

"아니요."

짧게 잤지만 개운해진 진송이 멋쩍어하며 일어났다. 아직 헌조는 시트를 짚은 채 진송을 덮치다시피 한 자세였다.

"안 자면 계속해도 되나?"

"의자만 눕혀 주실 거 아니었어요?"

"그랬는데, 안 자니까."

광대가 붉게 물든 진송이 헌조의 가슴팍을 양손으로 밀어냈다.

"집을 코앞에 두고 여기서 왜요."

"안 하겠다는 말은 안 하네요?"

"그거야…… 팀장님이 좋으니까."

연신 말꼬리를 흐린 진송은 수줍음에 몸부림쳤다. 헌조가 안전벨트 버튼을 진송의 것까지 눌렀다.

"잠깐 자서 그런지 술은 깬 것 같아 보이네요."

"네, 저 말짱한데요."

"그럼 난 손 주임 태워다 주느라 뒤풀이 못 했으니까 같이 뒤풀이하죠. 차 말고 술 줄 수 있어요?"

짓궂어 보이게 입가를 늘인 헌조가 아파트를 눈짓했다.

"네, 술은 내키네요. 올라가서 좀 쉬었다 가세요."

진송은 떨리는 티를 애써 숨기느라 시선을 피했다. 헌조와 함께 차에서 내려 함께 아파트 엘리베이터에 오르니 긴장이 배가 되었다.

"들어오세요."

"실례할게요."

현관문을 열고 마치 고양이집 같은 진송의 공간으로 들어가는 순간 분위기가 깨졌다. 동그란 얼굴과 눈을 가진 섭이가 발을 모으고 서서 두 사람을 맞이했기 때문이었다. 헌조를 보고 뒷걸음질을 친 섭이는 심지어 하악질을 했다.

"제 반려묘예요. 이름은 섭이고."

"고양이도 이러니까 맹수 같네요."

"잠깐 이러다 말 거예요. 원체 순한 애라. 좀 앉으세요."

헌조와 거리를 유지하며 경계심을 풀지 않은 섭이가 입을 크게 벌리며 울어 댔다. 헌조를 거실 소파로 안내한 진송이 섭이에게 다가가 달랬다.

"우리 섭이, 안 무서워해도 돼."

처음 들은 진송의 콧소리에 오히려 헌조가 움찔했다. 당사자는 잘 모르겠지만 애완동물에게만 보이는 애교가 흘러나오는 것이었다. 헌조는 말 못하는 생물까지 라이벌이 될 듯한 불길한 예감이 들었다.

"엄마 남자 친구야."

헌조는 진송이 덧붙인 소개가 마음에 들었다.

"씻고 나와요. 아까 엄청 찝찝해하던데."

등 뒤로 들린 헌조의 음성에 진송은 섭이에게서 주의를 돌렸다. 진송은 샤워가 간절한 건 사실이라 조심스럽게 고개를 끄덕였다.

"텔레비전이라도 보고 계세요."

"네."

무성의하게 대답한 헌조는 진송이 욕실에 들어가자 고양이에게 다가갔다. 잔뜩 몸을 낮춘 섭이는 헌조의 손길을 꺼렸다.

"손 주임을 봐서라도 너랑 친해지고 싶은데 협조 좀 해 주라."

발을 굴러 도약한 섭이가 단숨에 캣 타워 속에 숨어 버렸다. 헌조는 별수 없이 소파로 되돌아갔다. 섭이의 또렷한 눈망울이 헌조를 따라다녔다. 욕실에서 물소리가 이어지자 헌조는 더 이상 섭이에게 기울일 신경이 없었다. 오랜 샤워 시간 끝에 실내복을 입은 진송이 밖으로 나왔다.

"욕실 좀 빌릴게요."

"네, 쓰세요."

진송은 수증기가 가득 찬 욕실을 공유한다는 게 의식이 되어 대답이 깍듯하게 나왔다. 헌조가 욕실 문을 닫고 들어가자 뒤가 걱정이 되었다. 헌조가 갈아입을 만한 옷이 진송의 집에는 없었다. 패닉에 빠진 진송은 일단 커다란 샤워타월을 욕실 앞에 두고 안절부절못했다. 어쩌자고 헌조를 집에 끌어들였나 싶어 스스로 머리를 쥐어박았다.

　잠시도 가만히 앉아 있질 못한 진송이 술안주라도 미리 세팅하며 진정하려고 했지만 허사였다. 괜스레 주방용품을 건드려 우당탕 소음이 났다.

　"무슨 소리예요? 괜찮아요?"

　"네, 아무것도 아니에요!"

　헌조가 씻다 말고 진송의 안위를 물어볼 정도였다. 진송이 술과 안줏거리를 거실 탁자에 옮기며 부산을 떨었다. 금세 씻고 나온 헌조는 방수가 되는 재질의 등산복을 대충 빨아 입고 나온 채였다.

　"나 이거만 덮고 있으라고 내놓은 거예요?"

　"아니, 갈아입을 옷 드릴 게 없어서요."

　헌조는 물기가 묻지 않게 소파에 샤워타월을 펼쳐 앉았다. 헌조의 옆에 앉은 진송은 괜히 미안했다.

　"안 불편하세요?"

　"축축하긴 한데 이런 재질은 금방 말라요."

　"좀 말려 드릴까요? 다리미나 드라이기 같은 걸로."

"번거롭게 그렇게까지 할 건 없고, 그럼 상의만 좀 벗고 있을 게요."

"네. 네?"

얼떨결에 대꾸한 진송이 말을 물리기도 전에 헌조가 홀러덩 옷을 벗었다. 군살 없는 다부진 체형의 상체가 가감 없이 드러났다. 눈 둘 곳을 못 찾은 진송은 숨을 집어삼켰다. 물기를 머금은 촉촉한 피부가 근육의 굴곡을 강조시켰다. 뚜렷하게 존재를 아우성치는 복근과 깊숙이 팬 배꼽이 절로 침샘을 자극했다.

"건배는 지겹도록 하고 왔으니 간단하게."

맥주 두 캔을 딴 헌조가 진송의 손에 하나를 쥐여 주었다. 가볍게 캔을 맞부딪친 헌조는 목이 말랐는지 무서운 기세로 술을 들이마셨다. 도드라진 목젖이 눈앞에서 춤을 추자 진송은 술을 마시는 것도 잊어버리고 쳐다보았다.

"오늘부터 나 품절남이라고 소문내도 되는 거죠?"

"네."

"무사히 나한테 와 줘서 고마워요."

"팀장님 같은 분이 왜 저 같은 말단 사원을 좋아하시는 건진 모르겠지만, 지금으로서는 다행이에요."

지적을 무조건 수용하기보다 자기 잘못은 인정하고 잘못된 지적은 비판할 줄 알고, 표정관리가 완벽하진 않지만 그렇기에 진심을 다해 일한다는 것을 알 수 있으며, 밝고 환한 웃음을 지을 수 있는 여자라서. 헌조가 진송을 좋아하는 이유를 솔직하게 이야기하자면 날을 샐지도 몰랐다.

"나도 모르는 사이에 좋아하고 있더군요. 손 주임이 내 이상형인가 보죠."

천연덕스럽게 얘기했지만 헌조의 귀가 붉었다. 진송도 딴청을 부리며 덜 마른 머리카락을 배배 꼬았다. 헌조가 자세를 바꿀 때마다 상체의 근육이 요동쳤다.

"손 주임은 술을 마시는 거예요, 만드는 거예요?"

"침 안 흘렸거든요!"

캔을 입에서 뗀 진송이 손등으로 입가를 훔쳤지만 묻어나는 것은 없었다. 헌조는 진송을 놀리는 것에 박차를 가했다.

"참 솔직하다니까. 그냥 마음껏 봐요. 어차피 손 주임 건데."

"제가 보면 얼마나 봤다고 그러세요?"

"거봐, 안 봤다고는 안 한다니까."

가볍게 박수까지 치는 헌조 때문에 진송은 꿀 먹은 벙어리가 되었다.

"입고 있을 때도 섹시하지만 벗고 있으니까 더 섹시하죠?"

진송은 부정하며 코를 납작하게 눌러 주고 싶었지만 사실이라 인정할 수밖에 없었다. 대신 싱글벙글 웃는 낯의 헌조에게 씨 없는 포도를 알알이 떼어 먹여 주었다.

"안주도 좀 드세요."

입안이 포도로 가득 차자 헌조가 항복을 표시하듯 손을 들었다. 진송은 열심히 씹어 삼키는 헌조를 보고 웃음이 터졌다.

"근육통 왔어요?"

진송은 자신도 모르게 소파에 종아리를 올려 두드리고 있었다. 딸리는 체력이 괜스레 부끄러워서 변명을 하고야 말았다.

"네, 수영을 한다고 해도 운동량이 적으니까……."

"다리 올려 봐요. 풀어 줄게요."

"괜찮아요!"

"얼른, 한결 나을 거예요."

헌조의 재촉에 진송은 못 이긴 척 소파에 두 다리를 올렸다. 자세를 틀어 앉은 헌조가 적당한 세기로 진송의 다리를 주물렀다. 악력이 센 남자의 손이 아픈 곳을 잘 짚어 나가니 좋을 수밖에 없었다.

"금지령 오늘부로 풀린 거죠? 수영장도."

"네, 하루 만에 너무 쉬운 여자가 된 거 아닌가 싶지만."

부끄러워서 시선을 피한 진송이 맥주를 마셨다. 고개를 든 헌조가 진송을 기특하다는 눈빛으로 바라보았다.

"나한테만 쉬우면 돼요. 다른 남자들은 파고들 틈 주지 말고."

"팀장님이나 조심하세요. 자나 깨나 여자 조심."

상상만으로 기분이 나쁜지 눈썹을 비대칭으로 치켜뜨는 헌조를 보며 진송이 가볍게 한숨지었다.

"와, 이제 나 단속도 하는 거예요? 질투도 하고? 아니, 커플 사이에는 당연한 건가."

"팀장님 이제 제 거라면서요."

고개를 주억거리는 진송에게 헌조가 감동한 표정으로 반응했다.

"왜 이렇게 예쁜 말만 해요? 온종일 키스하고 싶게."

"키스하고 싶으면 하면 되죠. 나도 팀장님 건데."

눈을 내리뜬 진송이 헌조를 도발했다. 그 말이 신호라도 된 듯 헌조가 순식간에 진송의 다리를 잡고 당겼다.

새된 소리를 내지르며 중심을 잃은 진송의 허리를 낚아챈 헌조가 상체를 기울여 입술을 앗았다. 쌉싸름함이 감도는 서로의 입술을 맛보다 헌조가 진송의 턱을 살짝 당겼다. 벌려진 입술 사이를 파고든 혀가 치열을 훑었다. 본능적으로 헌조의 어깨 위에 양팔을 둘러 안은 진송은 적나라하게 느껴지는 살결에 흠칫 놀랐다. 키스가 열기를 띠자 맞닿은 피부도 뜨거워졌다. 진송의 입안을 헤집은 헌조는 작은 혀를 집요하게 삼켰다. 헌조의 허벅지에 놓인 진송의 다리가 달싹거렸다.

"팀장님."

진송의 흰 반팔 티 속을 침범한 헌조의 손이 옆구리를 쓰다듬다 위로 전진했다. 진송은 해가 길어져 밝은 실내가 거슬려, 눌린 발음으로 헌조를 겨우 불렀다.

그러나 헌조는 눈을 감은 채 진송의 뒷목을 더욱 당길 뿐이었다. 그들은 입안을 넘나드는 타액을 거부감 없이 받아들였다. 뒤엉킨 입술처럼 서로를 갈구하는 손짓도 엉켜들어 갔다. 두 눈 딱 감은 진송은 욕구대로 잔 근육이 많은 헌조의 등을 어루만졌다.

그러다 아랫배를 지난 헌조의 손이 가슴을 쥐어 오자 재차 진송의 이성이 머리를 들었다.

"잠깐만요."

"멈추자는 말만 하지 말아요."

진송의 보송한 뺨에 뽀뽀하며 헌조가 선수 쳤다.

"그건 저도 하기 싫은 말이라. 그냥 날이 밝아서 쑥스러워서요."

"빨리 해가 져야 되는데. 처음으로 여름이 싫어질 것 같아요. 이러면 좀 나아요?"

폭신한 소파에 진송을 완전히 눕힌 헌조가 진송의 머리 옆에 두 손을 짚고 내려다보았다. 진송은 헌조가 만든 그늘이 나쁘지 않아 눈가를 곱게 접었다.

"이리 와요."

진송의 부름을 받은 헌조가 다시금 진송의 입술을 적셨다. 헌조가 진송의 상의를 쇄골까지 끌어 올리자 진송이 허리를 살짝 들어 주었다. 진송은 헌조의 애무를 받자 몸이 나른해졌다. 헌조의 손길이 과감할 때면 순간순간 눈이 번쩍 뜨이긴 했지만 술기운이 불러온 졸음의 영향이 컸다.

"손 주임 눈에 잠이 가득 묻었네요."

"안 하던 등산을 해서 무리했나 봐요. 흥분은 되는데 기분 좋으니까 졸리고 미치겠어요."

횡설수설하는 진송 때문에 웃음을 참은 헌조가 다정하게 내려다보았다.

"팀장님, 우리 조금만 자고 일어나요."

"멈추게 한 거 복수할 거예요."

"네, 자고 일어나서 그 복수 접수할게요."

좁은 소파 대신 러그로 내려간 진송이 옆자리를 두드렸다. 팔짱을 끼고 있던 헌조가 진송의 옆으로 내려가 엉망이 된 진송의 옷을 정리해 주었다. 반쯤 눈이 감긴 진송은 인심 썼다는 듯 중얼거렸다.

"팔베개도 해줄게요."

"나쁘지 않네요."

헌조는 가녀린 팔에 최대한 체중이 실리지 않게 목을 대고 누웠다. 진송은 이미 고른 숨소리를 내고 있었다. 헌조는 진송의 얼굴에 붙은 머리카락을 떼어 주며 마음껏 들여다보았다. 좋은 꿈을 꾸고 일어나길 바라며 진송을 침대로 옮겨 준 헌조가 섭이에게 인사를 남겼다.

7. 맛있는 신입

여느 날처럼 빠듯한 점심시간이었지만 사내커플은 비밀스러운 만남을 가졌다. 헌조의 제안에 긴가민가하며 처음으로 은행 건물의 옥상에 오른 진송은 들뜬 기색이었다. 따뜻한 빛이 옥상에 갇힌 듯한 착각이 일었다. 사방엔 은행 건물보다 고층인 건물들이 많긴 했지만 그래도 트인 느낌을 주었다.

"볕이 너무 좋아요! 왜 진작 옥상에 와 볼 생각을 못 했을까요?"

"아직 햇빛이 그리 세지 않아 다행이에요. 점심은 맛있게 먹었어요?"

"네, 팀장님은요?"

"나도 맛있게 먹었어요."

"오늘처럼 외근 안 나가실 땐 저희랑 같이 드시면 좋을 텐데······."

책임자들은 외근을 나가지 않은 사람들끼리 모여 점심을 곧잘 먹곤 했다. 상상만으로도 지루하고 내키지 않는 자리이기에 진송은 헌조에게 마음이 쓰였다.

"그러게요, 이왕이면 손 주임이랑 둘이서만 먹으면 더 좋고. 안타까운 현실이네요."

헌조가 소리 나게 한숨을 내쉬자 진송이 동조하는 태도를 보였다.

"그래도 우리 연애는 계속 비밀로 하는 게 좋을 것 같아요. 공개하면 CC처럼 불편할 수도 있대요. 청첩장 돌릴 때까지는 숨기는 게 좋다고 하더라고요. 대체커플은 같은 지점 발령도 어렵대요."

"무조건 비밀로 하죠."

진송의 제안에 헌조도 깔끔하게 동의했다. 선배들의 사례를 익히 보고 들어 알고 있었다. 헌조는 진송과 같은 지점에서 오래 근무할 기회를 잃는 최악의 사태는 바라지 않았다. 하늘을 올려다본 진송이 강렬한 태양 때문에 눈을 가늘게 떴다.

"며칠 더 있음 더워서 못 오겠죠?"

미지근한 바람이 지나가자 진송은 생각만으로도 벌써 아쉬운지 시무룩했다.

"여름 가면 가을에 많이 오면 되죠. 가을에도 좋을 거예요."

"그러네요."

헌조가 긍정적으로 설득하자 단순하게 넘어간 진송의 표정이 다시 밝아졌다.

"그동안 한 번도 누가 오는 걸 못 봤어요. 아지트처럼 혼자 애용했는데 손 주임한테 공유하는 거예요."

"좋네요. 이렇게 점심시간에 잠깐 올라온 걸로도 힐링되는 것 같아요."

"손 주임한테 알려 주고 싶은 게 너무 많아요. 같이하고 싶은 것도 많고."

가슴이 뭉클해진 진송이 조용히 헌조의 뒤로 다가갔다. 헌조의 허리에 팔을 둘러 안은 진송은 넓은 등에 머리를 기대었다. 먼 하늘을 응시하던 헌조가 경직된 채 허리춤에 놓인 진송의 손을 내려다보았다.

"많이 가르쳐 주세요, 팀장님. 일도 사랑도."

입가에 그린 듯한 미소를 띤 헌조가 자신의 손을 진송의 손 위에 포개었다. 헌조는 할 수만 있다면 작고 보드라운 진송의 손을 꽉 붙잡고 영원히 놓아주고 싶지 않았다.

"네, 잘 따라와 줘요. 내 손 놓지 말고."

진송은 대답 대신 헌조를 꽉 끌어안았다. 업무에 복귀하기 위해 금방 내려가 봐야 하지만 청명한 하늘 아래 함께 있을 수 있어 두 사람의 마음이 가벼웠다. 두 사람을 내리쬐는 햇살이 아름답게 부서졌다.

◆

　팩스기를 이용하러 갔던 다빈은 감사직원의 부탁을 받았다. 제자리를 찾아가는 길에 다빈이 진송의 어깨를 두드렸다.

　"진송아, 감사님이 오라셔."

　"네? 또 뭐 때문에 그러시지⋯⋯."

　"그건 모르겠네. 뭐가 안 맞는 건지. 왔다 갔다 벌써 몇 번째니."

　느지막이 출근한 지점의 감사직원이 날 잡은 것처럼 꼼꼼하게 업무를 수행했다. 다른 직원에 비해 유독 자주 호출당한 진송은 슬슬 민망해지고 있었다. 고객을 보낸 진송은 감사가 사용하는 컴퓨터 자리로 향했다.

　"감사님, 부르셨어요."

　"아, 손진송 주임. 여기 김가나 고객님이랑 김다라 고객님 말인데⋯⋯."

　머리가 희끗한 감사직원이 체크해 둔 서류를 펜 끝으로 가리켰다. 감사가 예리하게 지적하는 부분을 해결하고 나서야 진송은 창구로 돌아갈 수 있었다.

　"손 주임, 잠깐만."

　터덜터덜 발길을 떼던 진송이 목소리가 들린 문서고 방향을 돌아보았다. 열린 나무 문 사이로 보였던 헌조의 얼굴이 사라졌다.

진송은 최대한 자연스럽게 문서고로 들어가 문을 닫았다.

"오늘 저 여러 번 호출당하네요. 혼내려고 부르신 거 아니죠, 팀장님?"

괜스레 찔린 진송은 뒷짐을 지고 헌조의 앞에 섰다. 일처리가 깔끔하지 못했던 탓에 감사에게 불려 다녀 한 소리 들을 것만 같았다.

"손 내밀어요. 혼 좀 나게."

"네?"

"자, 마셔요."

진송이 얼떨떨해하며 손을 내밀자 손바닥에 에너지드링크가 놓였다.

"내 여자 기죽지 말라고 주는 거예요."

"저 기 안 죽었어요! 아시잖아요, 저 엄청 씩씩한 거. 이건 잘 마실게요."

진송은 일부러 활발한 척 목소리에 힘을 실었다. 그러곤 캔을 따서 홀짝홀짝 마시며 헌조를 올려다보았다.

"팀장님 건요?"

"난 마셨어요."

헌조는 생글생글 잘 웃는 진송이 참 예뻐 보였다. 주춤한 진송이 캔을 내밀며 한 번 더 권했다.

"그래도…… 더 드세요!"

"괜찮으니까 얼른 마시고 들어가요."

단호한 거절을 당하고 입가를 비죽 늘인 진송이 캔을 기울였다. 캔이 시야에서 사라지자마자 정면으로 보인 헌조의 얼굴에 진송의 눈이 휘둥그레졌다.

입술을 파고든 헌조의 혀가 진송의 입안에 맴도는 달짝지근한 음료를 훑었다. 입안처럼 달달한 입술까지 사탕같이 빨아 먹은 헌조가 진한 소리를 남기고 떨어졌다.

"또 먹어도 맛있네."

음료가 맛있다는 건지, 입술이 맛있다는 건지 분간이 안 갔다. 진송은 뇌쇄적으로 입가를 핥고 숨은 헌조의 붉은 혀에 현혹되었다. 그때, 나무 문 밖에서 말소리가 넘어왔다. 헌조는 문서고에 딸린 CCTV 관리실로 진송을 이끌었다. 두 사람이 몸을 숨기자마자 문이 벌컥 열리며 이 과장의 음성이 또렷이 들렸다.

"여보, 서재가 아니라 창고 방에 있다니까? 응, 서랍장에 잘 찾아봐."

조바심이 가득한 이 과장은 아내와 통화를 하러 들른 듯했다. 관리실 벽에 나란히 붙어선 헌조와 진송은 언제 잡았는지 모르게 서로의 손을 잡고 있었다. 눈이 마주치고 꼭 잡은 두 손을 동시에 내려다본 두 사람이 해사하게 웃었다. 두 사람의 빨라진 심장 박동이 진정되어 갈 무렵 통화를 끝낸 이 과장이 나가는 소리가 났다.

기다렸단 듯 헌조의 정면에 선 진송이 까치발을 들고 헌조의 어깨를 짚었다. 사뿐하게 뛰어 헌조에게 입을 맞춘 진송은 잡을 새도 없이 객장으로 달아났다. 픽 웃은 헌조가 고개를 젖혀 하얀 벽에 머리를 기댔다. 아무래도 사랑은 자신이 배워야 할 것 같았다.

◆

지갑을 챙긴 직원들이 출입구 근처를 서성거렸다. 그중 최 팀장이 아직 책상을 정리하고 있는 진송을 불렀다.

"진송아, 밥!"

팔을 휘저으며 수저질을 흉내 내는 최 팀장을 본 진송이 입을 떼려는데 문 과장이 미리 들은 말을 전했다.

"진송이 선약 있대요. 친구가 왔다고. 우리끼리 가요."

최 팀장과 눈이 마주친 진송이 어색한 미소를 지었다.

후발대 직원들이 빠지자 진송도 식사하러 가기 위해 객장을 튀어 나갔다. 엘리베이터와 비상계단을 마주하는 후문 쪽으로 가기 위해 진송은 건물을 벗어났다 다시 들어오는 수고를 해야 했다. 그러곤 몸을 기민하게 움직여 비상계단을 밟아 내려갔다. 직원들은 은행과 먼 음식점을 꺼리기에 주차장에서 마주칠 일은 거의 없었지만 진송은 만전을 기했다.

"왔어요?"

"네."

헌조는 실버 세단의 뒷좌석에서 진송의 모습을 빠짐없이 지켜보고 있었다. 그러곤 조심스럽게 옆자리에 탑승하는 진송을 반겨 주었다.

"이럴 때 보면 몸이 참 날렵한데."

"저랑 조용히 식사하기 싫으세요?"

"아니요."

날카로운 눈빛을 날린 진송 때문에 헌조가 입술을 합 다물었다.

"안 그러셔도 아파트 헬스장에서 운동 더 할 거라고요."

"갑자기 왜요?"

"그날 일 반성하는 뜻에서요."

진송은 제법 대담하게 말했지만 속눈썹을 부자연스럽게 깜박거렸다. 잠자코 말뜻을 짚어 나가던 헌조의 눈이 이채를 띠었다.

"기특하네요."

"그러니까 복수는 안 하는 방향으로 생각 좀 해 주세요."

헌조를 꾀기 위해 진송은 혀를 살짝 문 채 밉지 않게 웃었다.

"네, 일단 먹으면서 생각해 보죠."

헌조가 진송이 나오기 직전 픽업한 고급 도시락을 건넸다. 허벅지 위에 도시락을 얹은 진송이 뚜껑을 열어 보고 감탄했다.

"퀄리티가 장난 아닌데요? 요즘 도시락 정말 잘 나오네요!"

"반찬은 마음에 들어요?"

"네, 깔끔한 게 다 맛있겠네요. 잘 먹을게요, 팀장님."

헌조는 도시락을 열 생각도 하지 않고 태블릿PC를 만지작거렸다. 진송은 음식으로 젓가락을 뻗으려다 헌조가 먼저 먹길 기다렸다.

"애니메이션 영화 좋아해요?"

"네! 특히 디즈니, 지브리에서 만든 건 무조건 챙겨 볼 정도로요."

"다행이네요."

헌조가 콘솔박스 위에 영화가 막 시작되고 있는 태블릿PC를 올려놓았다.

"무슨 영화예요?"

"라따뚜이요. 봤어요?"

"아니요, 그거 정말 보고 싶었던 건데 못 봤어요!"

시트 깊숙이 기대앉은 진송은 도시락을 헤집으며 영화에 집중했다. 두 사람의 눈은 화면에 고정되었고, 입은 밥을 먹고 대화를 나누느라 바빴다. 차 밖이 주차장인 게 좀 그렇긴 했지만 충분히 자동차데이트 분위기가 났다.

"계속 보니 쥐가 은근히 귀여워요."

헌조는 영화에 빠져들어 틈틈이 감상을 얘기하는 진송을 흡족하게 눈에 담았다. 수저질까지 느릿느릿해진 진송에게 헌조가 돈가스를 집어 입에 넣어 주었다.

"팀장님이 주니까 더 맛있어요."

눈웃음을 지은 진송은 농담을 건넸다.

"다 먹여 주고 싶네."

"서로 먹여 주면 되겠네요."

진송도 냉큼 음식을 집어 헌조에게 먹여 주었다. 서로의 얼굴을 보며 웃다, 다시 영화를 보길 반복했다.

"저 스프 무슨 맛일까요? 이 영화 스틸컷 봤는데, 라따뚜이 만드는 건 후반부에 나오나 봐요? 그것도 참 맛있어 보이던데."

"시간이 부족해서 라따뚜이 만드는 것까진 못 보고 들어갈 것 같은데……."

"다음에 이어서 봐요. 궁금해도 안 찾아보고 있을게요. 팀장님이랑 같이 볼 거니깐."

도시락을 깨끗이 비운 진송이 뒷정리를 하고 나자 헌조가 커피 음료까지 챙겨 주었다. 서로에게 더 기대앉은 두 사람은 빨대를 꽂아 커피를 마셨다. 진송이 머리를 베기 편하도록 어깨를 낮춰 준 헌조가 불쑥 제안했다.

"언제 집으로 놀러 오면 만들어 줄게요, 라따뚜이."

"만들 줄 아세요?"

"만드는 거 어려워 보이진 않던데요. 요리프로그램에서 봤는데 스테이크랑 곁들여 먹어도 좋을 것 같더라고요. 사 주기로 한 스테이크도 같이 만들어 줄게요."

"정말요? 거절할 수 없는 초대잖아요."

솔깃해하던 진송이 이내 투덜거렸다. 헌조가 다리에 놓인 진송의 손을 끌어다 잡았다.

"거절 못 한다니 좋네요."

"저 먹을 거에 약한 거 알고 그러시는 거죠?"

"네, 분하지만 지금은 나보다 음식에 더 약한 듯 보이네요."

"뭐예요, 누가 들으면 저 엄청 먹보인 줄 알겠어요!"

"그게 아니라, 내가 손 주임의 약점이 되고 싶다는 소리예요."

발끈하려다 허점을 찔린 진송은 말없이 헌조의 손을 세게 잡았다. 목으로 넘어가는 커피가 더욱 달아졌다. 일상의 한 부분이던 점심시간도 마찬가지. 함께하니 로맨틱한 시간으로 탈바꿈했다.

축구 시합이 잡힌 주말의 오전이었다. 운전 중인 헌조의 차 안에 경태의 목소리가 쩌렁쩌렁 울렸다. 헌조는 블루투스 핸즈프리로 경태와 통화 중이었다.

─ 너 이번에도 빠지기만 해 봐! 출발했어?

"출발했다니까."

─ 잘했어, 다른 길로 새지 말고 곧장 와!

"알았으니까 잔소리 그만해, 마누라처럼. 징그러워."

─ 나도 하고 싶어서 하는 거 아니거든? 매니저 할 신입도 데려오는 거지?

"그래, 강제 차출했어."

진송을 떠올린 헌조의 입가가 길게 늘어졌다. 거리가 있는 축구구장으로 가기 위해 헌조는 진송을 태우러 가던 차였다. 경태가 한숨 같은 숨을 흘리며 대꾸했다.

- 그래, 팀장 직권 좀 남용하고 그래야지. 팀장 친구 이럴 때 써먹는 거지. 과장 말은 귓등으로 들어요.

"그러니까 빨리 승진해."

- 지금 약 올려? 누군 팀장 하기 싫어서 과장 달고 있나?

"분발해, 강 과장."

- 너 잘났다!

"뭘, 새삼스럽게."

- 끊자, 그만. 구장에서 봐.

경태는 평소처럼 헌조를 못 이기고 전화를 끊었다. 마침 헌조의 차도 진송의 아파트 단지에 접어들었다. 헌조가 도착했다는 연락을 취한 지 얼마 지나지 않아 진송이 나타났다. 진송은 활동하기 편하게 트레이닝 바지와 브이넥 티 차림이었다.

"팀장님, 좋은 아침!"

"어제 잘 잤나 봐요. 컨디션이 좋아 보이네."

조수석을 제자리처럼 찾아간 진송은 익숙하게 안전벨트를 맸다.

"네, 완전 뻗었어요. 퇴근하고 헬스장 가서 운동 좀 했더니 잠이 솔솔 오더라고요. 오늘 서포트 열심히 하려고 운동 좀 했죠!"

"얼마나 열심히 하려고. 쉬엄쉬엄해요, 날도 더운데."

"역시 제 생각해 주는 사람은 팀장님밖에 없네요."

부산스럽게 몸을 뒤척이던 진송은 그제야 헌조를 돌아보며 웃었다. 그러나 헌조의 표정은 밝지 않았다.

"누구예요?"

"네?"

뜬금없는 질문을 던지는 헌조로 인해 진송은 무슨 영문인지 궁금해했다. 상체를 움직여 진송의 핑크빛 입술을 훑은 헌조가 낮게 읊조렸다.

"난 이런 흔적 남긴 기억 없는데."

헌조의 눈길이 향한 아래쪽에 시선이 닿지 않아 거울로 확인한 진송이 소리를 질렀다. 훤히 드러난 쇄골의 중간에 붉은 반점이 떡하니 보였다. 곰곰이 원인을 떠올려 보던 진송의 입술이 벌어졌다.

"팀장님 어제 다녀가셨잖아요, 제 꿈에."

"꿈에 나왔다는 나한테 화가 나네요."

진송의 웃음기 어린 얼굴에 헌조는 화를 내야 할지 말아야 할지 긴가민가했다.

"농담이고요, 랫 풀 다운 열심히 한 결과물이에요. 그 머신만 이용하면 이상하게 멍은 안 드는데 반점이 생겨서 오래가더라고요."

광배근의 힘으로 바를 쇄골까지 당기는 헬스 머신을 가지고 의심했다니. 원인을 듣고 맥이 풀린 헌조가 헛웃음 쳤다. 팔짱을 낀 진송이 핀잔을 놓았다.

"아무렴 제가 바람이라도 피웠을까 봐요?"

"아니라고 생각은 하지만 한편으로는 늘 불안해요. 내 눈에 예쁜 사람이 다른 사람 눈에 안 예쁠 리 없으니까."

"걱정하지 마세요. 제 눈에 팀장님보다 더 멋진 사람은 없으니까."

헌조는 내비게이션에 찍힌 목적지는 무시하고 진송을 데리고 집으로 가고 싶은 충동을 느꼈다. 한가한 주말이 아닌 게 아쉬울 따름이었다. 반점이 신경 쓰인 진송은 재차 거울을 비춰 보았다.

"아무래도 덜 파인 옷으로 갈아입고 와야겠죠?"

눈썹을 늘어트리고 고민하는 진송을 본 헌조가 목에 매고 있던 네이비 반다나를 풀었다. 헌조가 반다나 모양을 잡아 진송의 목에 리본 모양으로 묶자 반점이 가려졌다.

"이제 괜찮죠?"

"네, 고마워요."

"나도 손 주임한테 흔적 남기고 싶네요. 남의 흔적 감춰 주니 기분이 별로야."

"그런 말 아무렇지 않게 하지 마시라고요!"

얼굴이 빨개진 진송이 버럭 일갈했다. 헌조가 유쾌하게 웃으며 차를 출발시켰다. 진송은 익숙한 동네를 벗어나자 차창을 내다보며 구경했다.

"꼭 드라이브하는 기분이에요. 꽃놀이 못 가서 아쉬웠는데."

"제대로 된 드라이브해요, 조만간."

"좋죠."

주말답게 막히는 도로를 지나 겨우 늦지 않게 경기 장소에 다다랐다. 구장에 딸린 화장실에서 유니폼을 갈아입고 나온 헌조가 어색하게 서 있는 진송을 경태에게 데려갔다.

"손 주임, 인사해요. B지점 강경태 과장이에요. 나랑은 동기에, 동갑이라 친구 사이고요."

"안녕하세요, 선배님. 손진송이라고 합니다."

"매니저 하기로 한 분이구나. 반가워요, 강경태예요."

"네, 잘 부탁드립니다."

진송은 경태가 내민 손을 공손하게 맞잡고 악수했다.

"나도 잘 부탁해요. 선수들이랑 인사는 이따 끝나고 뒤풀이에서 제대로 하는 걸로 해요. 매니저는 진송 씨 말고 두 명 더 있는데, 한 명은 오늘 못 나왔고요……."

"손은 좀 놓고 설명하지?"

경태는 자각하지 못했지만 진송의 손을 계속 잡은 채로 동호회에 대한 설명을 늘어놓았다. 그러다 헌조의 지적에 사과하며 손을 놓았다.

"아, 미안해요."

"아니에요."

경태의 예리한 시선이 헌조에게 머물렀다. 한 수 물린 경태는 진송에게 옮겨 가 못다 한 설명을 이어서 했다.

경기 시간이 되자 진송은 또 다른 매니저와 함께 응원석으로 자리를 옮겼다. 아마추어 동호회이기에 별 기대 없이 경기를 관전하던 진송은 선수들의 예상 밖의 실력에 놀랐다. 뙤약볕 아래서 땀을 흘리며 최선을 다하는 모습에 박수가 절로 나왔다.

응원하는 동호회에서 전반전부터 골을 넣어 선전하자 긴장이 풀린 진송은 그때부터 헌조만 살피기 시작했다. 공격수인 헌조는 열정적으로 잔디 위를 뛰어다녔다. 수영 못지않게 축구도 잘하는지 발재간이 대단했다. 진송은 오랜 시간 동안 누구에게도 방해받지 않고 헌조를 지켜보고, 응원할 수 있어 행복했다.

전반전이 끝난 후에 진송은 선수들에게 수건과 생수를 나누어 주며 매니저가 할 일을 했다.

"안녕하세요, 오늘부터 매니저 하게 된 손진송입니다."

선수들에게 스스로를 소개하던 진송에게 헌조가 마지막으로 다가갔다. 헌조는 수건으로 이마에 맺힌 땀을 닦으며 물었다.

"덥고 재미없죠?"

"아니요, 흥미진진하던데요? 이기고 있으니까 응원할 맛도 나고요."

"봤어요, 응원 열심히 하는 거. 쉬엄쉬엄하라니까 목이라도 쉬면 어쩌려고 그래요?"

"목 쉬면 팀장님 탓이에요."

"알았어요, 미안해요. 매니저 시켜서."

잘못 파악한 헌조에게 고개를 저어 보인 진송이 속삭였다.

"팀장님을 제일 많이 응원했거든요."

헌조는 하마터면 마시던 물을 뿜을 뻔했다. 은밀하게 시선을 주고받는 두 사람에게 경태가 다가오고 있었다. 다시금 비즈니스 관계로 돌아가야 할 순간이었다.

◆

　공과금 기계를 마감한 로비매니저가 용지를 들고 진송의 창구로 왔다. 직원들의 업무를 조금씩 분담한 로비매니저는 진송의 마감도 돕고 있었다. 난처한 표정으로 용지를 짚은 로비매니저가 말문을 열었다.

　"주임님, 다른 건 다 맞는데 OCR용지 총액이 안 맞아요."

　"알았어요, 주세요. 수고하셨어요."

　로비매니저가 돌아가자 진송이 종류에 따라 클립으로 집어 분류된 세금용지를 들여다보았다. 공과금 마감일이라 매수가 상당했다. 막막함에 한숨을 내쉰 진송은 계산기를 꺼내 들었다.

　"뭐가 잘 안 돼?"

　"네, 공과금 총액이 안 맞아서요."

　한창 마감 중인 다빈이 진송에게 말을 걸었다. 진송이 한 차례 계산기를 두드려 보았지만 로비매니저의 말대로 총액이 달랐다.

　"내가 다시 해 볼까? 줘 봐."

　진송은 손수 나서서 계산기를 잡은 다빈에게 용지를 건넸다. 다빈이 재확인하는 사이 진송은 문제가 되는 용지를 파악해 나갔다. 세 번째 확인의 결과도 기계가 낸 총액과 달랐다.

　따로 표시하여 여차여차 공과금 마감을 마무리했지만 당연하게도 진송의 퇴근시간은 지체되었다. 진송과 나란히 엘리베이터에 탄 헌조가 걱정의 빛을 내비쳤다.

"괜찮아요? 많이 피곤해 보이는데."

"네, 지금은 아무것도 하기 싫을 만큼 피곤한데, 조금만 쉬면 괜찮아질 것 같아요."

진송은 말 그대로 손 하나 까딱하기 싫은 상태였다. 헌조는 진송이 힘이 빠져 보여서 안타까웠다.

"저녁도 해 먹기 싫다고 굶는 거 아니에요?"

"그럴지도 모르겠어요."

"오늘인 걸로 하죠, 우리 집에 초대받은 날. 내가 요리해서라도 저녁 먹여야겠는데."

"네, 그렇게 해요. 거절할 수 없는 초대니까."

순순하게 나오는 진송을 실버 세단에 태운 헌조가 집으로 차를 몰았다. 조수석에서 축 늘어져 눈을 감고 있던 진송은 어느덧 차가 정차하는 느낌에 휴식에서 깨어났다.

"마트 안 들러도 돼요?"

"네, 집에 재료가 다 있어서."

"요리 즐기시나 봐요?"

"최근에 즐기게 됐죠, 사전연습 하느라."

헌조가 실토하자 진송이 무척이나 즐거워했다. 하차한 두 사람은 빌라의 엘리베이터에 올랐다.

"감동이에요, 팀장님. 저 때문에 연습까지 하셨다니까."

"손 주임한테 맛있는 것만 먹이고 싶으니까요."

진송은 대수롭지 않게 대꾸하는 헌조가 좋은 나머지 발끝으로 서서 그의 볼에 키스했다. 몰랑한 감촉이 볼에서 사라지자마자 헌조는 진송의 얼굴을 커다란 손으로 감싸고 입술을 내렸다. CCTV가 신경 쓰인 진송이 헌조의 가슴을 밀어 댔다.

"벌써부터 자극하지 마요."

아랑곳 않고 욕심껏 혀를 얽고 떨어진 헌조가 나지막이 경고했다. 몸의 떨림을 애써 감춘 진송은 엘리베이터가 빨리 헌조가 사는 층에 도착하기를 바랐다.

헌조의 집은 진송의 예상보다 훨씬 넓었다. 혼자 살기에 과한 평수의 빌라를 본 사람들은 누구나 혀를 내둘렀다. 드레스 룸에 재킷을 벗어 두고 나온 헌조가 스트라이프 셔츠의 소매를 걷었다.

"주방에 있을 테니까, 집 구경 하고 있을래요?"

"그래도 돼요?"

진송은 주인 없이 방을 맘대로 둘러봐도 실례가 되지 않을까 싶어 되물었다.

"당연하죠. 이 집에 있는 건 마음대로 만지고 써도 돼요. 선 긋지 말고 편하게. 그동안 난 맛있는 라따뚜이 만들어 줄게요."

"네."

다정한 헌조의 눈빛에 진송은 웃지 않을 수 없었다. 주방으로 간 헌조가 손을 씻는 것을 본 진송은 여러 개의 룸을 구경하며 돌아다녔다.

벽면이 모두 옷장으로 이루어진 드레스 룸과 책장에 책이 빽빽하게 꽂힌 서재, 고가로 추측되는 홈시어터가 구비되어 극장처럼 꾸며진 룸, 그리고 퀸 사이즈 침대가 있는 침실까지. 심플하고 세련된 인테리어는 헌조와 잘 어울렸다.

마지막으로 찾은 침실에서 쉽사리 문턱을 넘지 못하던 진송은 침대 옆 콘솔에 놓인 액자를 발견하고 침실 안으로 들어갔다.

"팀장님!"

다급한 진송의 부름에 놀란 헌조가 주방을 벗어났다. 진송은 손에 든 액자를 헌조의 코앞에 들이밀었다.

"이 사진 뭐예요?"

액자에는 카메라 앵글이 아닌 다른 방향을 보는 진송이 찍힌 사진이 들어 있었다. 유니폼을 입은 채 우스꽝스러운 포즈를 취하고 있는 걸로 봐선 오전 팀워크 향상 활동 놀이에 참여하고 있을 때 찍힌 것 같았다. 직원들이 다 모였을 때 총무직원이 사진을 종종 찍곤 하는데, 그렇게 찍힌 사진은 모두 본사로 보내졌다. 진송 자신도 보지 못한 사진을 헌조가 인화하여 가지고 있었다.

"뭐긴요, 손 주임 사진이지."

"이건 어떻게 구하셨어요? 아니, 이런 사진을 왜 인화하세요? 예쁘게 나온 사진이면 몰라!"

액자를 등 뒤로 감춘 진송이 씩씩거리며 열변을 토했다. 헌조는 팬 위에서 익고 있는 음식들이 타지 않는지 황급히 보고 돌아왔다.

"왜요, 예쁘기만 한데."

"놀리지 마세요! 이 사진 압수예요."

"안 돼요! 나도 어렵게 구했다고요. 무엇보다 내 거잖아요."

"제가 찍힌 제 사진이잖아요!"

진송은 급기야 액자에서 사진을 꺼내 금방이라도 찢어 버릴 것 같은 자세를 취했다. 거센 반대에 부딪힌 헌조가 망연하게 진송을 쳐다보았다.

"줘요, 얼른."

"싫어요!"

요리조리 팔을 움직여 피하는 진송에게 바짝 붙어 선 헌조가 고군분투했다. 진송을 끌어안다시피 한 자세로 다투다 우연찮게 헌조의 입술이 진송의 목에 스쳤다. 일순 바뀐 분위기에 두 사람은 다투던 것도 잊고 눈만 깜박거렸다.

"팀장님, 음식 타요!"

"나 가면 사진 버릴 거잖아요."

탄 냄새는 나지 않았지만 진송은 핑계를 대며 헌조를 떼어 내려고 들었다. 그것을 눈치껏 안 헌조가 여유를 부렸다.

"안 버릴게요. 됐죠?"

진송이 사진을 얌전하게 거실 탁자에 내려놓자 헌조가 멀어졌다. 헌조는 다행히 잘 익어 가는 고기와 채소를 가지고 이어서 요리해 나갔다. 목을 가다듬은 진송은 뒷짐을 지고 주방을 알짱거렸다.

"도와 드릴 거 없어요?"

"네, 다 됐으니까 조금만 기다려요. 집 구경은 다 했어요?"

"얼추요. 넓어서 청소가 힘들 것 같은데 집이 깨끗하네요."

"사실 요리보단 청소를 좋아해요."

마음이 급한 헌조가 손을 바쁘게 움직이는 와중에도 진송이 말을 걸면 꼬박꼬박 대답해 주었다.

헌조는 겉이 잘 익은 스테이크 가운데에 젓가락을 찔러 넣어 익은 정도를 파악했다. 노릇해진 채소가 담긴 팬에는 시판 토마토 소스를 넣어 볶았다. 멋스러운 접시에 플레이팅까지 신경 쓴 헌조가 요리가 끝났음을 진송에게 알렸다.

"다 됐어요."

일찌감치 식탁에 자리 잡고 있던 진송의 앞에 접시가 놓였다. 예상보다 뛰어난 비주얼에 진송은 감탄을 아끼지 않았다.

"레스토랑에서 파는 것 같아요!"

"먹어 봐요, 맛도 있을 거예요."

맞은편에 앉은 헌조가 팔짱을 끼고 자신만만해했다. 진송이 라따뚜이로 입맛을 돋우는 사이 헌조가 와인을 땄다. 두툼한 스테이크까지 썰어 맛을 본 진송은 발까지 굴렀다.

"맛있어요! 식감도 좋고, 간도 알맞아요."

진송은 성의 있게 느낀 바를 소감으로 이야기했다. 음식을 느릿하게 씹으며 헌조가 대꾸했다.

"손 주임이 원하면 또 해 줄게요."

"남자가 요리해 준 거 처음이에요. 아빠 빼고."

애교스럽게 눈웃음 지은 진송이 먹기 좋게 썬 스테이크를 삼켰다.

"화날 것 같네요. 손 주임의 과거 남자들을 별로 떠올리고 싶진 않지만, 이게 뭐라고 한 번을 안 해 줬다니까."

"전 연애 횟수가 손에 꼽힐 만큼 적어서 비교대상도 적긴 하지만, 확실히 팀장님 같은 남자는 흔치 않은 것 같아요."

"과거 얘긴 이쯤 하죠. 계속 기분 좋고 싶으니까."

부아가 치민 헌조가 나빠진 기분을 티 냈다.

"그냥 팀장님을 만난 전 무슨 복을 타고났나 싶어서요."

최대한 태연하게 속마음을 보인 진송이 헌조를 힐끔 응시했다. 헌조는 하던 행동을 멈춘 채 가만히 있었다.

"오늘 잠은 다 잤네요. 기쁘고 설레서."

"오늘 저 두고 주무시려고 했어요?"

"내가 경고했죠. 자극하지 말라고."

새침한 진송의 물음에 할 말을 잊은 듯 넋을 놓고 있던 헌조가 자리를 박차고 일어났다. 의자가 소음을 내며 뒤로 밀렸다.

"안 그래도 미치겠는데 더 미치겠으니까."

진송의 팔을 낚아챈 헌조가 위로 당겼다. 헌조의 의도대로 덩달아 일어나게 된 진송은 이어서 뒤통수를 감는 손바닥에 눈을 감아야 했다. 헌조는 거친 손길과는 달리 부드럽게 진송의 입술을 탐했다. 식탁을 사이에 둔 터라 자세가 다소 불편했지만 그런 것을 인지할 새가 없었다.

"잠깐만요, 팀장님이 만들어 주신 거 남기고 싶지 않아요."

겨우 입술의 틈을 만든 진송이 목소리를 흘렸다.

"오늘만. 다음엔 식사 방해 안 할게요."

헌조의 말은 진송을 달래는 것 같기도 하고 애원하는 것 같기도 했다. 체념한 진송이 조심조심 발을 떼 헌조 쪽으로 다가갔다. 맞붙은 입술은 떨어질 줄을 몰랐다. 더듬거리는 손길로 접시를 치운 헌조가 진송의 허리를 잡고 식탁 위에 앉혔다. 진송은 헌조의 목을 껴안고 키스에 몰입했다.

"아, 팀장님……."

헌조가 강하게 가슴을 쥐자 진송이 신음처럼 그를 불렀다. 미약한 음성은 금세 헌조의 입안으로 사라져 버렸다.

"상하 관계에서 넘어선 안 될 선을 넘는 기분이에요."

"넘어도 되는 선인지 아닌지는 계속 해 보면 알겠네요."

헌조의 긴 손가락이 진송의 반팔 셔츠 단추를 천천히 풀어 나갔다. 이윽고 브래지어에 의해 예쁘게 모아진 뽀얀 가슴이 훤히 노출되었다. 헌조는 가녀린 목을 핥으며 속옷을 끌어 올렸다. 힘줄이 돋은 손이 따뜻하고 볼록한 살갗을 움켜쥐었다.

"손 주임은 안 예쁜 곳이 없네요."

"너무 밝아요."

진송이 숨을 고르며 띄엄띄엄 말을 내뱉었다. 식탁을 바로 내리쬐는 주황색의 등 아래에서 진송은 부끄러워 몸을 배배 꼬았다.

"곧 신경 안 쓰일 거예요."

뜨거운 숨을 내쉰 헌조가 단숨에 부드러운 가슴을 입안에 담았다. 미간을 좁힌 진송이 헌조의 어깨를 쥔 손에 힘을 주었다. 헌조는 음식보다 더 맛있게 풍만한 살결을 맛보았다. 넓고 단단한 어깨를 쓰다듬는 진송의 손이 더욱 빨라졌다.

"뜨거워요, 팀장님!"

진송은 가슴의 정점이 헌조의 입안에서 튕겨지자 절로 앓는 소리가 나왔다. 헌조는 하얗던 언덕에 단풍이 필 때까지 집요하게 괴롭혔다. 헌조가 남자답게 선이 진한 입술을 올려 진송의 입술을 머금는 동시에 진송의 정장 바지 호크를 풀었다. 헐거워진 바지의 틈새를 파고든 헌조의 손이 뱀처럼 내려갔다. 뒤늦게 진송이 허벅지를 움츠렸지만 이미 헌조의 손은 은밀한 골짜기에 있었다.

"간지러워요."

"다리 조금만 벌려 봐요, 응?"

"네."

진송은 눈을 질끈 감고 다리에 준 힘을 풀었다. 살갗이 두꺼운 남자의 손이 팬티를 파고들어 음부를 모두 덮었다. 헌조와 진한 키스를 나누고 있었지만 진송은 하체의 자극에 신경이 곤두섰다.

"빨리요, 더."

실눈을 뜨고 헌조를 바라본 진송이 재촉했다. 그에 헌조가 빠르게 손을 놀려 애무가 짙어져 갔다. 음핵이 헌조의 손바닥에 눌려 마찰되자 진송의 쾌감이 커졌다. 여성의 입구가 우기를 맞은 것처럼 습해졌다. 헌조는 미지의 세계나 다름없는 여체의 안도 자신을 받아들일 준비가 되었을 거란 판단이 섰다. 진송의 옷을 모두 벗긴 헌조가 진송의 손을 잡고 자신의 바지춤으로 가져갔다.

"어떡해!"

진송은 헌조의 얇은 정장 하의 아래의 존재감이 확연하게 느껴졌다. 손을 어떻게 해야 할지 몰라 하는 진송에게 헌조가 억눌린 듯한 목소리로 요구했다.

"손 주임이 벗겨 줘요. 허락의 의미로."

긴장한 진송이 침을 꿀꺽 삼키고 헌조의 바지와 드로즈를 잡아 내렸다. 어설픈 동작으로 인해 약간 드러난 헌조의 분신을 본 진송은 뺨을 붉혔다. 이내 완전히 탈의한 헌조도 진송처럼 완벽한 나신이 되었다. 의자를 끌어와 앉은 헌조가 단단한 허벅지로 진송을 끌어 내렸다. 맞닿은 하체에 열을 지피며 키스를 이어 갔다. 어느새 헌조가 진송의 허리를 들어 아래를 맞추자 진송이 다급하게 물었다.

"여기서요?"

"싫어요?"

"싫은 게 아니라……."

"그럼 됐어요. 다음은 침대로 갈게요. 이번엔 도저히 여유가 없네요."

토를 달 것처럼 입술을 달싹이던 진송은 자신의 안을 치고 들어온 남근에 숨을 들이마셨다. 진송은 흔들리기 시작하는 몸을 헌조의 어깨에 손톱을 박고 지탱했다. 헌조의 분신은 진송이 눈으로 본 것처럼 길고 두툼했다. 여체의 속이 꽉꽉 들어찼다가 허전해지길 반복했다. 헌조가 유연하게 허리를 돌리기도 하고 상하로 들썩거렸다.

"아, 너무 깊어요."

"손 주임……."

움직임에 따라 숨이 턱턱 막혀 말도 잘 나오지 않았다. 의자는 부서질 듯 소리를 냈다. 헌조가 진송의 허리를 더욱 당기며 속도를 높였다. 한 몸이 된 것처럼 속도를 맞춘 두 사람의 호흡이 가빠졌다. 헌조의 다부진 엉덩이가 의자쿠션에서 들렸다. 진송은 부끄러움을 잊고 양다리로 헌조를 감았다. 깊게 서로를 갈구하던 두 사람에게 첫 번째 환희가 왔다.

"좋아요. 손 주임, 좋아해요. 아니, 이젠 그 말로는 뭔가 모자란 느낌이에요."

"그럼요?"

"당신을 사랑하는 것 같아."

여전히 몸을 겹치고 있는 두 사람 사이에 진솔한 대화가 오갔다. 진송은 감격스러워 헌조의 목을 껴안았다. 헌조에게서 떨어져 조심스럽게 땅을 디딘 진송이 헌조의 손을 잡았다. 함께 침실로 향한 두 사람은 서로의 얼굴만 봐도 웃음이 나올 만큼 좋았다. 진송은 헌조가 침대에 눕도록 유도했다.

그러곤 앞서 헌조가 했던 것처럼 두 눈으로, 손끝으로 그를 각인했다. 군살 없이 적당히 그을린 남자의 몸을 자유롭게 매만졌다.

"못 견디겠어요, 더 이상은."

장난스러워 보이지만 진지한 손길이 하체의 중심부에 닿자 헌조가 몸을 일으켜 진송을 돌아 눕혔다. 헌조의 까만 눈동자가 여느 때보다 진송을 갈구했다. 말이 씨가 되어, 두 사람이 밤잠을 이루긴 그른 듯했다.

◈

출근한 진송은 유니폼을 갈아입으러 탈의실을 찾았다. 세로로 긴 사물함 중에서 입구 쪽과 가장 가까운 마지막 사물함이 바로 진송의 것이었다. 아무 생각 없이 문을 열어젖힌 진송은 옷걸이에 걸린 유니폼 아래 이질적인 상자를 발견했다. 사용하지 않은 새 핸드크림이었다. 귀여운 선물의 출처는 짐작할 것도 없이 분명했다. 짧은 전체 조회까지 끝이 나고 개점까지 시간이 약간 남자 진송은 헌조를 비상계단으로 불러냈다.

"오늘은 아침부터 둘이 있고 싶은 거예요? 이따 일은 어떻게 하려고 그래요?"

진송이 앉아 있는 계단에 나란히 걸터앉은 헌조가 능글거렸다. 활짝 웃은 진송은 가져온 핸드크림을 눈앞에서 흔들었다.

"아침부터 선물 준 사람이 누군데요. 고맙단 인사 안 하고 넘어갈 수가 있어야죠."

"그거 때문에 일찍 출근한 보람이 있네요."

진송은 출근한 사람이 적을 때 몰래 여자 탈의실에 들어가 선물을 두고 나왔을 헌조가 머릿속에 그려졌다.

"제 자리는 어떻게 아셨어요?"

"무드 없이 답하자면, 직감으로 열어 본 자리에 손 주임 물건이 있더라고요. 다 열어 볼 필요도 없게."

"감사해요. 안 그래도 요즘 손이 말이 아니었거든요. 피부가 건조해서 그런지."

"그거 직업병이에요. 흔히들 말하는 돈독이요."

"이게요?"

핸드크림을 치마에 내려놓은 진송이 손바닥을 펼쳐 들여다보았다. 그러다 손끝에 죽은 피부가 하얗게 일어난 게 여자 손 같지가 않아서 금세 말아 쥐었다. 오염된 돈을 매일같이 다루다 보니 피부가 쉽게 나빠지곤 했다. 심한 사람은 손끝이 갈라지고 습진처럼 짓무르기까지 했지만 진송은 그 정도는 아니었다.

"네, 예쁜 손 망가지면 안 되잖아요."

핸드크림을 집어 든 헌조가 자신의 손에 짰다. 그러곤 진송의 손을 잡아 마사지하듯 발라 주었다.

"제가 바르면 되는데……."

"이렇게 손 한 번 더 잡는 거죠."

"엉큼해요."

"진짜 엉큼한 게 뭔지 보여 줘요?"

헌조에게 농을 쳤다가 돌아오는 반응에 진송은 애써 고개를 저었다. 양손을 헌조에게 붙들린 진송은 부드럽게 어루만지는 촉감에 점차 정신을 빼앗겼다. 헌조는 느릿하게 손을 움직여 진송의 손가락 사이까지 아프지 않게 눌러 주었다. 진송은 손이 시원하기도 했지만 어쩐지 야릇한 느낌이 들어 묘했다. 그것은 조명이 그리 밝지 않은 비상계단이라는 공간 때문이라 치부했다.

"화장실엔 손세정제 있을 거예요. 비누 쓰지 말고 그거 써요. 정 주임 장 보러 갈 때 부탁해 뒀거든요."

"우리 팀장님, 세심하기도 하시지. 저 너무 생각해 주시는 거 아니에요?"

"그럴지도요. 어쩌면 나 자신보다 더."

마지막을 알리듯 헌조가 진송의 손등에 짧게 입 맞췄다. 가슴이 따뜻해지는 느낌을 받은 진송은 왠지 눈물이 날 것 같았다.

"저도 팀장님 생각 많이 할게요. 지금보다 더 위해 줄 수 있도록, 잘할게요."

"아니요, 손 주임한테 그런 거 안 바라요. 노력 같은 거 일부러 하지 말아요. 그런데 내 생각 많이 하는 것 정도는 괜찮은 거 같네요."

눈가를 휘며 미소 짓는 진송에게 손을 뻗은 헌조가 머리카락을 귀 뒤로 넘겨주었다. 잠자리에서도, 지금도 애틋한 헌조의 손길은 한결같았다. 진송은 행복한 얼굴로 헌조의 가슴에 파고들었다. 자신에게 기댄 진송을 내려다본 헌조가 진송의 어깨를 다정하게 감쌌다.

◆

모든 일의 발단은 진송의 말 한마디 때문이었다. 출근준비를 하며 헌조와 통화를 하던 진송은 현재의 기분을 불쑥 입 밖으로 냈다.

"오늘따라 출근하기 무지 싫네요."

― 오늘 출근하지 말까요? 나란히.

사소하기 짝이 없는 투정에 뜻밖에도 헌조가 장단을 맞춰 왔다. 진담이 아니었던 진송이 헌조를 오히려 말렸지만 결국 말려들었다. 두 사람은 각자 출결담당 직원에게 연락을 넣어 아프다는 거짓 사유를 대고 땡땡이를 쳤다. 그러곤 진송의 집 앞에서 만남을 가졌다. 헌조는 조수석에 탄 진송을 능청스럽게 반겼다.

"신기하지 않아요? 어쩜 출근하기 싫은 날도 똑같은지."

"팀장님도 출근하기 싫은 날이 있으시네요."

싱겁게 웃은 진송이 의외인 점을 얘기했다.

"왜, 없을 것 같아요?"

"네, 워낙 워커홀릭이시잖아요."

"나도 사람인데, 가끔씩 출근하기 싫고 그렇죠. 돈보단 휴식이 좋아서 휴가도 다 챙겨 쓰고."

진송은 공감이 되어 고개를 주억거렸다. 헌조가 손끝으로 핸들을 톡톡 두드리며 물었다.

"어디 가고 싶은 곳 있어요? 제대로 된 드라이브하기로 했잖아요."

"집으로 안 오고 내려오라고 하셔서 의아하긴 했는데. 드라이브 가기에 너무 이른 시간 아니에요? 쉬다가 점심 먹고 가도 됐을 것 같아서요."

"집으로 갔다간 드라이브가 연기될 게 분명해서요."

진송은 끈끈한 헌조의 눈빛에 발가벗겨진 듯한 느낌을 받았다. 그래서 분위기를 전환하기 위해 머리를 굴렸다.

"갑자기 덥네. 바닷바람 쐬러 가요."

웃음을 삼킨 헌조가 시동을 걸었다. 차창을 내려 새어 들어오는 바람을 맞던 진송이 번쩍 눈을 떴다.

"걱정돼서 그러는 건데, 내일 출근해야 되니까 먼 바다로 갈 생각은 마세요!"

"손 주임은 이길 수가 없네요. 늘 한발 앞서간다니까."

진송은 미처 생각 못 했다는 듯 감탄하는 헌조가 얄미워서 흘겨보았다. 다행히도 실버 세단은 인천 방향으로 달렸다. 전방을 내다보며 운전하던 헌조가 혼잣말처럼 말했다.

"손 주임 집에 가긴 가야 하는데."

"왜요?"

출발하기 전의 대화가 떠오른 진송은 팔짱을 끼고 괜히 방어적인 자세를 취했다.

"선물 줄 게 있어서요."

"무슨 선물을 또……."

슬그머니 팔짱을 푼 진송은 김칫국을 들이마셨다. 핸드크림을 준 지 며칠이나 됐다고 또 선물을 준비했다는 건지 부담스러운 한편 기대가 되는 게 사람 마음이었다. 진송은 속물 같아 보이지 않게 태연한 척하며 헌조의 대답을 기다렸다.

"섭이랑 친해지려고 고양이 간식을 좀 샀거든요."

기대가 삐뚤어진 진송은 멋쩍게 속으로 웃었다.

"섭이까지 챙겨 주시고 감사해요. 팀장님이 고양이를 싫어하지 않아서 다행이에요."

"싫어하긴요. 귀엽던데요, 주인 닮아서. 이름을 왜 섭이라고 지었어요?"

"귀가 굽은 스코티시폴드라, 처음 데려왔을 때 뭔가 섭섭해하는 것처럼 보이더라고요."

"듣고 보니 그러네요."

섭이를 떠올린 헌조가 슬쩍 입가를 올렸다. 진송의 말을 듣고 생각해 보니 고양이가 시무룩한 인상을 가진 게 신기했다. 섭이에 관해 대화를 나누다 보니 어느덧 차가 인천대교에 올랐다. 팔불출 엄마처럼 고양이에 대해 떠들던 진송은 눈앞에 펼쳐진 바다를 보고 넋을 놓았다.

"바다 너무 예뻐요! 운전 때문에 저만 봐서 죄송할 만큼."

"전방 보면 얼핏 보이잖아요. 다 보면서 운전해요."

양측으로 푸른 바다가 보이는 다리 위의 도로는 멋진 풍경을 만들어 냈다. 차가 마치 바다에서 달리는 느낌을 주었다. 긴 다리 덕분에 진송은 반짝이는 바다를 오랫동안 바라볼 수 있었다.

마침 하늘도 티 없이 맑았다. 빠르게 달리는 차에 타서 탁 트인 하늘과 바다를 쳐다보니 가슴속이 시원해졌다. 다리가 끝나 영종도에 다다른 게 아쉬울 정도였다. 을왕리 해변이 두 사람의 최종 목적지였다.

"의외로 사람들이 좀 있네요."

차를 주차한 후 두 사람은 해변을 산책하러 갔다. 모래사장을 밟는 사람들이 제법 있었다. 두 사람은 사람 구경도 하고 바다 구경도 하며 천천히 걸었다. 진송이 딴청을 부리며 헌조의 손을 잡았다.

"바다 오랜만에 보니 좋아요. 마음도 뭔가 여유로워지고."

"많이 먼 것도 아닌데 앞으로 자주 오죠."

"네, 그런데 그게 생각처럼 안 되더라고요. 직장이 생기니까 주말엔 집에서 퍼지고, 밖으로 나가려면 큰맘 먹고 나서야 되고요."

"하긴, 그럼 주말엔 집에서 데이트할까요?"

하마터면 고개를 끄덕일 뻔했던 진송은 식은땀이 날 것 같았다. 집에서 헌조에게서 벗어나지 못할 자신의 미래가 그려지는 듯했다. 그런 불상사는 피하고 싶었다.

"피로를 확실히 풀 겸 스파도 가고, 마사지도 받고 해요."

"그거 좋은데요?"

어색하게 웃으며 상황을 넘기는 진송이 귀여워서 헌조가 맞장구를 쳐 주었다.

"그런데 저희 나란히 빠져서 의심하는 사람 생기면 어떡하죠?"

"같이 빠지는 경우 많잖아요. 당일에 빠진 게 좀 걸리지만."

"그러니까요."

"걱정돼요?"

"팀장님은 걱정 안 되세요?"

"비밀연애가 들키면 책임지고 손 주임이랑 결혼할게요."

"결혼이요? 결혼?"

머릿속이 백지가 된 진송이 경악하여 외쳤다. 진송이 걸음까지 멈추자 헌조가 돌아보았다.

"뭘 그렇게 놀라고 그래요?"

입만 뻐끔거리는 진송을 본 헌조의 표정이 한층 짓궂게 변했다.

"큰일 났다. 들키고 싶어져서."

"그런 생각 추호도 하지 마세요. 제 결혼 계획으로는 아직 결혼할 때 안 됐다고요. 연애를 더 하고 싶지."

"결혼 계획을 세웠어요?"

"네, 몇 살쯤 결혼하고 싶고 그런 거 있잖아요."

"계속해 봐요. 손 주임 결혼 계획 꼭 알아야겠으니까."

헌조는 학구열에 불타는 학생처럼 눈을 빛냈다. 진송은 혼자만 생각해 오던 결혼관에 대해 털어놓자니 왠지 들떴다.

다시금 산책을 이어 가며 헌조는 진송의 결혼 계획을 캐내고 진송은 신이 나서 수다를 떨었다. 서로 손을 맞잡고 시원한 바닷바람을 쐬자 더없이 좋은 시간이 되었다.

"하도 떠들었더니 배고파요."

"점심 먹을 때가 되긴 했네요. 이 집 맛있대요."

"그런가 봐요. 손님도 많고."

두 사람은 바닷가 근처의 조개구이집에서 점심을 해결하기 위해 들어갔다. 가게는 흡사 포장마차 분위기 같았지만 위생은 깨끗했다. 플라스틱 원형 의자에 앉아 기다리니 잠시 후 각종 조개가 불판 위에 놓였다. 진송은 군침을 삼키며 조개에서 눈을 떼지 못했다.

"맛있겠다. 엄청 싱싱해요."

"굴이나 회 같은 건 잘 먹어요? 왜, 비려서 못 먹는 사람들 간혹 있잖아요."

"굴은 비리면 좀 힘들긴 한데, 회는 잘 먹어요. 과메기도 잘 먹는걸요."

"입맛도 비슷해서 좋네요. 한식 좋아하고."

"전부터 아저씨 입맛이란 소리 좀 들었어요."

털털한 진송의 대꾸에 헌조가 유쾌하게 웃었다. 갑자기 스쳐 가는 의심에 진송이 눈을 가늘게 떴다.

"왜요, 100번째 여자 친구가 회를 못 먹었어요?"

"잘 먹었는지, 못 먹었는지 기억도 안 나네요. 별로 떠올려 내고 싶지도 않고."

"그게 말이 돼요? 아, 마지막 여자 친구가 100번 보다 많은 숫자인가? 100번째 여자 친구는 헤어진 지 오래돼서 기억 안 나는 거예요?"

진송은 헌조의 대답 여부에 따라 음식점을 뛰쳐나가고 싶었지만 조개구이를 보니 마음이 흔들렸다.

"솔직히 말하자면, 전에 만난 여자들은 나한테 아무 의미도 없어요. 나쁜 놈이라고 욕해도 할 말 없고. 사실이니까. 나한텐 과거를 추억으로 미화시키는 취미 같은 건 없거든요. 워낙 현재에 충실하길 좋아해서."

"진짜 나쁜 남자네요."

표정 하나 변하지 않고 과거를 없던 일로 만드는 헌조를 진송은 어떻게 받아들여야 할지 헷갈렸다.

"현재의 임헌조에겐 손진송만 의미 있고, 손진송에게만 충실할 거라."

"팀장님에게 과거가 될까 봐 겁이 나네요."

"왜 일어나지도 않을 일을 생각해요? 더 미쳐 있는 쪽은 난데."

헌조는 익은 조갯살을 양념에 찍어 진송의 입에 넣어 주었다. 얌전히 받아먹은 진송이 떨리는 목소리를 흘렸다.

"역전됐을지도 모르잖아요. 이젠 제가 팀장님을 좋아하는 크기가 더 클지."

"자꾸 이렇게 훅 들어오면 어떡해요? 떨려 죽겠네요."

머리를 절레절레 내저은 헌조가 숨을 길게 뱉었다. 화사하게 미소를 지은 진송도 조갯살을 뜨겁지 않게 식혀 헌조에게 먹여 주었다. 연인임을 마음껏 티 내며 서로 먹여 주자 음식이 입안에서 살살 녹았다.

8. 잡고 싶은 신입

진송에게 허락이 떨어진 이후, 다시 헌조는 매일같이 스포츠센터에 도장을 찍었다. 늦잠을 자지 않은 진송이 수영을 하러 올 때면 특별히 약속 같은 걸 하지 않고 같은 공간에서 만나는 재미가 있었다.

"팀장님!"

막 수영장으로 나온 진송은 헌조도 비슷하게 타일을 밟자 펄쩍 뛰며 반겼다.

"조심해요, 가뜩이나 미끄러운데."

"네."

진송이 넘어질까 불안한 마음에 헌조가 빠르게 다가갔다. 헌조의 속도 모르고 진송은 눈웃음을 살살 쳤다. 처음에는 눈 둘 곳을 몰랐지만 슬슬 헌조의 매끈하고 탄탄한 상체를 마주하는 게 적응이 되고 있었다.

"아침에 이렇게 우연처럼 만나니까 좋은 거 있죠."

"누군가와 마주치는 거, 순전히 우연일 수도 있겠지만 실상 한쪽의 노력이 있다고 봐야 하죠."

"팀장님 혹시 매일 나오시는 거예요?"

깜짝 놀란 진송이 눈을 동그랗게 뜨고 물었다. 우연이라고 단순하게 생각했던 만남이 아니었다는 것을 알게 되자 싱숭생숭했다.

"네, 마주칠 확률을 높이기 위해서?"

어깨를 으쓱이는 헌조를 진송은 아프지 않게 때렸다.

"왜 진작 말 안 했어요? 내가 알면 그 확률이 더 높아졌을 거 아니에요."

"손 주임 잠 더 재우려고요. 무리해서 나올 필요 없어요. 난 아침잠이 적어서 꼬박꼬박 나오는 것도 있으니까요."

"하긴, 알았다고 해서 일찍 일어날 거란 장담은 못 해요."

"괜찮아요, 우린 사내커플이잖아요. 회사에서도 보니까."

먼저 물속으로 들어간 헌조가 진송에게 손끝에 묻은 물을 튀겼다. 아랫입술을 깨문 진송은 가장자리에 걸터앉아 물에 다리를 담갔다.

"하지 마세요!"

진송은 장난을 거는 헌조에게 물장난을 쳐 복수했다. 헌조의 짧은 머리카락이 촉촉하게 젖어 들었다. 헌조가 진송을 잡아 주기 위해 손을 뻗자 진송이 그 손을 잡고 내려왔다.

"이따 내기해요. 이번엔 내가 제안하는 거예요."

두 사람은 편안하게 다리를 저어 물 위를 떠다녔다. 헌조는 진송이 지난날 그랬던 것처럼 시합을 제안했다.

"뭘 거시려고요?"

"내가 이기면 아침 같이 먹죠."

"제가 이기면, 팀장님처럼 이긴 후에 얘기하고 싶은데 약간의 전략이 필요할 것 같아서 지금 얘기할게요."

진송이 실력이 월등한 헌조를 이기려면 어쩔 수 없었다.

"내가 져 주길 바라는 거죠?"

"져 주고 싶어질걸요?"

"뭔데 그래요?"

잠깐 뜸을 들인 진송은 검지를 입술에 대었다가 뗐다.

"모닝 키스."

"내가 질 게 뻔한데 먼저 하고 시합하죠."

둘뿐인 수영장 내를 확인한 헌조가 순식간에 진송의 뒤통수를 손바닥으로 감쌌다. 당연한 수순으로 다가온 입술에 진송이 눈을 감았다. 물속에서 나누는 키스는 짜릿했다. 하루의 시작이 좋은 아침이었다.

윤영은 한동안 볼 수 없었던 헌조를 다시 아침마다 보게 되자 뛸 듯이 기뻤다. 헌조가 발소리를 죽여 집 안으로 들어와도 윤영은 귀신같이 알고 나와 아침상을 차렸다. 헌조는 함께 식사를 하고 나서도 뒤를 졸졸 따라다니는 윤영을 돌아보았다.

"왜 이렇게 따라다녀?"

"오빠 오니까 좋아서 그러지. 집에 자주 좀 들러."

윤영은 진심을 담아 헌조에게 핀잔을 주었다.

"수영하러 요즘 안 가더니 또 열심히 다니네? 나도 오빠 따라 새벽 수영이나 다닐까?"

"너 수영할 줄 모르잖아."

"오빠가 가르쳐 주면 되지!"

"싫어, 배우려면 강사한테 배워."

단칼에 거절하는 헌조 때문에 윤영의 가슴에 상처가 났다. 헌조가 이런 적이 하루 이틀도 아니건만 발끈한 윤영이 따졌다.

"왜 안 가르쳐 주는데!"

"예쁜 여자 보러 다니는 건데, 거기 가서 널 가르치고 있으려면 왜 가. 안 가는 게 낫지."

"오빠 미워!"

죽상이 된 윤영이 헌조의 등짝에 스매시를 날렸다. 눈썹을 찌푸린 헌조가 윤영을 쥐어박는 시늉을 했다.

"이걸 때릴 수도 없고."

"동생을, 아니 여잘 때리려고?"

이럴 때마저 윤영은 헌조에게 자신이 여자임을 은연중에 강조했다.

"오빠 그렇게 착한 오빠 아니잖아."

"때리기만 해! 폭력 남편 되는 지름길이야."

기가 막힌 웃음을 내뱉은 헌조가 욕실로 들어가 칫솔을 물었다. 윤영은 욕실 문턱까지 따라왔다.

"들어올 생각 마. 좁으니까."

"쳇."

윤영의 다음 행동을 꿰뚫어 본 헌조가 나지막이 경고했다. 못마땅한 듯 팔짱을 낀 윤영은 그래도 욕실 앞을 떠나지 않았다.

"오빠 혹시나 해서 물어보는 건데, 여자 친구 생긴 거 아니지? 아니, 요즘 집에도 잘 안 오고 이상해서."

"옛날부터 그런 건 참 잘 맞춰."

"뭐! 생겼다고?"

헌조의 소식이 윤영의 귀에 들어가면 자동적으로 한미의 귀에도 들어간다고 보면 됐다. 그렇지만 딱히 거짓말을 할 필요성도 못 느꼈기에 헌조는 바른대로 알려 주었다. 윤영은 맞춰 놓고도 충격을 받은 표정이었다.

"언제부터! 누군데?"

"얘기하면 네가 알아? 그냥 있다는 정도만 알고 있어."

"왜 몰라! 내가 오빠에 대해 모르는 게 어디 있어! 오빠 진짜 미워!"

헌조는 자신의 어떤 언행이 윤영을 건드렸는지 알 수 없었다.

눈물이 그렁그렁해진 윤영이 시끄럽게 소리치고 멀어졌다. 윤영의 뒷모습을 황당하게 바라보던 헌조가 양치질을 마저 끝냈다.

방으로 들어가 문에 기대선 윤영이 소매로 눈물을 훔치자 독기를 품은 눈동자가 드러났다.

춘계행사를 한 날이 엊그제 같은데, 유니폼이 하복으로 바뀌었다. 그리고 문화행사로 대체하기로 한 하계행사 날이 훌쩍 다가왔다.

"7시까지 마감 끝내시고 고깃집으로 알아서 모이시면 되겠습니다!"

"네!"

총무가 폐점 후 마감을 시작한 직원들에게 고지했다. 구체적으로 시간이 제시되자 마감을 하는 손놀림도 빨라졌다. 늘 그렇듯 늦는 사람이 발생했고 여차여차 7시 반 안에 모든 직원이 초벌구이 고깃집에 모였다. 고기가 초벌되어 나오기에 굽는 시간이 단축되어 별문제는 없었다.

"날도 더운데 고생들 많습니다. 맛있게 드세요."

"네, 잘 먹겠습니다, 지점장님!"

지점장이 식사를 시작하자 다들 수저를 들었다. 헌조와 진송은 서로 다른 테이블에 앉아 조용히 식사를 마쳤다. 많이 먹기 위해 고기를 급하게 섭취하던 고 팀장이 옆자리에 앉은 직원에게 물었다.

"영화 시간이 몇 시랬지?"

"8시 15분 영화예요. 천천히 드셔도 돼요. 시간 많습니다."

저녁 식사 후 미리 예매해 둔 최신 흥행영화를 보고 나서 헤어지는 일정이었다. 고깃집에서 나온 직원들은 근처의 영화관으로 향했다. 짬이 되는 부지점장과 최 팀장은 다른 볼일이 있는지 영화관까진 동참하지 않았다. 지점의 행사에 참여하길 좋아하는 지점장은 당연히 함께했다.

"이 영화 재밌는 모양이더라고. 입소문이 대단해."

"네, 영화 본 지인이 재미있다고 하더라고요."

막내라인은 예매해 둔 영화표를 기계로 뽑고, 몇몇 직원은 팝콘이나 음료를 사러 흩어졌다. 지점장과 남은 팀장들, 총무직원이 간간이 말을 섞으며 그들을 기다렸다. 직원들이 일사불란하게 움직인 덕에 상영시간에 맞춰 상영관에 들어갔다.

들어가지는 대로 아무 자리에 앉았던 진송은 어느새 옆자리에 있는 헌조를 보고 놀랐다. 두 사람은 다른 직원들 몰래 눈웃음을 주고받았다.

어두운 상영관 내부가 더욱 어두워지자 헌조가 자연스럽게 자신과 진송의 자리 사이에 위치한 팔걸이를 치웠다. 긴 광고가 끝나고 영화가 시작되자 두 사람은 서로에게 더 어깨를 기대앉았다. 한 줄에 모든 직원이 앉을 수 있어 다행이었다. 서로의 옆자리에 앉은 직원들의 눈만 조심하면 됐다.

영화는 지점장 나이대도 재밌게 볼만한 국내 영화였다. 영화의 초입부터 맞잡은 사내커플의 손은 떨어질 줄을 몰랐다. 비밀연애의 스릴을 제대로 만끽했다. 두 사람은 영화가 잠시 지루할 때면 서로의 손을 만지작거리며 시간을 흘려보냈다.

민호와 한 계장처럼 친한 사이라면 모를까, 직원 대부분이 영화 중간에 대화를 나누는 일 없이 스크린만 응시했다.

"영화 재밌게 봤어요?"

해산하는 직원들에게 섞여 서로의 차를 타고 귀가하는 듯했던 사내커플은 회사에서 멀리 떨어진 카페에서 접선했다. 커피와 케이크가 담긴 트레이를 받아 온 헌조가 말문을 열었다.

"네, 아니 사실 모르겠어요. 상영관에서 들킬까 봐 조마조마해서 집중을 못 했거든요."

가슴을 쓸어내린 진송이 목이 탄 듯 커피를 들이마셨다.

"팀장님은 제대로 보셨어요? 주인공 마지막에 왜 그렇게 됐던 거예요?"

두 사람은 서로가 놓친 장면을 알려 주며 뒤늦게 영화 얘기에 열을 올렸다.

"긴장은 저만 했었나 봐요. 팀장님은 거의 다 보셨네요."

억울한 듯 투덜거리는 진송에게 헌조가 케이크 접시를 밀어 주었다.

"영화 예고편 봤었거든요. 얼추 다 나오던데요. 그래서 재미가 반감됐지만."

"정말요?"

투덜거릴 땐 언제고 진송은 헌조를 안타깝게 쳐다봤다.

"괜찮아요, 다른 재미가 쏠쏠했으니까."

헌조가 진송의 놀고 있는 손을 잡아서 들어 보였다. 진송이 따스한 눈길로 잡힌 손을 내려다보았다.

"팀장님 손 잡을 때마다 느끼는 건데 참 따뜻해요. 제가 손이 찬 편이라 그런지. 제 손도 따뜻하면 좋을 텐데 말이에요. 팀장님도 따뜻하게 느낄 수 있게요."

"손 주임 손 잡으면 마음이 충분히 따뜻해져요. 손은 시원해서 좋고."

재치 있게 답하는 헌조로 인해 진송이 해맑게 웃었다.

"키스하면 뜨거워지고. 아, 물론 마음이요."

노골적으로 진송의 얼굴 한군데를 응시한 헌조가 능청스럽게 덧붙였다.

"섹스하면 내가 없어질 것 같아요. 너무 뜨거워서 흔적도 남지 않고."

"나도 그래요."

예쁘게 웃으며 동조하는 진송을 헌조가 넋을 놓고 바라보았다.

"자존감 하난 확실한 내가 없어지고 싶다는 생각이 들게 만드는 손 주임은 대단한 거예요."

"사랑을 나누다 내가 없어진다는 건 완벽하게 하나가 되는 거 아닐까요?"

"정말 하고 싶게 만드네요."

커피를 마시던 진송은 하마터면 그것을 뿜을 뻔했다. 진송이
못 당하겠다는 듯한 얼굴로 헌조에게 항복했다. 거부할 수 없는
로맨틱한 유혹에 아마도 얌전히 잠만 자긴 힘들 것 같았다.

한미를 도와 저녁상을 차린 윤영이 식탁 의자에 앉지 않고 서
있었다. 윤영은 헌조가 저녁을 먹으러 들르지 않는 이유가 데이트
일 거라고 생각하니 속이 부글부글 끓고 입맛이 떨어졌다.

"오늘도 저녁 안 먹으려고?"

아무것도 모르는 한미는 걱정스럽게 윤영을 살폈다.

"네, 입맛이 없어서요."

"그래도 일하는 사람이 밥을 거르면 어떡하니. 한 숟가락이라
도 먹어 봐."

"죄송해요, 저 신경 쓰지 마시고 식사 맛있게 하세요."

성목도 거들었지만 어깨를 축 늘어트린 윤영은 슬리퍼를 힘없
이 끌며 방으로 들어갔다. 윤영이 무슨 속셈인가 하고 지켜보던
연조는 대수롭지 않게 반찬을 집었다.

"윤영이 무슨 일 있나?"

"모르겠어요. 연조 넌 아는 거 없니?"

"네, 그냥 다이어트하는 거겠죠."

윤영을 어릴 때부터 맡아 키운 부모님은 윤영을 과하게 예뻐했다. 연조는 부모님이 너무 근심하지 않았으면 하는 마음에서 가볍게 대꾸했다. 그러나 마음이 여린 한미는 여전히 윤영의 방문 방향을 응시하며 수저를 들지 못했다.

"얘는, 애가 힘이 없잖니. 분명히 무슨 일이 있는 것 같은데 네가 한번 물어봐. 밤마다 우는 소리가 들리는 것도 같고."

"울어요? 윤영이가?"

혼자 2층에 있는 방을 쓰고 있는 연조는 한미의 말에 깜짝 놀라 되물었다. 이제야 걱정이 슬쩍 피어오를 것 같기도 했다.

"그래, 밝고 씩씩한 애가 저러니 마음이 아프네."

식사를 얼추 끝낸 후 한미는 윤영의 방을 찾았다. 캄캄한 방 안에서 침대에 오도카니 앉아 있는 윤영의 모습에 한미가 서둘러 불을 켰다.

"윤영아! 왜 불도 안 켜고 이러고 있니?"

무릎을 세우고 얼굴을 묻고 있던 윤영이 느리게 고개를 들었다. 침대에 걸터앉은 한미가 안쓰러운 눈길로 윤영을 바라보며 머리카락을 정리해 주었다.

"학교에서 무슨 일 있니?"

"아니요."

"그럼 요즘 너 왜 이러는 거야, 응?"

"죄송해요, 어머니."

윤영은 눈물이 샘솟진 않았지만 신음 같은 울음소리를 냈다. 고개를 떨군 윤영이 우는 줄로만 안 한미는 놀라 윤영의 손을 움켜쥐었다.

"괜찮으니까 엄마한테 털어놔 봐."

"죄송해서 차마 말씀드릴 수가 없어요."

"뭐가 죄송하니? 네가 나한테 잘못한 게 있는 것도 아니고. 엄마가 다 들어 줄게. 울지 말고 얘기해 보렴."

"어머니, 아버님께 잘못을 저지른 거나 다름없는 이야기예요."

"잘못이라니? 네가 우리한테 잘못할 일이 뭐가 있니. 우리한테 얼마나 잘하는데. 대체 무슨 일이야."

눈물을 훔치는 시늉을 한 윤영이 한미를 마주 보며 입을 열었다.

"어머니, 제가 헌조 오빠를 많이 좋아해요. 그래서 죄송해요."

윤영의 입에서 나온 뜻밖의 고백에 한미는 할 말을 잊은 듯 입만 벙긋거렸다. 그러다 이내 허탈하게 웃은 한미가 윤영의 등을 다독거렸다. 면목 없는 얼굴의 윤영이 작은 목소리로 덧붙였다.

"좋아하는 마음 접어 보려고 했는데 커지기만 해서 요즘 고민이 많았어요. 오빠가 안 좋아지지가 않아요."

"난 또 무슨 일이라고. 그런 거라면 더 죄송할 거 없다. 너희가 서로 좋다면 쌍수 들고 환영할 일이지. 내가 너를 얼마나 예뻐하는데."

"그렇게 받아들여 주셔서 감사드려요, 어머니."

한미에게 성공적으로 마음을 밝힌 윤영은 감격하여 흐느꼈다.

"사실 제 첫사랑도, 첫 키스도 헌조 오빠예요. 오빠는 절 좋아할지 모르겠지만 전 오빠만 괜찮다면 오빠와 결혼해서 내조하며 살고 싶어요."

괜스레 소녀처럼 키스라는 단어에서 머뭇거린 윤영이 말을 마쳤다. 스무 살이었던 헌조가 자고 있을 때 도둑 키스를 한 게 윤영의 첫 키스였다. 두 눈이 동그래진 한미는 속으로 책임감 없는 헌조를 탓했다.

"속 깊은 것. 네 마음이 그만큼 크구나. 네가 우리 집안에 며느리로 들어온다면 얼마나 좋겠니."

"어머니……."

"걱정 마라. 엄마가 나서 볼게. 헌조도 결혼적령기 아니니. 지금 만나는 사람도 없어 보이니 딱이다."

윤영의 걱정을 덜어 주고 싶은 한미가 호언장담했다. 윤영은 한미에게서 바라던 대답을 듣자 진심으로 기뻤다. 가능성이 희박해질까 봐 한미에게 헌조 여자 친구의 존재는 의도적으로 숨겼다.

"어머니밖에 없어요. 너무 감사드려요."

"엄마가 힘써 볼게. 너도 고민은 그만하고 씩씩한 윤영이로 돌아오렴."

한미가 팔을 둘러 윤영을 안아 주자 윤영이 그 품에 깊게 안겼다. 헌조를 다른 사람에게 빼앗기기 전에 가지기로 마음먹은 윤영의 계획이 시작되었다.

점심시간을 한 시간여 앞두고 헌조는 한미에게서 걸려 온 전화를 받았다. 우연을 가장해 진송을 따라 탕비실로 들어간 헌조가 미안한 소식을 꺼냈다.

"오늘 점심 같이 못 먹을 것 같아요. 어머니가 근처에 오신 모양인지 식사하자고 하셔서. 미안해요."

진송은 점심 데이트 약속이 취소되자 김이 샜지만 이해해야 할 일이었다.

"괜찮아요, 어머니 맛있는 거 사 드리세요."

"네, 손 주임도 이따 맛있는 점심 먹고요. 우린 내일 좋은 데 가요."

"그래요."

기분 좋게 웃은 진송이 먼저 탕비실을 나갔다. 점심시간 때쯤 은행으로 온 한미는 혼자가 아니었다. 윤영이 한미의 팔짱을 단단히 끼고 있었다. 한미의 얼굴은 처음 봤지만 윤영을 알아본 다빈을 필두로 다른 직원들이 인사를 했다. 다빈은 여전히 윤영이 헌조의 여자 친구라고 오해하고 있었다.

"팀장님 어머님이랑 여자 친구 많이 가까워 보이네. 두 사람 정말 결혼할 사이인가 보다."

진송은 다빈이 속닥거리는 말을 들으며 한미와 윤영을 곁눈질 했다. 그런데 갑자기 진송을 직시한 윤영은 눈이 마주치자 비릿한 웃음을 지었다.

진송은 윤영의 등장에 안 그래도 찜찜했던 기분이 더 나빠졌다. 창구를 돌아 나오는 헌조를 윤영이 뿌듯한 눈길로 바라보는 것도 마음에 들지 않았다. 역삼각형 상체를 여실히 드러내는 화이트셔츠에 긴 바지 정장은 베이직했지만 헌조가 입어서인지 특별해 보였다.

헌조가 두 여자를 데리고 식사하러 나가는 뒷모습을 다빈이 쓸쓸하게 쳐다보았다.

"팬질도 정말 그만둬야지. 이 거울도 치워 버려야겠어. 아직도 못 꼬신 임한테 저런 여자 친구까지 있는데, 도무지 승산이 없어."

다빈은 틈틈이 뒷자리의 헌조를 훔쳐볼 때 쓰던 거울을 아쉬운 손길로 서랍에 넣었다. 거울은 얼마 지나지 않아 다시 책상 위로 나올 게 분명했다.

진송은 주위를 둘러보며 확인했지만 아무리 생각해도 윤영의 시선을 받은 것은 자신이 맞았다. 윤영이 보인 태도의 의미가 무엇인지 생각이 많아졌다. 헌조의 본가에서 사는 윤영이 헌조의 어머니와 친한 건 당연한 것이고, 점심시간에 은행에 함께 방문하여 밥 한 끼 먹는 게 별일 아닌 일이라는 것을 머리로는 아는데 기분이 이상했다. 잡생각을 떨쳐내듯 머리를 턴 진송이 다시 업무에 집중했다.

헌조는 두 사람과 함께 가까운 맛집을 찾았다. 나란히 앉은 헌조와 윤영의 맞은편에서 한미가 흐뭇하게 두 사람을 바라보았다. 세 사람은 주문한 음식을 기다리며 대화를 나누었다.

"이 근처엔 무슨 볼일로 오신 거예요? 윤영인 어떻게 같이 온 거고요?"

"중요한 볼일은 아니고 들를 곳이 있었어. 윤영인 내가 불렀고."

한미는 없는 볼일을 만들어 헌조에게 둘러댔다. 한미의 행동이 너무 의외라 헌조는 방문 이유를 재차 떠보았다.

"웬일이세요? 어머니가 제 직장을 다 오시고. 근처에 오셔도 늘 조용히 집으로 가시던 분이."

"사실 너희 둘에게 긴히 할 말이 있어 불렀다."

"형은요? 집에 무슨 일 있습니까?"

표정이 심각해진 헌조가 앞쪽으로 상체를 더욱 기울였다. 헌조는 이 자리에 연조를 부르지 않은 것을 보면 연조와 관련된 문제가 아닐까 예상했다. 윤영과 눈빛을 주고받은 한미가 운을 띄웠다.

"네 아버지랑 내 나이가 내년이면 벌써 환갑 아니니."

헌조는 한미가 나이를 언급한 다음에 나올 말이 더욱 갈피가 잡히지 않았다. 미간을 좁힌 헌조가 한미의 입이 다시금 열리길 기다렸다.

"연조는 어차피 늦은 거, 너희라도 먼저 보내야겠다. 윤영이랑 결혼해라."

"네?"

자신의 귀를 의심한 헌조가 경악하여 외쳤다. 윤영은 다소곳하게 앉아 얼굴만 붉히고 있었다.

"너랑 윤영이, 결혼해. 너도 결혼할 때 됐고, 윤영이도 그렇고."

"지금 무슨 말씀하시는 거예요? 저 만나는 사람 있어요."

몰랐던 사실을 알게 된 한미가 주춤하여 윤영을 바라보았다. 놀란 척 눈을 크게 뜬 윤영은 고개를 저었다.

"정리해. 난 윤영이, 우리 가족으로 들여야겠다."

윤영의 반응을 본 한미가 헌조에게 완강한 태도로 강요했다. 헌조는 아들들의 여자관계에 한 번도 훈수를 둔 적 없던 한미가 이러자 당황스러웠다.

"딸로 충분하잖아요. 만나는 사람이랑 결혼하면 했지 윤영이랑 할 이유 없습니다."

"윤영이 아닌 여자가 성에 찰 것 같지 않구나. 어차피 남녀 인연이란 게 결혼하지 않으면 헤어지는 거 아니겠니? 네가 지금 만나는 사람도 언젠가 헤어질 사람이다."

헌조는 꽉 막힌 사람처럼 구는 모친이 낯설고 답답했다.

"저희도 결혼하고 싶은 사람이랑 결혼해야죠. 막무가내로 이러시는 거 어떻게 받아들여야 할지 모르겠습니다."

잠자코 있던 윤영이 헌조를 설득하는 것을 거들었다.

"오빠, 부모님이 원하시는 대로 하자. 난 오빠랑 결혼할 수 있어."

헌조는 불난 집에 기름을 붓는 윤영에게 차가운 시선을 던졌다. 모르는 사이 서빙된 음식이 식어 가고 있었지만 누구 하나 손대는 사람이 없었다. 더 이상 참고 자리를 지키는 것이 무리라고 판단된 헌조가 자리를 박차고 일어났다.

"오늘 하신 말씀은 못 들은 걸로 하겠습니다."

"아니, 앉으렴."

"들어가 보겠습니다. 식사하고 가세요."

"오빠!"

윤영이 애타게 불렀지만 헌조는 뒤도 돌아보지 않고 가게를 빠져나갔다. 가족들의 실망스러운 모습에 속상했다. 골치 아픈 등 뒤의 상황에 헌조는 식욕도 잊고 은행으로 걸어갔다. 지금 그에겐 진송이 필요했다.

뽀얀 닭 국물이 뚝배기 안에서 보글보글 끓었다. 뚝배기가 비좁아 보일 만큼 큰 닭이 우뚝 솟아 있었다. 진송이 보양식 노래를 불러 삼계탕이 저녁 메뉴가 되었다.

"초복도 조만간이니 미리 몸보신하는 셈 쳐요!"

"몸보신 톡톡히 될 것 같은 맛이네요."

육수를 떠 맛을 본 헌조가 고개를 주억거렸다. 젓가락과 손을 사용해 닭다리를 뜯어낸 진송이 헌조의 뚝배기에 보탰다.

"많이 드세요. 제가 쏘는 거예요."

"고마워요. 건강도 생각해 주고."

"솜씨가 없어서 만들어 드리지도 못한 걸요."

"괜찮아요."

진송은 일부러 씩씩한 척 굴며 헌조의 낯빛을 관찰했다. 실은 진송이 헌조를 이곳으로 데려온 이유는 따로 있었다. 최근 헌조는 꼭 고민이 있는 사람처럼 잠시 잠깐 딴생각에 빠지곤 했는데 그럴 때마다 표정이 어두웠다. 진송은 그 원인을 가볍게 묻기보다 헌조가 먼저 얘기해 주길 기다리며 옆에서 힘을 주고 싶었다.

"외근 나가서 힘들진 않으셨어요? 날씨도 너무 덥고."

"힘들긴요. 차 안 아니면 실내에 있었어요."

"이거 다 먹고 나면 완전 힘날 거예요!"

"손 주임이 그리 말하니 다 먹어야겠네요."

두 주먹까지 쥐어 가며 말하는 진송을 본 헌조는 수저를 다부지게 고쳐 쥐었다. 환하게 웃은 진송이 맛있게 먹는 헌조를 가만히 눈에 담았다. 함께 식사를 할 때면 먹는 모습을 주로 지켜보는 쪽은 헌조였기에 새삼스러웠다.

전투적으로 뚝배기를 비워 가고 있었지만 헌조가 진송의 시선을 못 느꼈을 리 없었다. 헌조는 하지 않으려고 해도 자신도 모르게 생각에 빠져 버리는 걸 막을 수 없었고, 그것이 진송에게 괜한 걱정하게 한 것 같았다.

그러나 모친, 윤영과 있었던 일을 진송에게 꺼내 부담과 두려움을 심어 주고 싶지 않았다. 누구에게도 얘기하지 않고 제 선에서 해결을 보고 싶을 만큼 말도 안 되는 일이기에.

"고민스럽네요."

"무슨 고민이요?"

숟가락질을 하다가 주춤한 헌조가 드디어 털어놓으려는 기색을 보였다. 그러자 진송은 고민을 나누어 가질 수 있다고 생각되도록 믿음직한 모습을 보여 주고자 열성적으로 반응했다.

"세 번으로 부족한가 해서요."

"세 번?"

턱을 괸 헌조가 눈썹 끝을 올렸다.

"여자가 남자한테 보양시켜 주는 이유는 하나라던데, 어젯밤에 손 주임을 만족시키지 못한 건가 해서."

"지금 무슨 말씀 하시는 거예요!"

까무러칠 듯 놀란 진송이 혹시나 들은 사람이 없나 주변을 둘러보았다. 두 사람이 앉은 식탁은 뻥 뚫린 음식점의 가운데 위치해 있었다. 이제껏 자신의 목소리가 가장 컸다는 것을 모르는 진송은 헌조에게 눈총을 쏘았다.

"다음엔 더 분발해 볼게요. 네 번."

"네, 네 번 같은 소리 하고 있네!"

낯부끄러운 줄을 모르는 헌조 때문에 당황한 진송이 횡설수설했다. 어쩐지 조금 떨어진 옆 테이블 사람들이 힐끔대는 것 같은 느낌이었다.

"그것도 부족해요? 그럼 다섯 번?"

"누가 부족하대요!"

진송은 헌조의 입을 막고 싶은데 마땅한 게 없어 다급하게 식탁을 내려다보았다. 먹일 만한 게 땡초뿐이었다.

"고추? 이거 신호 준 거예요? 다음이 아니라 오늘이라든가?"

진송이 준 것이니 베어 물긴 한 헌조가 물었다.

"신호 아니에요! 아니야!"

진송은 헌조에게 작은 고추를 하나 더 물렸다. 매운맛이 퍼지자 헌조도 더는 혀를 놀리지 못했다. 상황을 회피하고자 한 대가는 컸다.

그렇게, 뜨거웠던 저녁 식사를 마치고 진송을 데려다주며 문전박대 당한 헌조는 빌라로 귀가했다. 샤워를 하고 습관처럼 TV를 켰지만 어김없이 고민이 밀려들었다. 답이 여전히 나오지 않아 본가에 발길을 하지 못한 지 2주가 다 되어 갔다.

헌조가 예능 프로그램이 방영 중인 브라운관을 심각한 표정으로 응시하고 있는데 초인종이 울렸다. 진송을 데려다준 후 집에 불이 켜지는 것까지 보고 돌아왔으므로 헌조는 별 기대 없이 인터폰을 확인했다.

"오빠, 안녕."

윤영이 쉽게 들어오지 못하게 약간 열린 문을 잡고 선 헌조는 윤영의 인사에도 침묵했다.

"반가운 척이라도 좀 해."

"못 해."

"부모님 뜻이 그러신 거지 내가 무슨 죄야. 화내지 마. 우리도 그 일에 대해서 얘기를 좀 해야 할 것 같아서 찾아왔어. 그날 이후 오빠가 집에 발길을 끊어서 내가 온 거야."

윤영은 한미를 구슬렸던 사실을 숨기고 헌조의 부모님을 방패로 삼았다. 윤영의 말을 무조건적으로 믿을 수는 없었지만 헌조는 의심의 눈빛이 옅어졌다.

"동생을 계속 밖에 세워 둘 거야?"

윤영은 동생의 역할이 필요한 상황이 되자 기꺼이 동생의 탈을 썼다. 기세를 몰아 윤영이 투정을 부리자 팔짱을 낀 헌조가 한발 물러섰다. 신이 나서 집 안에 들어온 윤영이 두리번거렸다.

"오빠네 집 오랜만이다."

매서운 눈길로 헌조의 집에서 여자의 흔적을 찾던 윤영은 아무것도 발견하지 못하자 표정이 한층 밝아졌다. 자신의 집처럼 편하게 소파에 앉은 윤영이 헌조를 돌아보았다.

"오빠, 나 목말라."

"뭐 줄까. 주스? 커피?"

"오빠는 뭐 마실 거야? 같은 걸로 줘."

주스를 따른 컵 두 개를 가지고 소파로 간 헌조가 윤영에게 하나를 건넸다.

"고마워."

윤영은 주스를 마시는 척하며 슬쩍 헌조 쪽으로 더 붙어 앉았다.

"집에선 갑자기 왜 그런 이야기가 나온 거야?"

"글쎄, 어머님이 말씀하셨듯 두 분 연세가 있으시니 나올 만한 화제고, 두 분이 이야기 나누시다가 자연스레 우리 결혼 이야기가 나온 거 아닐까?"

헌조가 아는 바가 없는지 묻자 윤영은 시치미를 뚝 뗐다.

"결혼 얘기는 할 수 있다 쳐. 왜 하필 우리냐는 거지."

"서운하다. 오빤 나랑 엮인 게 그렇게 싫어?"

불시에 팔을 뻗은 윤영이 주름이 잡힌 헌조의 미간을 검지로 눌렀다. 여동생과 결혼이라니, 헌조는 상상만으로도 징그러워서 소름이 돋았다.

"넌 안 싫어? 말이 돼야 말이지."

"말이 안 될 것까지야. 아니, 그냥 그렇잖아."

헌조의 못마땅한 시선이 닿자 윤영은 집에서 쫓겨날까 봐 대충 둘러대었다. 그러곤 헌조를 떠보기 위해 거짓말을 했다. 사실 성목은 이 일을 알지도 못했다.

"부모님 마음 단단히 먹으신 것 같던데? 그 뜻이 쉽게 꺾일 것 같지 않아. 오빠랑 나, 정말 결혼해야 할 수도 있어."

"그럴 일 없어."

"왜 그렇게 단정 지어?"

"너……."

"아니, 사람 일은 어떻게 될지 모르는 거잖아."

심기 불편한 헌조의 눈빛이 날아오자 윤영은 재차 진압에 들어 갔다. 긴 다리를 꼰 헌조가 소파에 깊숙이 기대었다.

"내 미래는 내 뜻대로 흘러갈 거니까 어떻게 될지 알아. 너랑 결혼할 일 없어. 너도 괜한 생각 말고 네 생활해."

"그러고 싶은데 자꾸 생각나. 오빠 여자 친구도 알아? 집에서 오빠 결혼 얘기 나오는 거."

윤영은 갑자기 생각나 질문하는 것처럼 몸을 비스듬히 돌려 앉 았다.

"말 안 했어."

헌조에게서 써먹을 수 있을 만한 정보를 얻은 윤영이 입가를 올려 미소 지었다.

"나 이만 가 볼게. 오빠 그날 그렇게 가 버려서 부모님 화 많이 나셨어. 화 좀 풀리시고 오빠랑 대화가 잘 될 것 같을 때 연락해 줄게. 그때 본가 들러."

윤영은 마음 같아선 더 있다 가고 싶었지만 다음 방문이 쉬우 려면 떠날 때를 알아야 했다. 몸을 일으켜 현관으로 향하는 윤영 을 헌조가 배웅했다.

"그래, 조심히 가고. 멀리 안 나간다."

"응, 잘 자. 좋은 꿈꾸고."

아쉬운 듯 인사를 건넨 윤영이 발길을 뗐다. 골목에 대충 주차 해 둔 차 앞에 선 윤영이 난공불락의 성처럼 느껴지는 헌조의 빌 라를 도전적으로 바라보았다. 한참 후, 운전석에 오른 윤영은 시동을 걸어 골목을 떠났다.

◆

윤영에 이어 한미가 단식에 들어갔다. 안방을 들락거린 윤영은 성목에게 한미의 의사를 전했다.

"어머님 또 식사 거르시겠대요. 저러다 몸 상하실까 봐 걱정돼요."

"이유 없이 저럴 사람이 아닌데. 도통 말은 안 하고 입맛 없단 소리만 해 대니, 이젠 진짜 어디가 상한 건 아닌가 걱정이 되는구나."

혀를 찬 성목이 아내에 대한 걱정을 내비쳤다. 한미가 아파서 몸져누운 것이 아님을 알면서도 윤영은 듣기 좋은 대답을 했다.

"제가 조만간 병원에 모시고 갈게요."

"그래 주면 고맙겠다. 어서들 먹어라. 국 식는다."

"네."

밥상을 앞에 두고 계속 구경만 할 순 없는 노릇이라, 성목이 연조와 윤영에게 식사를 재촉하듯 손짓했다. 묵묵히 관망하던 연조의 표정이 좋지 않았다.

"헌조 이 녀석은 바쁘면 얼마나 바쁘다고 어미가 앓아누웠는데도 코빼기도 안 비춰?"

"제가 연락해 볼게요, 아버지."

연유도 모르고 답답함을 느낀 성목이 헌조에게 애꿎은 화살을 돌렸다. 요 며칠 집안 분위기가 뒤숭숭했다. 윤영이 단식을 끝내고 헌조가 집에 오지 않기 시작하면서부터 앓아누운 한미를 보면 세 사람 사이에 무슨 일이 있었던 게 분명했다. 여태껏 상황을 파악하던 연조는 더 악화되기 전에 자신이 나서야겠다고 판단했다.

"좀 어떠세요? 진짜 어디가 안 좋으신 건 아니세요?"

식사 후 거실에서 뉴스를 보는 성목을 확인한 연조가 안방을 찾았다. 이부자리에 누워 있던 한미가 연조의 목소리에 눈을 떴다.

"그래, 괜찮아. 헌조는 오늘도 안 왔니?"

"네."

바라던 대답이 아니라 한미가 끙 하고 앓는 소리를 냈다. 한미의 앞에 앉은 연조가 대뜸 본론을 꺼냈다.

"헌조랑 싸우기라도 하셨어요?"

"싸우긴."

부정하면서 시선을 피하는 한미의 태도에 연조는 대답을 들은 듯했다.

"아버지께 비밀로 할 테니 말씀해 보세요. 무슨 일인지 알아야 헌조 녀석을 어머니 앞에 데려오든지 하죠."

한미가 솔깃하여 입을 달싹거리긴 했지만 털어놓지 않자 연조는 대강 알고 있다는 듯 연기를 했다.

"윤영이랑 관련된 일이죠?"

"어떻게 알았니?"

화들짝 놀란 한미가 상체를 일으켰다. 한미가 반쯤 넘어온 것이 보이자 연조는 더욱 여유로워졌다.

"윤영이가 굶은 이유가 헌조 때문이라고 하던가요?"

"그래, 연조 너도 알고 있었니? 윤영이가 헌조를 마음에 담고 있더구나."

윤영이 고백을 당사자가 아닌 한미에게 했다는 게 의외였을 뿐, 연조는 그리 놀랍지도 않았다. 한번 터진 한미의 입은 닫히지 않았다.

"너도 알다시피 엄마가 윤영일 참 예뻐하지 않니? 윤영이랑 헌조도 잘 어울리고. 이참에 며느리 삼자 싶어 욕심을 좀 부렸더니 헌조가 글쎄, 어디서 배운 버르장머리인지 얘기 도중에 나가 버리지 뭐니?"

"헌조가 결혼 안 하겠다고 하죠?"

말하지 않아도 연조가 척척 맞추자 한미는 완전히 마음을 열었다.

"그러더구나. 윤영이한테 헌조 만나는 사람 없다는 얘기를 듣고 자리를 만든 거긴 했는데, 헌조가 만나는 사람이 있다더구나. 헌조 성격을 아는데 그대로 물러나면 윤영일 며느리 만들 기회가 두 번은 없겠다 싶은 거야. 그래서 만나는 사람과 헤어지라고 심하게 나가긴 했다. 그렇다고 집에 발길을 뚝 끊니? 가족도 아니고 남인 여자 때문에?"

"어머니가 심하셨던 것 같아요."

"넌 헌조가 잘했다는 거니?"

연조가 섭섭함을 알아주길 바라던 한미는 실망감을 감추지 못했다. 사회생활 한 번 해 보지 않고 어린 나이에 결혼한 한미에게는 좋게 말하면 소녀 같고, 객관적으로 보면 어린애 같은 면모가 있었다. 착한 만큼 남의 말에 잘 휘둘리고, 거의 평생을 가족의 울타리 안에서만 머물러서 대인관계 경험이 적은 만큼 생각도 짧았다.

"어머니가 보시기엔 헌조가 참 보는 눈 없다 싶으실 수도 있지만, 지금 만나는 여자가 좋은 사람일 수도 있잖아요. 아무렴 어머니 아들인데. 헌조가 윤영인 사랑하지 않지만 만나는 여자는 사랑할 테고요. 정으로 결혼할 수는 없지 않습니까. 같이 살다 보면 좋아지지 않겠느냐 할 수도 있지만, 좋아지지 않는다면요? 좋은 여자와 사랑 없이 결혼했다가 잘난 아들 이혼남 될 수도 있습니다."

"이혼이라니, 망측해라. 입에 담지도 마라."

연조의 설득이 길어지자 고개를 끄덕이며 듣기 시작하던 한미가 종국에는 몰입하여 손부채질까지 했다.

"글쎄, 윤영이 첫 키스가 헌조라던데. 요즘 젊은이들한테는 아무것도 아니라지만 헌조가 윤영이한테 그러면 안 되는 거잖니. 네 말을 듣고 보니 헌조는 이제 마음이 없다는데 마냥 결혼시킬 수도 없고, 어떡하면 좋겠니?"

한미는 민망한 내용에 헛기침을 섞으며 연조의 의견을 구했다. 워낙 어릴 때부터 셋이서 함께 자라 왔기 때문에 연조는 헌조에게 윤영은 여동생 그 이상 그 이하도 아니라는 것을 잘 알고 있었다. 경악한 연조는 비로소 한미의 심정이 조금 이해가 갔다. 윤영부모님과의 관계도 있고, 말이 안 되는 말을 사실이라고 믿고 있으니 고민이 되었을 터였다.

"윤영이가 그러던가요?"

"그래, 그것이 연애도 한 번 안 해 보고 순수해선 첫 키스한 헌조를 남편으로 점찍은 것 같더구나."

깊은 한숨을 내쉰 한미가 안절부절못했다. 거듭된 윤영의 거짓말에 연조는 윤영을 감싸 줄 마음이 점차 사라졌다. 부모님이 가진 윤영에 대한 이미지를 진작 바로잡아 줬어야 했다. 짝사랑만 줄곧 하는 게 안타까워 윤영이 간혹 보인 다른 얼굴을 모른 척해 준 게 실수였다. 윤영이 작정하자 부모님과 헌조 사이에 갈등이 생긴 지금의 상황이 연조에게 무섭게 다가왔다.

"지금 제가 드릴 수 있는 말은, 헌조와 윤영이 사이에 스킨십은 있을 수 없는 일이란 거예요."

"그럼 윤영이 말은 다 뭐니? 그 애가 거짓말이라도 했다는 거니?"

"조만간 제가 헌조 부르고 자리 만들겠습니다. 그날 헌조 말도 들어 보시는 게 좋을 것 같아요."

"그래, 네가 부르면 올 테니."

"윤영이한테는 아무 말씀 마시고요. 그리고 윤영이 말…… 너무 곧이곧대로 듣진 마세요."

무거운 걸음으로 안방을 빠져나오는 연조의 뒷모습을 본 윤영이 팔짱을 꼈다. 애초에 한미에게 큰 도움을 바랐던 것은 아니었지만, 이 정도로 앓아누운 한미를 보니 더 이상 도움받을 게 없는 것이 확실해 보였다. 미련 없이 등 돌린 윤영이 방으로 들어갔다.

"손진송 주임입니다."

— 나 하윤영이에요.

어깨와 볼 사이에 수화기를 끼고 있던 진송은 낯설지 않은 이름에 고개를 갸웃거렸다. 성을 떼어 낸 이름만 두고 곱씹은 진송은 상대방이 누군지 알아차렸다.

"아, 안녕하세요."

— 오늘 저녁에 좀 만나요. 7시 반, N호텔 커피숍에서.

진송은 인사도 생략하고 다짜고짜 용건을 내뱉는 윤영으로 인해 기분이 상했다.

"무슨 일이시죠?"

— 설마 내가 은행 볼일로 불러내는 거겠어요? 헌조 오빠랑 관련해 할 말이 있으니 보자는 거죠.

진송이 차분하게 토를 달자 발끈한 윤영이 쏘아 댔다. 그제야 진송은 감이 왔다. 헌조의 고민거리와 관련이 있을 거란 것이.

"본인한테 직접 들으면 되는데, 윤영 씨를 통해 들어야 할 이유가 있나요?"

- 본인이 얘기할 것 같았으면 진작 얘기했겠죠. 안 그래요? 눈치 없이 오빠 끌고 나오진 않을 거라 믿어요. 그럼.

일방적으로 통화를 끊은 윤영 때문에 진송은 황당하게 전화기를 쳐다보았다. 만남에 동의한 적도 없으니 생각 같아선 윤영을 바람맞혀 버리고 싶었다. 윤영은 헌조에게 이 만남을 비밀로 하라는 뉘앙스를 풍겼지만 진송은 어떻게 해야 할지 갈팡질팡했다. 헌조를 힐끔 돌아본 진송은 입술을 지그시 깨물었다.

"앉아요."

진송이 코앞에 올 때까지 고상한 척 커피를 마시며 시선도 주지 않던 윤영이 때맞춰 돌아보았다. 결국 진송은 헌조에게 밝히지 않고 홀로 약속 장소를 찾았다. 헌조의 본가에 안 좋은 일이 생긴 건 아닌지 걱정이 되어 나오지 않을 수가 없었다. 진송은 일찍 와 테이블을 차지하고 있는 윤영의 맞은편에 앉았다.

"하실 말씀이 뭔가요?"

윤영의 태도를 보니 좋은 분위기의 자리가 될 것 같지도 않고, 빨리 용건만 주고받은 뒤 헤어지는 게 상책이었다. 역시나 진송에게 음료 주문 따위를 권할 예의를 갖추지 않은 윤영은 진송을 아니꼽게 바라보았다.

"헌조 오빠 결혼할 거예요, 나랑."

진송은 황당무계한 이야기를 들은 것처럼 코웃음 쳤다. 여자의 직감은 정확했다. 윤영은 헌조를 남자로 보고 있었다.

"헌조 씨가 윤영 씨랑 결혼한다던가요? 그럴 리 없는데."

"뭐라고요?"

"헌조 씨가 윤영 씨는 가족 같은 동생이라던데, 여동생이랑 결혼하는 사람은 없죠."

윤영은 평정심을 잃은 듯 커피 잔을 쥔 손을 부들부들 떨었다.

"친남매도 아닌데 그게 무슨 상관이에요? 오빠네 집에서 우리 결혼을 원하세요."

"윤영 씨만 원하는 결혼 아니에요? 헌조 씨랑 뭐, 약혼이라도 했어요?"

서로의 속이 긁히고 있었지만 티를 내지 않은 진송이 우위를 점하는 듯했다.

"약혼은 생략하고 바로 결혼식 올릴 거예요. 아, 진송 씨한테 우리 결혼에 대해 미주알고주알 알려 줄 필요는 없지. 그 정도 알면 충분하고, 오빠한테서 떨어져 주면 되겠네요."

"결혼은 뭐 혼자해요? 내가 헌조 씨랑 이별해도 헌조 씨는 윤영 씨랑 절대 결혼 안 할걸요?"

흥분한 윤영에게 진송이 안타깝다는 시선을 보냈다.

"부모님이 바라는 결혼인데 당연히 하게 되지 않겠어요? 본인의 의사가 뭐 중요하겠어요. 그렇다고 가족과 연 끊고 그쪽이랑 결혼할 수도 없는 노릇 아니에요?"

턱을 치켜든 윤영이 강하게 나갔다. 부모님이 반대하는 결혼.

거기에서 진송은 말문이 막혔다. 나이가 나이인 만큼 헌조와는 결혼을 전제로 사귀는 사이였다.

지난번에 보니 헌조의 모친과 윤영이 돈독해 보이긴 했다. 헌조의 부모님이 윤영만을 며느리로 원한다면 확실히 심각한 문제였다. 헌조의 고민이 결혼과 관련된 것이었다니. 쉽사리 털어놓지 못할 주제임은 공감했다. 당사자 간에도 결혼 이야기가 오가지 않았는데, 아직 예정에도 없는 결혼을 집안에서 반대한다고 어찌 상의할 수 있을까.

"부모님께 헌조 오빠 참 효자였어요. 막내아들이라 각별해하시고요. 그런 오빠를 당신이 사랑 타령하며 고립시키고 불효자로 만든다면, 그게 과연 사랑일까요?"

조용해진 진송을 보며 자신감을 되찾은 윤영이 비소하며 쐐기를 박았다.

"그럴 일 없어요. 헌조 씨 쭉 좋은 아들일 거라고요. 제가 잘해서 윤영 씨 대신 부모님 마음에 들면 되는 거 아니겠어요?"

"이 여자가!"

윤영은 헌조와 같은 말로 부정하는 진송을 보고 열이 받았다. 기죽지 않고 자신의 자리를 넘보는 진송을 눌러 주고 싶었다. 테이블에 놓인 물컵을 든 윤영이 진송에게 뿌려 버리려고 했다. 그런데, 생각과는 달리 팔이 움직여지지 않았다. 순발력 있게 윤영의 손목을 거머쥔 진송과 힘겨루기를 해야 했기 때문이었다.

"이거 안 놔?"

"놓으면 뿌릴 텐데, 윤영 씨 같으면 놓겠어요?"

반쯤 일어난 엉거주춤한 자세로 두 여자는 서로를 노려보았다. 고성이 오가자 다른 손님들이 쳐다보기 시작했다. 문제가 발생한 테이블로 직원이 개입하러 다가왔다. 그때, 윤영이 팔을 세게 비틀어 스스로 물을 뒤집어썼다.

"지금 뭐 하는 거예요?"

한 발짝 떨어져 선 진송이 기가 막혀 윤영을 응시했다. 직원은 옷이 젖어 애처롭게 서 있는 윤영을 보다 진송 쪽을 향해 섰다.

"소란을 일으키시면 곤란합니다. 죄송하지만 오늘은 그만 돌아가시고 다음에 방문해 주십시오."

그길로 함께 축객을 당한 탓에 두 여자의 만남은 찜찜하게 끝이 났다. 윤영은 일부러 물을 닦지 않은 채 차를 몰아 집으로 향했다.

"다녀왔습니다."

"어머, 웬일이야. 무슨 일 있었니?"

거실에서 성목과 오붓하게 과일을 깎아 먹고 있던 한미가 윤영의 꼴을 보고 놀라서 일어났다. 성목도 TV에서 눈길을 돌려 윤영을 살폈다.

"아무 일도 아니에요."

"누가 그런 거야? 응?"

한미가 수건을 가져와 윤영의 축축한 머리카락과 블라우스를 닦아 주었다. 성목이 엄한 음성으로 묻자 망설이던 윤영이 입술을 뗐다.

"사실 헌조 오빠 여자 친구 만나고 오는 길인데, 작은 사고가 있었어요. 저 좀 들어가 쉬겠습니다."

"그래."

한미는 석연치 않은 표정으로 윤영의 등을 바라보았다. 예전 같으면 윤영의 말을 한 치의 의심 없이 들었겠지만 어쩐지 와 닿지가 않았다. 연조가 해 준 충고가 한미의 머릿속에 맴돌았다.

"헌조가 여자 친구가 있어? 그것보다 어떤 애길래 윤영일 저 모양으로 만들어?"

인상을 찌푸린 성목이 한미를 올려다보았다. 한미는 더 이상 윤영에 대한 일에 성목과 같은 반응이 나오지 않았다.

"네, 헌조가 만나는 여자가 있다더라고요. 헌조 여자 친구가 그랬는지 아닌지는 모르는 거 아니겠어요. 그나저나 윤영이가 헌조 여자 친구를 만날 일이 뭐가 있는지……."

한미는 윤영의 닫힌 방문을 응시하며 골똘히 생각에 잠겼다. 성목은 평소와 다른 한미를 의아하게 바라보았다.

한편, 젖은 옷을 갈아입고 헤어스타일과 메이크업을 수정한 윤영은 다시금 집밖으로 나섰다. 근처 마트에서 반찬통을 산 윤영이 반찬가게에 들렀다.

"뭐 드릴까?"

"골고루 이 반찬통에 좀 담아 주세요."

여주인이 정갈하게 담아 준 반찬을 윤영은 준비한 종이가방에 차곡차곡 챙겼다. 그것을 가지고 갓길에 주차한 차에 오른 윤영은 헌조네 동네로 향했다.

"또 왜 왔어."

윤영은 시큰둥한 얼굴로 현관문을 연 헌조에게 종이가방을 내밀었다.

"오빠 밥 거를까 봐 걱정돼서 반찬 좀 만들어 왔어. 밑반찬 만들기 귀찮다고 대충 먹고 살 거 눈에 훤하잖아."

현관을 비집고 들어간 윤영이 당당하게 거실을 밟았다.

"잘 먹고 사니까 다음부턴 하지 마. 이건 잘 먹을게."

못 들은 척한 윤영이 냉장고에 반찬통을 정리해 넣으며 물었다.

"찌개도 하나 끓여 주고 갈까?"

"아니, 됐어."

"좀 해 달라고 하면 안 돼? 오빠한테 끓여 주려고 일부러 연습했단 말이야."

"진짜 괜찮아. 먹고 싶으면 여자 친구한테 끓여 달라고 하면 돼."

헌조의 사양에 빈정이 상한 윤영이 가늘게 눈을 떴다. 윤영은 마침 진송을 만나고 온 길이라 헌조의 말이 더 거슬렸다.

"오빠는 말을 꼭 그렇게 해야 돼? 내가 뭐 잡아먹는대? 거기서 여자 친구가 왜 튀어나와."

"여자 친구가 뭐 어때서? 말이 나와 말인데, 너 어머니껜 오빠 여자 친구 있다고 왜 말 안 했냐? 그날 보니 모르시는 것 같던데."

헌조는 윤영이 코흘리개 시절 좋아했던 사람이 자신이라는 것은 알고 있었지만, 성인이 된 지금까지 그 마음이 쭉 갈 수 있으리라고는 짐작도 못 했다. 그런데 윤영이 보이는 최근 행보가 자꾸 거슬렸다. 헌조는 꺼림칙한 기분에 윤영을 떠보았다.

"들었다고 꼭 얘기해야 되는 거야?"

"네가 평소에 하던 행동이 있어서 물어본 거지. 어머니께 다 얘기하잖아. 그리고 너라도 오빠 여자 친구 있다고 어머닐 말렸어야 했다는 생각 안 들어?"

헌조가 무정하게 몰아붙이자 울컥한 윤영이 주방을 빠져나왔다.

"말리고 싶지 않았어. 내가 바라던 결혼이니까."

"뭐?"

귀를 의심하는 헌조에게 빠르게 다가간 윤영이 헌조의 허리를 끌어안았다. 허리를 감은 팔에 힘을 준 윤영이 옆얼굴을 헌조의 가슴팍에 기대었다.

"나 오빠 좋아해. 아니, 사랑해."

폭주한 윤영의 난데없는 고백에 헌조는 머리카락이 쭈뼛 서는 듯했다. 헌조가 윤영을 떼어 놓으려고 했지만 윤영은 고목나무의 매미처럼 매달렸다.

"어릴 때부터 쭉 오빠만 봤어. 오빠 아닌 다른 남자와의 결혼은 이제 상상도 안 돼!"

윤영의 입에서 흐느낌이 새어 나왔다. 눈물범벅이 된 윤영이 애절하게 고백했다. 매정해져야 할 필요성을 느낀 헌조가 거칠게 윤영을 떼어 놓았다.

"네 마음 못 받아 줘. 좋아하지 마."

"오빠도 내가 싫은 건 아니잖아! 긍정적으로 생각해 줘. 나 오빠가 안 받아 주면 정말 미쳐 버릴지도 몰라."

"설마 했는데, 할 말이 없다. 넌 나한테 친동생 같은 존재일 뿐이야. 그만해."

"그만둘 수 있었으면 예전에 그만뒀어! 확인해 봐, 이래도 내가 여자로 안 보이는지."

발악한 윤영이 또다시 헌조에게 달려들었다. 윤영이 키스하려고 했지만 헌조가 피해 셔츠에 립스틱이 찍혔다.

"너 지금 제정신 아니야."

막무가내인 윤영 때문에 화가 난 헌조가 싸늘한 눈빛을 보냈다.

"아니, 지극히 제정신이야. 난 늘 오빠를 원했어."

"마음 정리해. 죽었다 깨어나도 내가 널 좋아할 일은 없어."

"못 해! 안 해! 결혼하자, 오빠. 나 얼마든지 더 기다릴 수 있어."

"난 너 아니라고. 이런 식이면 너 다신 안 봐. 나가."

"오빠, 잠깐만!"

윤영을 붙든 헌조가 그대로 현관으로 끌고 갔다. 윤영은 나가지 않으려고 버텼지만 남자의 힘 앞에선 어림없었다. 짜증이 치솟은 헌조가 윤영을 문밖으로 내쫓았다.

"오빠가 나한테 어떻게 이래?"

차가운 바닥에 주저앉은 윤영이 대성통곡했다. 헌조는 일으켜 줄 생각도 하지 않은 채 윤영에게 화를 쏟아 내었다.

"네가 여동생으로 여겼던 하윤영이 아니었으면 이 정도로 안 참았어."

"내가 오빠를 사랑하는 게 오빠가 이럴 만큼 잘못된 거야?"

"그래, 몰랐으면 지금부터라도 알아 둬. 그리고 난 너 같은 여 자스타일 싫어해. 싫다는데 달려드는 여자는 딱 질색이고."

"오, 오늘은 내가 잘못했어. 나한테 차갑게 굴지 마. 제발!"

"좋은 말로 할 때, 가."

또박또박 경고하는 헌조에게서 냉기가 흘러나왔다. 감정에 휘 둘려 섣불리 헌조를 건드린 것을 후회하며 윤영은 눈물을 닦아 내었다. 그러다 시야에 걸린 인물에 윤영의 시선이 매섭게 변했 다. 윤영을 따라 고개를 돌린 헌조도 굳은 듯 서 있는 진송을 발 견했다. 헌조는 진송이 상황을 오해한 상태로 가도록 두고 싶지 않았다.

"손진송!"

윤영과 헤어진 다음, 차 안에서 꼼짝도 할 수 없었던 진송이 정 신을 차리고 보니 헌조의 집 앞이었다. 윤영과의 대화를 곱씹던 진송은 아무래도 헌조를 만나야겠다는 생각이 강하게 들었다. 그 러다 벌컥 열린 현관문에서 패대기쳐진 윤영이 헌조에게 문전박 대 당하는 것을 모조리 지켜보게 되었다.

진송은 흔들리는 눈동자에 오롯이 자신만을 담고 달려오는 헌조를 가만히 응시했다. 진송이 돌아서 가 버릴까 봐 조바심이 난 헌조가 절벽에서 동아줄을 잡듯 진송의 손을 잡았다. 뜨거운 헌조의 손아귀에서 불안감을 감지한 진송이 헌조에게만 들리도록 속삭였다.

"임헌조, 나 안 도망가."

진송의 목소리가 마법처럼 헌조를 달래 주었다. 헌조와 손깍지를 낀 진송은 윤영을 지나쳐 함께 빌라로 들어갔다. 헌조는 윤영에게 눈길도 주지 않았고, 진송이 힐끔 내려다본 윤영은 패닉에 빠진 모습이었다. 완벽하게 무시당하며 패자가 된 윤영은 망연자실했다.

육중한 현관문이 닫히자 윤영이 남겨진 바깥은 딴 세상이라도 되는 듯했다. 헌조는 진송이 신발을 벗지 않고 현관에 우두커니 서 있자 그녀를 돌아보았다.

"오해하지 마요. 다 설명할게요. 우선, 이런 상황을 보여 주게 돼서 미안해요."

진송은 지금과 같이 어쩔 줄 몰라 하며 쩔쩔매는 헌조는 처음 봤다. 헌조의 말을 들어 볼 의사가 있으니 이곳에 남긴 했지만 기분이 안 좋았다.

"오늘 윤영 씨랑 둘이서 만났어요. 그 자리에서 다 들었고요."

말을 잇지 못하고 이마를 짚은 헌조가 괴로워했다.

"미리 털어놓지 못해 미안해요. 이런 결과를 바라고 말하지 않은 건 아니었는데."

"나도 이번 기회에 확실히 느꼈어요. 팀장님한테 생긴 일을 남에게 먼저 들으니 참 별로더라고요."

"쉽게 털어놓기 힘들 만큼 부끄러운 집안일이라고 생각했어요. 우리 집에서 이런 일이 벌어질 줄은 상상도 못 했거든요. 실은 어머니가 윤영이와 지점으로 오셔서 함께 식사했을 때 결혼 얘기를 처음 들었어요. 너무 어처구니가 없고 화도 나서 거기에 반응하고 싶지도 않았어요."

"난 우리가 어떤 자그마한 치부라도 나누는 연인 사이였으면 좋겠어요."

진송은 헌조의 까만 눈동자를 가만히 들여다보며 바라는 바를 이야기했다.

"쓸데없는 자존심 세운 거 인정해요. 앞으로 노력할게요. 부모님 만나 뵙고 깨끗이 상황 정리도 할게요. 헤어지자는 말만 하지 말아요, 부탁이에요."

눈이 충혈된 헌조가 고개를 주억거리며 매달렸다. 남에게 아쉬운 소리를 하는 것이 어울리지 않는 남자였다. 그런 헌조가 온 마음을 다해 진송을 잡고 있었다.

"팀장님을 믿으니 오해는 하지 않았지만 나도 사람이라 기분이 썩 유쾌하진 않네요."

진송의 시선이 윤영과의 실랑이를 고스란히 드러내는 구겨진 헌조의 셔츠에 닿았다. 스치듯 찍힌 붉은 립스틱 자국이 절로 인상을 찌푸리게 만들었다.

"물론 내가 둔한 면도 있겠지만, 난 내가 누굴 좋아하는지만 중요한 사람이라 예전부터 누가 날 좋아하든 말든 궁금하지도 않고 신경도 안 썼어요. 그런데 그게 이만큼 화를 키웠네요. 손 주임 마음 상하게 한 거 잘못했어요."

"지금은 나도 팀장님과 이별해서 잘 살 자신이 없어요. 팀장님이 장담한 상황 정리 끝날 때까지 반성 좀 더 하고 계세요. 갈게요."

진송은 많이 혼란스러워 보이는 헌조에게 등을 보였다. 진송을 더 붙잡지 못한 헌조가 닫힌 문을 바라보며 뻗었던 손을 내렸다. 진송을 잡는 것은 모든 것을 제자리로 돌려놓은 다음 순서였다.

9. 상 주는 신입

때마침 연조가 연락을 취해 온 터라 헌조는 연조의 회사를 찾았다. 근무 중에 1층 로비의 휴게공간으로 불려 나온 연조가 의자에 앉았다.

"빨리도 왔네. 뭐가 그렇게 급해?"

"죽을 것처럼 급해."

연조는 심상치 않은 헌조의 얼굴을 보고 씁쓸하게 미소 지었다. 동생의 마음고생이 눈에 훤했다.

"형도 알고 있지? 윤영이가 벌이는 짓들."

"그래, 어머니께 들었어. 너 찾아갔었다고."

"나 걔 더 이상 못 봐 줘. 도를 넘었어."

"그래, 윤영인 널 좋아하는 걸 넘어서서 집착하는 것 같다. 어

301

쩌면 가족들과 같이 이민 가지 않고 남았던 그날부터 시작이었는지도."

과거를 회상한 연조가 허공을 바라보며 중얼거렸다. 헌조가 단호한 목소리로 부탁했다.

"부모님을 좀 만나 봬야겠어. 퇴근하고 윤영이 몰래 빌라로 모셔 와 주라."

"안 그래도 그러려고 했어. 윤영이, 계속 거짓말하고 부모님을 우롱하는 정도가 지나치더라. 아버진 너희 결혼 얘기 아예 모르셔. 어머닌 결혼 문제 때문에 입맛도 잃으셨고. 윤영이가 어머니께 너랑 첫 키스 했다고 거짓말했더라. 그래서 너희 결혼을 강행할 마음을 먹으셨던 것 같아."

"키스? 거짓말도 가지가지 하네."

헛웃음을 친 헌조는 윤영 때문에 머리가 다 지끈거리는 것 같았다.

"오늘 어머니 뵈면 마음 잘 달래드려. 너 때문에 상심이 크셨어. 그리고 윤영이가 네 여자 친구 만난 건 알고 있어?"

"응, 알아."

"그날 어디서 물을 뒤집어쓰고 와선, 부모님께 네 여자 친구가 그랬단 뉘앙스로 말씀드린 모양이야."

"뭐? 진송 씬 절대 그런 행동할 사람 아니야."

헌조는 몰랐던 윤영의 악행을 듣고 눈이 뒤집힐 것 같았다. 헌조가 지켜봐 온 진송은 항상 웃는 낯에, 노인을 공경할 줄 아는 인간성 좋은 여자였다. 부모님을 속인 것도 모자라 진송을 모함하려고 든 윤영이 괘씸했다.

"그래, 윤영일 더 이상 믿을 수가 없어. 우리 가족까지 균열이 오기 전에 해결을 봐야 할 것 같다."

깍지 낀 손을 테이블에 얹은 연조가 결심을 굳혔다.

땅거미가 내려앉은 시각, 연조는 헌조의 빌라로 부모님을 모시고 왔다. 한미가 미리 성목에게 언질을 해 둔 덕에 성목도 아들들이 할 이야기를 얼핏 알게 되었다. 오랜만에 식구들이 모두 모이자 연조가 착잡한 심정으로 말문을 열었다.

"아버지, 어머니께서 아셔야 할 이야기가 있습니다. 윤영이에 관한 거예요."

형제는 서로가 알고 있는 윤영의 악행을 빠짐없이 부모님께 전했다. 어안이 벙벙하던 성목도 가족들의 진지한 증언에 점차 상황을 이해했다. 윤영의 다른 얼굴을 알게 되어 기가 막히고 서글펐다.

"윤영이가 헌조 너한테 그런 짓까지 했다니."

손으로 벌어진 입가를 가린 한미가 눈물을 글썽거렸다. 안색이 어두운 성목이 잠긴 목소리를 냈다.

"윤영이를 더는 품고 있기 어려울 것 같구나. 너희들 생각은 어떠냐."

"저희 생각도 같습니다. 힘드시겠지만 어머니, 아버지도 윤영이 놔주십시오. 어쩌면 예전에 보냈어야 했던 아입니다."

고개를 끄덕인 한미가 핸드백에서 손수건을 꺼내 눈가를 훔쳤다. 성목이 맞은편에 앉은 장성한 아들들을 차례대로 바라보았다. 윤영 또한 성인이 된 지 한참이 지났으므로 언젠가 떠나보낼 준비를 늘 하고 있었던 것이 다행이었다.

"너희도 고민이 많았겠구나. 그동안 동생의 허물을 모른 척하느라 애썼다. 우리 걱정은 마라. 괜찮다."

"어려우시겠지만 윤영이 부모님께도 윤영이 문제를 다는 아니더라도 어느 정도는 알려 드리는 게 좋을 것 같습니다. 예전의 윤영이로 돌아올 수 있으려면요."

"그러는 게 좋겠지. 모든 일이 모르는 게 약은 아니니 말이다."

비록 어긋난 사랑이 원인이긴 했으나 잘못은 잘못이었다. 가족이나 마찬가지였던 윤영이었지만 이젠 함께할 수 없기에 그저 행복을 빌어 줄 뿐이었다. 윤영에 대한 생각으로 무거워진 침묵이 오래도록 지속되었다.

진송과 은희는 단골 가게 중의 한 곳인 포장마차에서 회포를 풀었다. 기본 안주인 뻥튀기와 함께 술과 술잔이 세팅되기 무섭게 은희가 병을 땄다.

"너랑 술 마시는 게 오랜만이라니. 역시 우린 건강 생각하면 연애를 해야 돼."

무릎을 탁 친 은희가 진송에게 술을 따라 주며 이어서 물었다.

"팀장이랑 헤어졌니?"

"안 헤어졌거든! 얘가 부정 타게!"

"아니, 웬일로 술 마시자고 연락을 다 하길래."

예민하게 반응하는 진송을 본 은희가 꼬리를 내렸다. 술병을 빼앗아 은희의 잔을 채워 준 진송이 타는 목을 축였다. 헌조와 거리를 두고 있는 것이 두 사람만의 문제도 아닌데 헤어지긴 억울했다.

"그럼 싸웠어?"

진송의 눈치를 살핀 은희가 말끝을 늘였다. 진송이 발끈거리든 말든 궁금증은 해결해야 했다. 그제야 고민하는 듯하던 진송이 고개를 끄덕였다.

"무슨 일인데? 헤어질 거 아니면 웬만하면 화해하지."

"지금은 말고, 나중에 얘기할게. 넌 잘 만나고 있어?"

진송은 안주로 시킨 치즈계란말이와 골뱅이무침이 담긴 접시를 넘보며 화제를 전환했다.

"우리야 늘 똑같지. 낮차밤뜨. 낮에는 차가웠다가 밤에는 뜨겁고."

표정 변화가 다채로운 은희가 음흉하게 어깨를 떨며 웃었다. 진송은 싱겁게 웃으며 잔을 부딪쳤다.

"임자 만난 것 같다?"

"그런가. 궁합이 맞는 게 이래서 중요한가 봐. 없던 사랑도 생길 것 같은 거 있지?"

기분이 꿀꿀해 보이는 진송을 위해 은희가 장난스럽게 눈을 찡긋거렸다.

"너는 깨 볶는 것 같더니만. 커플싸움도 칼로 물 베기다? 자존심 세우지 말고 빨리 화해해!"

"그러고 싶다. 자존심 같은 거 다 내려놓고 보러 가고 싶어."

"이건 또 무슨 소리래? 너흰 싸워서 보기 싫어도 억지로 봐야 하는 사내커플이면서. 맨날 보잖아?"

황당해한 은희가 젓가락을 입에 물었다.

"그 사람 벌준다고 눈길도 안 줬거든. 그런데 내가 벌받는 느낌이야."

우울해진 진송이 고개를 젖히곤 한숨을 내쉬었다. 은희는 혀를 차며 진송을 타박했다.

"아이고, 미련 곰탱아! 보자기 쓰고 가서 팀장 한 대 때려 줘?"

"아니, 안 그래도 그 사람 힘들 거야."

은희는 헌조와 사귀기 전엔 쌍수를 들고 자신을 부추겼던 진송의 달라진 태도에 묘한 배신감을 느꼈다.

"열녀 났네!"

"은희야, 나 팀장님 보고 싶어."

"보고 싶으면 용서해 주든가!"

"그럴까."

플라스틱 테이블의 빈 공간에 팔을 얹고 턱을 괸 진송이 씁쓸하게 입가를 올렸다.

"어떻게 매일 좋은 날만 있겠어. 비 오고 난 뒤 땅이 더 단단해지듯 너희 커플도 그럴 거야. 이제 뜨거운 재회는 시간문제라고."

진송은 고개를 끄덕거려 가며 은희의 조언을 경청했다. 기약 없는 기다림에 충분한 위로가 되었다. 진지함을 벗은 은희가 가슴을 과장되게 두드리며 농담을 던졌다.

"내가 전생에 무슨 죄를 지었기에 동생 마음 아프게 한 여자랑 친구인 건지. 그것도 모자라 동생 라이벌이랑 잘 되라고 응원해 주고 앉았으니."

"미안."

"사과하지 마. 내 팔자가 그런 걸, 뭐. 악어의 눈물처럼 걱정할까 봐 말해 주는 건데 승원인 잘 지내고 있어. 작품 고르면서 슬슬 다시 시동 걸더라. 사실 전 국민 앞에서 차인 게 꽤 충격이었는지 술독에 빠져 살다가, 나온 지 얼마 안 됐어. 그거야 지가 뿌린 대로 거두는 거니까 별 신경은 안 쓰이고. 결과적으로 잘 됐지. 모태솔로가 리턴됐으니 대놓고 노리는 여자들 많을 거 아니야. 우리 부모님 생각도 같고."

은희는 아무렇지 않은 척 승원의 소식을 전하기 위해 음충맞게 빙글거렸다. 은희의 마음씨에 진송은 깊은 배려를 느꼈다.

"고마워, 은희야."

"한 가지 충고하자면, 우리 엄마 갱년기라 감정 기복이 심하시니까 마주치지 않게 조심해. 만나면 우리 아들 간 상하게 했다고 네 등짝 노리실 거야. 알지? 엄마 손 매운 거."

은희의 노력에 진송은 웃지 않을 수 없었다. 진송은 주변 사람들을 위해서라도 이기적인 투정은 그만두고 더 행복해지기로 마음을 다잡았다.

◆

윤영은 퇴장도 조용히 하지 않았다. 딸의 문제를 알게 되어 급히 입국한 윤영의 부모님이 아니었다면 독립시키는 것은 쉽지 않았을 터였다. 윤영의 직장 때문에 윤영의 부모는 한국에 번갈아 머무르며 윤영을 돌보기로 했다.

"그만 가자. 아버지 차에서 기다리셔."

오랜만에 만난 딸이 눈물을 한 바가지 흘리자 윤영의 모친은 많이 당황했다. 양 손바닥에 얼굴을 묻고 소리 내 울던 윤영이 고개를 들었다.

"어떻게 저한테 이러실 수가 있어요."

윤영은 현관 부근에 서 있는 헌조의 부모님을 원망스레 쳐다보았다. 한미는 덩달아 눈물이 날 것 같은 눈에 힘을 주었다. 윤영의 모친이 윤영의 어깨를 감싼 후 이끌었다. 다행히 모친의 손길을 거부하지 않은 윤영은 신발을 신은 듯 만 듯 발에 꿰었다.

"저 계속 여기서 살면 안 돼요? 거짓말 절대 안 할게요. 착하고 얌전하게 있을게요, 네?"

헌조의 부모는 연신 고개를 돌려 사정하는 윤영을 더 바라보지 못했다. 윤영의 모친이 눈인사를 남기고 냉정해진 손길로 윤영을 잡아끌었다.

"윤영아, 그만해. 가자, 어서."

"싫어요! 떠나고 싶지 않다고요. 어머님, 아버님! 저희 어머니 좀 말려 주세요. 제발요!"

"윤영아, 부디 마음 정리 잘 하고 네 가족들과 행복하게 살거라. 미안하구나."

믿었던 헌조의 부모가 뜻대로 되지 않자 윤영은 거실 귀퉁이에서 있는 연조에게 도움을 청했다.

"오빠! 연조 오빠! 오빠가 어른들 좀 말려 줘. 내가 잘못했어! 앞으론 그런 일 없을 거야!"

"미안해, 건강하게 잘 지내라."

울먹이며 발악하는 모습이 헌조의 가족들이 본 윤영의 마지막이었다. 곧 도착할 이삿짐센터를 통해 윤영의 짐을 빼고 나면 완전한 끝이었다. 독하게 마음먹은 헌조의 부모님도 윤영이 본가에 함부로 드나들 수 없도록 현관 잠금장치를 바꿨다. 윤영의 마음이 정리될 때까지 만남을 거절하는 게 최선이었다.

윤영이 본가를 떠나는 자리에 함께하지 않았던 헌조는 윤영의 부재로 적적할 부모님을 위해 본가를 자주 방문했다. 윤영이 딸노릇을 하며 주로 귀여움을 떨었기에 크게 교류랄 것이 없었던 임씨네 세 남자는 과거와 달리 부쩍 대화가 늘었다. 난 자리가 금세 가려지진 않았지만 헌조의 가족들은 적응을 해 나갔다. 비로소 집안에 안정이 찾아오자 헌조의 발길은 지체 없이 목적지를 찾아

냈다.

"상황 정리 잘 끝내고 왔어요."

조용한 주말을 보내고 있던 진송이 초인종이 울려 나가 보니 헌조가 있었다. 헌조는 미리 사 둔 꽃다발을 진송에게 내밀었다.

"사과의 의미로 주는 꽃이에요."

진송은 꽃을 받기 전에 상황 정리에 대한 자세한 설명을 듣고 싶었다.

"윤영 씨는 어떻게 됐어요?"

"윤영이가 그간 한 행동들을 가족들 모두 알게 되었고, 본가에서 독립시켰어요. 그 애와 더 이상 얽히는 일 없을 거예요."

가슴을 쓸어내리며 고개를 끄덕인 진송이 꽃다발을 받아 들었다. 진송은 파스텔 톤의 꽃들을 내려다보며 작은 목소리를 냈다.

"걱정 많이 했어요. 정말 윤영 씨랑 결혼하게 돼서 돌아오지 않으면 어쩌나. 돌아오더라도 참 많이 힘들고 괴롭겠다 싶어서."

"왜 쓸데없는 걱정을 하고 그래요?"

반쯤 열린 문을 더 벌려 현관 안으로 들어온 헌조가 문을 닫았다. 진송은 헌조의 걸음에 맞춰 뒷걸음질 쳤다.

"고개 좀 들어 봐요. 이 얼굴 보려고 미친놈처럼 달려왔잖아."

헌조는 진송의 어깨를 감싸고 있던 손을 옮겨 보드라운 뺨에 가져다 대었다. 헌조의 손길에 시선을 든 진송은 근사한 미소와 맞닥트렸다.

"나야말로 걱정 많이 했어요. 이번 일로 손 주임이 날 덜 좋아하게 되면 어쩌지 하는 걱정."

"팀장님 걱정이야말로 쓸데없네요."

진송의 대구에 긴장의 끈을 놓은 헌조가 가볍게 투정했다.

"은행에서 온종일 내가 손 주임만 본 거 알아요? 백번을 쳐다봐도 시선 한 번을 안 마주쳐. 정말 끔찍한 벌이었어요."

"보고 싶은 거 참는 게 더 힘들어요."

담담하게 받아치는 진송을 본 헌조가 고개를 비스듬하게 기울였다. 헌조는 만만치 않은 상대를 바라보듯 흡족한 얼굴이 되었다.

"헤어지자고 해도 안 놔줬을 거예요."

진송을 품에 안았다 놓은 헌조가 평소의 페이스를 찾고 말을 이었다.

"원래 먼저 헤어지자는 사람 말리지 말자는 주의였는데."

"난 예외인 거예요? 그 말, 앞으로도 꼭 지켜요."

고개를 끄덕이는 헌조를 본 진송이 꽃다발을 든 손으로 뒷짐을 쥐었다.

"헤어지자고 할 생각도 없었지만. 아무튼 무사히 돌아왔으니까 상 줄게요."

말을 보탠 진송이 까치발을 들고 헌조의 입술을 두드렸다. 그리웠던 입맞춤이 시작되자 진송의 허리를 쥔 헌조가 몸을 밀착했다. 마음껏 입술을 탐하며 실눈을 뜬 진송과 거실에 발을 들인 헌조가 소파로 전진했다. 진송의 다리가 소파 턱에 걸리자 헌조의 입술이 목덜미로 내려왔다. 살짝 눈을 뜬 진송이 헌조의 어깨 너머를 향해 말했다.

"섭아, 눈 감아."

밝은 실내도, 고양이의 기척도 뜨거운 재회 앞에서 금세 잊혀
갔다. 오직 두 사람이 함께라는 것만이 의미가 있었다.

오전 조회가 끝난 후 은행직원들은 일제히 용무를 보러 흩어졌
다. 본사로 보낼 서류의 발송 준비를 마친 진송은 하품을 째지게
하며 탕비실에 들어갔다.

"아침부터 하품을 얼마나 하는지. 그래서 오늘 일은 하겠어요?"

언제 들어온 건지 정수기로 향하는 진송의 등 뒤에서 헌조의
음성이 넘어왔다. 진송은 조회시간에 부지점장이 전달사항을 얘
기할 때 연신 하품을 해 댔던 게 찔렸다.

"팀장님 때문이잖아요! 어제 일찍 가셨으면 이렇게 안 피곤했
을 거예요."

"등 떠미는 척하면서 옷깃을 안 놔준 건 어디 사는 누구였더라."

뜨끔한 진송은 헌조를 얄밉게 바라보았다. 두 사람은 뜨거운
재회 이후 다시금 연애를 즐기느라 바빴다. 헌조가 평일에도 진송
의 집을 빈번하게 찾으며 피곤이 쌓여 갔다. 날이 밝을 무렵이 돼
서야 겨우 눈을 붙이는 탓에 두 사람 다 수면부족에 시달리고 있
었다. 진송이 억울한 건, 상대적으로 체력이 더 좋은 헌조는 직장

에서 피곤한 티가 나지 않는 것이었다.

"아무튼 다 팀장님 때문이니까 저 일 못한다고 혼내지 마시라고요!"

"일 못하는 건 별개죠. 은근슬쩍 끼워 넣지 말아요."

"제가 철인도 아니고. 적정 수면시간의 반도 못 잔 애인이 안쓰럽지도 않으세요?"

불만스럽게 볼을 부풀린 진송이 믹스커피를 타 헌조에게 주었다. 한 손은 바지 주머니에 찔러 넣은 헌조가 커피를 홀짝홀짝 마셨다.

"그럼 낮일도 밤일도 잘하는 난 뭐예요?"

진송은 저런 말을 태연하게 하는 헌조가 볼 때마다 신기했다. 그의 반만큼이라도 닮아 놀려 주고 싶은데 참 쉽지 않았다.

"누가 그래요? 업무는 뭐 인정해도, 밤일도 잘한다고?"

얼굴이 빨갛게 익은 진송이 더듬거리며 반박했다. 엄지로 진송의 입술을 건드린 헌조가 입가를 올렸다.

"요 입술이 그러던데요."

이어서 헌조는 진송의 양발 사이로 한쪽 구두를 뻗었다.

"또, 정직하고 예쁜 몸이?"

진송은 설명이 부족하냐는 표정으로 어깨를 으쓱이는 헌조를 보며 벌어진 입을 다물지 못했다. 차마 부정할 수도 없었다. 모두 사실이었으므로.

"여기 더 있다간 위험할 것 같아서 나가 볼게요. 잘 마셨어요."

빈 종이컵을 버린 헌조가 눈인사하며 말을 보탰다.

"사과 같은 손 주임 공유하고 싶지 않으니까 충분히 식히고 나와요. 알겠어요?"

얼이 빠진 진송이 양 손바닥을 화끈거리는 볼에 가져다 대었다. 발길을 떼다 말고 멈춘 헌조가 조용해진 진송을 응시했다.

"대답."

"네."

마지못해 대답한 진송은 헌조가 나가자마자 의자를 끌어 앉아 테이블에 엎드렸다. 직장에서 몸이 달아오르게 만드는 건 정말 반칙이었다.

"주임님, 이거 어떡할까요?"

로비매니저가 돌돌 말려 배송된 상체 길이만 한 종이 홍보물을 진송의 창구 앞에서 펼쳤다. 홍보물에는 아나운서같이 바른 이미지의 여자 모델이 상품을 설명하는 내용이 담겨 있었다. 진송은 객장 벽에 걸린 아크릴 액자 속에 있는 기존의 홍보물을 둘러보았다. 그러곤 새로운 홍보물과 교체할 만한 것을 정하고 지시를 하려는데 한발 늦었다.

"왼쪽에서 두 번째 자리 것 떼고 넣어요. 추승원 사진 있는 것."

헌조가 대신 알려 주자 로비매니저는 진송을 힐끔거리며 눈치를 보았다. 그녀는 진송이 고개를 끄덕여 보이자 객장 의자를 밟고 올라가 홍보물을 교체했다.

"예쁜데?"

개점 전이라 딱히 할 일이 없던 한 계장도 그 모습을 지켜보고 있었다. 그는 남자 모델에서 여자 모델로 바뀌자 만족스러운 모양이었다. 그에 민호가 참지 못하고 껴들었다.

"형 너무 좋아하는 거 아니에요?"

"좋다, 왜! 일하다 틈틈이 볼 거야."

두 남자는 평소처럼 옥신각신했다. 덕분에 미간이 구겨진 헌조가 모델 이름까지 콕 집어 들먹인 질투가 묻혔다.

"아, 그간 승원 씨랑 아이컨텍 하고 좋았는데."

여직원들은 떨어져 나간 승원의 홍보물에 아쉬움을 표했다. 홍보물이 나올 때마다 바뀌는 모델들은 달력 모델 뺨칠 만큼 멋있어서, 미혼인 직원들에게 인기가 있었다.

"팀장님답지 않게 유치한 질투를 하고 그러세요?"

문서고 내 탈의실에 빠트린 소지품을 가지러 가던 진송이 나무 문 앞에서 헌조와 마주치자 핀잔을 주었다. 진송의 핀잔이 전혀 먹혀들지 않은 듯 헌조가 당당하게 속내를 밝혔다.

"왜요, 떼 버리고 나니 속이 다 시원한데."

두 사람은 대화를 엿듣는 사람이 없나 주변을 살피며 조심스럽게 대화를 나눴다.

"저도 상황 정리 확실히 했다니까요. 승원이 최근 인터뷰 못 보셨어요? 리포터가 궁금해하니까 고백 결과 털어놓은 거."

"그건 또 왜 봤어요? 추승원 나오는 거 보지 말아요. 만나는 건 당연히 안 돼요. 우연이라도 마주치지 말고."

혀를 내두른 진송이 이내 단념한 듯 대꾸했다.

"지키려고 노력은 할 건데, 승원이가 연예인에다 우리 회사 모델이라 매체나 홍보물로 접하게 되는 건 어쩔 수 없는 거니까……."

"안 그래도 빨리 계약기간 끝나길 바라고 있어요. 정말 나도 연예인이나 할 걸 그랬나 봐요. 손 주임 눈에 항상 알짱거릴 수 있게."

고분고분하게 나오는 진송으로 인해 기분이 풀린 헌조가 괜스레 심술을 부렸다. 문손잡이를 잡은 진송이 다음과 같은 말을 남기고 발길을 재촉했다.

"지금이 더 좋은데요. 만인의 연인인 연예인보다 내 연인인 게."

헌조는 재미있다는 표정으로 진송이 들어간 탈의실을 응시하며 서 있었다. 어느새 다가온 이 과장은 입구를 막고 선 헌조를 의아해했다.

"팀장님, 들어가실 거예요?"

뻐근한 심장 부근을 누른 헌조가 문서고 안으로 걸음을 내디뎠다. 내 연인에게 소유욕을 행사할 수 있는 현재에 감사했다. 헌조는 다시는 헤어질 빌미를 만들지 않겠다고 다짐했다.

하루걸러 한 번씩 본가에 얼굴을 비추고 가는 패턴이었다. 저녁 식사가 끝나자 성목이 거실로 나가다 말고 돌아보았다.

"오랜만에 장기나 한 판 두고 가라."

이는 부친이 긴히 할 말이 있다는 신호나 다름없었다. 연조가 어서 가 보라는 듯 헌조에게 눈짓했다. 챙겨 보는 뉴스프로그램도 거른 성목은 거실 탁자에 장기판을 펼쳤다. 장기를 두는 부자의 옆에서 한미가 복숭아를 먹기 좋게 잘랐다.

"아버지랑 장기 오랜만에 두네요."

"너무 오랜만인지 네 녀석 실력이 퇴보한 것 같구나."

날카로운 눈빛으로 장기판을 들여다보던 성목이 상대의 장기말을 땄다. 얕은 한숨을 내쉰 헌조가 겸손하게 응답했다.

"예나 지금이나 제가 아버질 무슨 수로 이기겠습니까."

성목은 내심 흐뭇한 표정으로 헌조와 몇 수를 더 주고받았다.

"요즘 일은 좀 어떠냐?"

"비슷해요."

"그래, 잘하고 있으리라 믿는다."

"물론이죠. 아버지 아들이잖아요."

헌조는 형의 그늘에 가리지 않고 늘 제 몫을 해내던 똑 부러진 둘째 아들이었다. 딱히 표현을 하진 않지만 성목은 그 점을 항상 기특해했다. 짧은 침묵과 함께 몇 수가 더 오갔다.

"얼마 전 알게 되었다만, 만나는 처자가 있다지?"

부친이 무슨 얘길 할까 기다렸더니 드디어 본론이 나왔다. 생각보다 늦은 추궁인지라 헌조는 여유롭게 넘겼다.

"네."

"뭐 하는 처자냐?"

"같은 은행 동료입니다."

뜻밖이었던지 동요를 드러낸 성목이 장기판 대신 헌조의 얼굴을 주시했다.

"뭣이? 그 처자는 직급이 뭐냐?"

"주임입니다."

"어느 정도 자리도 있는 녀석이 어쩌자고 부하직원을 건드려?"

말의 내용과는 달리 성목의 말투는 심각하지 않았다. 오히려 흥미로운 눈치였다. 그렇기에 헌조도 가볍게 말을 받아쳤다.

"요샌 그런 거 흠도 아닙니다."

한미는 틈틈이 두 남자의 입으로 과일을 나르며 대화를 귀담아들었다.

"나이 차는? 천지 분간 못 하는 어린애는 아니겠지?"

"그 정도로 도둑놈은 아니고요. 착하고 성실한 아가씨입니다."

어느 영화에서처럼 애인에 대해 구구절절 설명하고 싶은 마음은 굴뚝같았으나, 부모님께는 정석으로 얘기하는 것이 상책이었다. 성목은 시종일관 무겁지 않게 헌조의 의중을 물었다.

"그 아가씨와 결혼할 마음은 있고?"

"당연하죠. 하지만 교제한 지 얼마 되지 않았고, 그 사람도 직장에서 자리를 잡아야 하니까 결혼은 시기상조입니다."

헌조는 혹시나 부모님이 김칫국을 마실까 봐 제동을 걸었다. 성목은 헌조의 연애사를 들은 것도 오랜만이고, 헌조가 애인을 본

318

가로 데려오는 일도 없었지만 슬쩍 말을 던졌다. 못 먹는 감 찔러나 보자 하는 심정이었다.

"안다, 알아. 그냥 언제 집으로 한 번 데리고 와라. 어떤 아가씨인지 궁금하구나."

"네."

웬일로 헌조에게서 긍정적인 반응이 나오자 성목이 눈을 끔뻑거렸다. 혼자 태연한 헌조가 다음 수를 독촉했다.

"아버지 차례예요."

금방 장기판에 몰입한 성목은 손가락 사이에 장기말을 꼈다. 비등하게 서로 말이 몇 개 남지 않은 상황이었다. 이번 경기의 끝이 보였다.

"장군이오!"

둘만의 시간을 위해 나란히 퇴근한 어느 날, 진송의 아파트 단지가 가까워지자 헌조는 마지막 마트를 지나치기 전에 서둘러 질문했다.

"집에 식재료 좀 있어요?"

진송은 곰곰이 냉장고 속 내용물을 떠올려 보려 했지만 쉽지 않았다. 어쩌다 날 잡아 만든 밑반찬만 꺼내 먹는 실정인지라 뭐가 있을 가능성도 적었다. 민망한 듯 작아진 목소리를 낸 진송은 머리카락을 묶어 튀어나온 옆머리를 매만졌다.

"장 보고 가요."

물건을 사러 갈 때마다 느끼는 거지만 둘은 참 쇼핑 스타일이 달랐다. 진송은 주로 필기구와 같은 학용품, 레토르트 식품과 군것질할 만한 제품이 있는 코너를 둘러보는 것을 좋아했다. 필요한 것을 사러 가도 다른 것에 눈이 팔려 불필요한 것을 달아서 사 오는 타입이었다.

반대로 헌조는 생각해 간 것만 따져본 후 구매하는 실속형이었다. 우선 헌조가 원하는 것을 카트에 담았을 땐 장바구니에 담았으면 되었을 만큼 공간이 비었다. 하지만 진송이 가자는 대로 이곳저곳 기웃대고 나니 카트의 절반 이상이 찼다.

"전 뭘 이렇게 많이 담은 걸까요."

난감하게 웃으며 진송이 계산대에 제품을 차례차례 올려놓았다. 비닐봉지가 찢어질 듯 채워졌지만 이 중 헌조가 고른 것은 4개밖에 없었다. 진송은 주차한 차로 향하며 헌조의 손에 들린 비닐봉지를 연신 흘깃거렸다.

"무겁죠? 저 좀 말려 주지 그러셨어요."

"괜찮아요, 다 손 주임이 쓰고 먹을 건데. 많이 사면 어때요."

헌조의 팔불출 같은 소리에 진송의 입가가 헤벌쭉 벌어졌다. 다시 차에 오른 두 사람은 장 본 것을 가지고 아파트에 도착했다.

"좀 쉬었다가 같이해요."

현관을 넘자마자 팔을 걷어붙인 헌조에게 진송이 말리는 시늉을 했다. 배가 출출하긴 했지만 약간의 휴식이 필요했던 진송은 소파와 한 몸이 된 채였다.

"밥때를 너무 넘기면 안 되니까……. 쉬고 있어요. 맛있는 거 만들어 줄게요."

진송은 헌조가 종일 매고 있던 넥타이를 푸는 것을 멍하게 지켜보았다. 넥타이핀이 없어 아쉬운 대로 푼 듯했지만 이런 별것 아닌 모습도 섹시하게 다가왔다. 블루 계열의 셔츠 소매를 접어 올려 드러난 다부진 팔뚝으로 요리를 시작한 헌조는 스타 셰프 못지않아 보였다.

진송은 분명 자기 집의 아담한 주방이 맞건만 한 사람의 존재로 낯설게 느껴졌다. 맛있는 냄새가 피어오르자 진송은 남의 집에 온 사람처럼 주방을 알짱거렸다.

헌조가 마트에서 고른 것이라곤 파스타소스와 파스타 면의 한 종류인 펜네, 새우, 레몬이 다였다.

"어떻게 이렇게 되지."

새우구이와 펜네 파스타가 얼추 모양을 갖췄다. 새우 등을 갈라 내장을 빼고 굵은 소금과 함께 구워 낸 새우구이, 식감이 살도록 삶은 펜네 면에 진송의 집에 있던 양념을 몇 가지 첨가한 제품 소스로 탄생한 펜네 파스타. 플레이팅까지 신경 쓰니 어딘가에서 팔 것 같은 요리가 되었다.

"삶고 굽고 볶는다고 해야 하나. 엄청 간단해요. 앉아요. 다 됐으니까."

말 잘 듣는 아이처럼 진송이 식탁 의자에 앉자 헌조가 음식이 담긴 접시를 내려놓았다. 진송은 심각한 표정으로 심경을 털어놓았다.

"어릴 때부터 했던 생각이, 요리 잘하고 가정적인 남자 만나서 전 돈 벌고 남편은 집안일 해도 괜찮겠다 싶었거든요. 그런데 막상 겪어 보니 좋긴 한데 이래도 되나 싶기도 하고. 저도 요리 배워야 할 것 같다는 생각도 들고."

"왜요? 그런 거면 우리 잘 만났네."

"실현 불가능이잖아요. 팀장님이 저보다 훨씬 잘 버는데 주부를 해도 제가 해야죠."

앞치마를 맨 주부 9단 헌조라니, 상상 속에서도 어울리지 않았다. 시무룩해져선 빠른 인정을 하는 진송을 본 헌조가 웃음을 터트렸다.

"뭐 난 손 주임이 하라는 대로 할게요. 주부를 해도 멋질 거라서, 난."

"그냥 맞벌이해요. 복지 좋은 이 회사, 어떻게 들어온 건데."

고개를 절레절레 저은 진송이 주먹을 불끈 쥐었다. 헌조는 자연스럽게 결혼과 관련된 이야기를 꺼내는 진송 때문에 놀랍기도 하고 기특했다. 부친과 장기를 둔 후로 그도 비슷한 고민을 하고 있었다. 아무래도 연인과 부모님 댁을 방문하게 되면 더 깊은 관계로의 발전을 뜻했다. 무턱대고 말을 꺼내거나, 데려간다면 진송이 부담스럽게 생각하진 않을까 해서 헌조도 나름 상황을 보고 있었다.

"그나저나 이런 생각도 하고 기특하네요."

"마냥 연애만 할 순 없잖아요."

진송은 얼굴을 붉히며 새침하게 대꾸했다. 포크로 파스타를 집은 진송이 헌조의 앞에 들이밀었다. 부끄러움을 감춰 보고자 한 행동이었다.

"만드느라 수고하셨는데 얼른 먹어 봐요."

헌조가 군말 없이 받아먹자 진송도 냉큼 맛을 보았다. 절로 콧소리가 감탄사처럼 흘러나왔다.

"너무 맛있는데요? 면도 많이 익지 않아서 좋고!"

"이건 당연히 맛있을 거고. 먹어 봐요."

헌조가 손 빠르게 껍질을 깐 새우를 진송의 입에 넣어 주었다. 탱글탱글한 새우살에 감탄한 진송이 번뜩이는 생각에 냉장고로 튀어 나갔다. 귀가하자마자 넣어 둬 시원해졌을 캔맥주가 생각난 탓이었다.

"안주로 딱이에요, 둘 다."

"아무튼 술 참 좋아해."

헌조는 진심으로 위협을 느꼈다. 고양이 다음으로 술에게 밀릴 것 같았다.

"팀장님이 너무 맛있게 만들어서 그래요."

멋쩍은 듯 시선을 떨군 진송이 발치에서 울어 대는 섭이를 발견했다. 섭이는 음식 냄새를 맡고 내리 주방을 떠나지 않았다.

"안 돼! 아들은 엄마 음식 먹으면 안 되는 거야."

단호한 음성으로 말한 진송은 이런 일이 익숙한 듯 섭이를 외면했다. 고양이에게 사람 음식을 주면 안 되는 것은 고양이를 키워 보지 않은 헌조도 알고 있었지만 옆자리 의자에 뛰어 올라와 울어 대니 마음이 약해지는 것은 사실이었다.

"팀장님, 주면 안 돼요. 아시죠? 전 절대 안 줄 거 아니까 팀장님한테 간 거예요."

섭이가 넘보지 못하도록 접시를 식탁 한가운데로 민 진송은 헌조에게도 단단히 일러두었다. 어린아이가 다치거나 하는 돌발 상황이 발생하지 않도록 지켜보는 엄마처럼 섭이를 주시하는 진송을 보며 헌조는 역시 자신의 집으로 갈 걸 그랬다고 후회했다. 진송의 집에는 방해물이 너무 많았다.

"아, 팀장님은 여름휴가 언제쯤 쓸 거예요?"

접시가 거의 비워졌을 무렵, 진송이 불쑥 휴가 얘기를 꺼냈다.

"글쎄요, 딱히 생각해 보질 않아서."

"여행 가거나 특별한 계획이 있는 거 아니면 저랑 같이 아예 일찍 쓰는 게 어때요? 날짜를 하루 이틀 겹치게 잡는 거죠."

"그래서요?"

느긋하게 의자에 등을 기댄 헌조의 눈빛이 반짝거렸다.

"같이 여름휴가…… 가자고요."

"그런 특별한 계획이라면 환영이죠. 어디 가고 싶은 곳 있어요?"

"네, 어딘지는 서프라이즈로 당일에 밝힐게요. 이번 여행 계획은 제가 다 짜 올 테니 팀장님은 몸만 오시면 돼요."

들뜬 기색의 진송이 호언장담했다. 그에 궁금증이 증폭된 헌조는 올 여름휴가가 벌써부터 기대되었다. 그간 윤영의 일도 있었고, 여행이 분위기 환기 역할을 겸해 전환점이 될 것 같았다. 좋아진 분위기 속에서 상황을 엿봐 진송을 본가로 초대하기에도 적절할 성싶었다.

"어디 가는지 귀띔도 안 해 줄 거예요?"

턱을 괸 헌조가 장난스럽게 물었지만 진송은 입을 합 다물고 고개를 저었다. 헌조는 대답을 강요할 생각은 없었지만 은근히 괘씸했다. 진송의 앙큼한 구석에 헌조가 식탁 아래의 다리를 움직여 진송의 다리를 얽어매었다. 헌조의 다리 사이에 꼼짝없이 갇힌 진송이 벗어나려고 해 봤지만 어림도 없었다.

"진짜 말 안 해 줄 건가 보네. 나 좀 삐쳐도 되는 상황이죠? 어디 한번 잘 풀어 줘 봐요."

토라진 듯한 기색의 헌조가 평소답지 않아 진송이 소리 죽여 웃었다. 남자는 나이를 얼마나 먹었든 어린애 같은 면이 있었다. 귀띔이라는 핑계를 잘 이용한 헌조의 다음 행동은 뻔했다. 플레어 스커트 속으로 들어온 발에 의해 스타킹이 벗겨져 나갈 터였다. 물론 그녀 자신은 엉덩이를 살짝 들어 거들 뿐이고.

10. 많이 사랑하는 신입

헌조의 휴가기간이 먼저 도래했다. 처음에 진송은 쿨한 척 즐거운 휴가를 보내라며 헌조의 등을 떠밀었다. 그러나 하루하루가 지날수록 우습게도, 뭘 하는지 띄엄띄엄 연락을 취해 오는 헌조에게 서운함이 밀려들었다. 처음 했던 다짐이 있으니 간섭하지 않으려 노력했지만 헌조의 얼굴을 보는 순간 그 노력이 무너져 내렸다.

"휴가 내내 뭐 했기에 그렇게 연락이 뜸했어요?"

연인은 진송의 휴가기간이 시작되자마자 예정대로 만남을 가졌다. 단 며칠이었지만 매일같이 마주치던 은행에서 헌조의 빈자리를 마주해야 했던 진송은 기분이 싱숭생숭한 채였다. 진송의 손에 들린 짐을 빼앗아 든 헌조가 그것을 차 트렁크에 실었다.

"별거 안 했어요. 왜요?"

헌조의 천진난만한 대답이 진송의 화를 더 부추겼다.

"그냥 내가 안 물어보니까 뭐 했는지 얘기도 안 해 주고, 재밌는 휴가 보내느라 연락할 새도 없었나 봐요!"

진송은 감정이 실린 음성으로 불만을 표시한 후 조수석에 올라 탔다. 진송이 왜 저러나 어안이 벙벙해진 헌조가 옆자리에 따라 탔다. 찰나에 눈치를 챈 헌조는 짓궂은 미소를 걸고 있었다.

"재미있었다기보다 개운하고 좋았죠."

"휴가 두 번 보냈다간 전 생각도 안 나겠어요."

진송은 보고 싶은데 코빼기도 안 비친 헌조에게 섭섭한 마음을 드러내고 싶었다. 못나게 투정을 부리고 만 진송은 혀를 살짝 깨물었다.

"무슨 소리예요? 자나 깨나 손 주임 생각만 했는데."

"거짓말! 입술에 침이나 바르고 거짓말해요!"

"거짓말 아닌데, 입술에 침은 바르고 싶네."

조수석 쪽으로 상체를 기울인 헌조가 얼굴을 밀착했지만 진송이 고개를 꺾었다.

"키스 안 해요. 뭐가 예쁘다고?"

"연락 뜸해서 화났구나. 뭐 하며 보냈는지는 진짜 별거 안 해서 말 안 한 거예요. 정말 집에서 자다 깨다만 했거든."

장난기를 버린 헌조가 차근차근 설명에 들어갔다. 진송은 그런 줄도 모르고 혼자 마음대로 추측해 버린 것이 열없었다. 그러고 보니 헌조와 어쩌다 통화 연결이 될 때마다 들렸던 목소리는 피곤해 보인 게 아니라 잠이 묻은 것이었다.

"무슨 사람이 잠을 그렇게 많이 자요?"

볼이 발그레해진 진송이 기어들어 가는 소리를 냈다. 헌조가 친절하게 물음에 답했다.

"난 시간만 있으면 3일 이상 꼬박 잘 수 있어요. 밥도 안 먹고. 평소엔 그렇게 못 하고 안 할 뿐이지."

"전 오래 자면 머리가 아파서 못 자겠던데……."

겸연쩍은 표정의 진송이 내비게이션에 주소를 찍으며 딴청을 부렸다.

"장마철 걸리면 어떡하나 했는데 햇빛 쨍쨍해서 다행이다. 슬슬 출발해요."

"이제 예쁠 것 같은데. 아니, 예쁘다기보다 멋지고 섹시하겠네. 그러니까 키스부터 하고 가죠."

진송의 팔을 당긴 헌조는 자연히 상체가 딸려 오자 핑크빛 입술을 앗았다. 헌조는 그간 맛보지 못했던 진송의 입술을 원 없이 삼켰다. 진송도 빼지 않고 농밀한 키스에 일조했다. 본래보다 붉어진 두 사람의 입술은 타액으로 적셔졌다. 동네에서 과하다 싶은 모닝키스가 성사되고 나서야 비로소 여행길에 올랐다. 뜨거운 햇빛이 차창을 거쳐 허벅지에 쏟아졌다.

"뽀뽀."

고속도로를 내려 국도에 들어서자 헌조는 신호에 걸릴 때마다 애정표현을 요구했다. 못 이긴 척 입술을 가져다 대는 진송도 한 통속이긴 했다. 남자의 피부치고 지나치게 매끈한 볼에 도둑키스를 했다.

"뽀뽀."

신호에 걸리기 시작하면 계속 걸리는 징크스라도 있는 것처럼 다음이 빨리 찾아왔다. 한 손으로 운전대를 쥔 채 당당하게 요구하는 헌조에게 진송이 마지못한 척 얼굴을 기울였다. 그런데 헌조가 빠르게 고개를 돌려 버드키스가 이루어졌다. 이후에도 차는 고의가 아닐까 싶을 만큼 신호에 자주 걸렸다. 그에 진송은 열심히 입술을 헌납해야 했다.

에어컨 바람에 의지한 상태로 약 두 시간이 지나자 목적지가 코앞이었다. 게임처럼 재미있기도 하고 설레기도 한 시간이 곧 끝이 난다는 게 아쉽기까지 했다. 시골 같은 풍경이 펼쳐지고 걱정과 달리 나름 잘 닦인 마을 길로 조금 더 들어가자 웬 주택이 모습을 드러내었다. 황토벽에 기와를 얹은 주택은 지어진 지 그리 오래되진 않은 듯했다. 대문 옆에 '손가민박'이라 적힌 간판을 지나치듯 본 헌조가 골목길에 주차를 마쳤다.

"여기가 오늘 묵을 숙소이자……."

헌조의 눈치를 살피며 진송이 떨리는 음성으로 이어 말했다.

"귀농하신 저희 부모님 집이에요."

"네?"

민박 이름이 신경 쓰이긴 했지만 우연의 일치일 거라 넘겼던 헌조가 숨을 집어삼켰다. 진송은 꽤나 놀란 듯 보이는 헌조를 달랬다.

"그냥 쉬러 온 거라 생각하고 편히 다녀갔으면 해서 비밀로 했어요. 미리 말하면 팀장님, 긴장하시거나 뭔가 준비하려고 하실 것 같아서. 부모님껜 찾아뵙겠다고 당연히 미리 연락드렸고요. 남자 친구라고 소개시켜 드리고 하룻밤 지내고 간다고 해서 책임지라고 하실 만큼 꽉 막힌 부모님도 아니세요. 생각만은 또래 못지않게 젊으시거든요."

초대한 사람의 의도처럼 편하게 받아들이긴 어려웠지만 헌조는 진송이 어떤 마음인지 충분히 이해는 갔다. 그도 진송이 본가를 찾게 된다면 똑같이 생각해 주길 바라니까. 갑작스럽긴 했지만 차라리 잘된 일처럼 느껴지기도 했다. 안 그래도 진송을 데리고 오라는 부친의 말에 고민하고 있었던 차, 얘기도 안 했는데 진송이 자신의 마음을 들여다본 듯했다. 손 안 대고 코 푼 격이었다.

"역시 잘 맞다니까."

"뭐가요?"

"몸도 마음도? 다요."

진송은 조금만 방심하면 훅 들어오는 헌조를 못 말린단 듯 응시했다. 헌조는 스치듯 지나가는 기억에 낮게 탄성을 내뱉었다.

"어쩐지 과일을 왜 바구니로 사나 했더니."

복장은 평소에도 캐주얼한 옷보다 세미 정장을 즐겨 입다 보니 별 문제가 되지 않았다. 다만 빈손으로 오게 된 게 마음에 걸렸던 헌조는 뒷좌석의 장바구니를 돌아보고 안도했다.

출발하기 전에 들른 마트에서 진송이 카트에 담은 물건들은 다 계산된 것들이었다. 와인이며, 부모님이 좋아하시는 음식을 한 아름 골랐다. 별 의미를 두지 않았던 헌조는 진송의 계획을 알게 되자 납득이 갔다. 진송은 즐겁게 웃으며 고개를 주억거렸다.

"부모님 앞에서 팀장님, 손 주임 할 수는 없으니까 호칭은 편하게 부를게요."

"그래요, 연습 삼아 불러 보고 들어가죠."

팔짱을 낀 헌조가 어서 해 보란 듯 눈치를 주었다. 진송은 괜히 어색해서 침만 삼켰다. 직급을 부르는 것이 입에 밴 탓에 쉽게 나오지 않았다.

"……헌조 씨. 그만 들어가 볼까요?"

"네."

만족스럽단 얼굴로 눈가를 접은 헌조가 차에서 내려 선물을 챙겼다. 열린 대문을 밀고 들어간 진송이 목청을 높였다.

"엄마, 아빠! 저 왔어요!"

잠시 후, 딸의 목소리를 들은 진송의 부모님이 마당을 내다보았다. 두 분은 깔끔하면서 편해 보이는 무채색의 면으로 된 옷을 입고 있었다. 진송의 부모님은 소개시켜 줄 사람과 함께 온다는 예고를 미리 듣고 어느 정도 차분하게 마음의 준비를 했다. 그러나 막상 시커먼 남정네를 달고 온 딸의 모습을 보게 되자 다 소용없었다.

"왔어?"

"안녕하십니까."

"어서 와요. 인사는 들어가서 나누고."

땡볕을 피해 집 안으로 들어간 네 사람이 마주 앉았다. 진송이 모친을 도와 금세 차린 다과상이 그들 사이에 놓였다. 인상이 밝은 진송의 부모님은 결혼을 일찍 하기라도 한 건지 외양까지 젊어 보였다. 금슬이 좋은지 딱 붙어 앉은 진송의 부모님은 헌조에게 호기심 어린 눈빛을 보냈다.

"진송 씨와 같은 회사 동료이자 교제 중인 임헌조라고 합니다."

"반가워요. 편하게 앉아요."

"참 훤칠하네."

"감사합니다."

부모님은 무릎을 꿇은 자세로 예의 바르게 인사하는 헌조를 인자하게 바라보았다.

"오는 길 험하진 않았어요? 먼 길 오느라 수고했어요."

"전혀요, 즐겁게 왔습니다. 그리고 말씀 편하게 하십시오."

"차차 놓아 갈게요."

진송의 모친인 해숙이 해사하게 웃으며 말하자 부친 영진이 동의하듯 고개를 끄덕였다.

"좋은 회사 들어가서 마음 놓았는데 거기에서 좋은 짝까지 만났다니 부모로서 기쁘네요."

해숙은 진심으로 좋아하는 기색으로 말을 덧붙였다.

"회사에서 만났다면 교제한 지 그리 오래되진 않았겠네요. 한

창 좋을 시기겠어요."

"네, 맞습니다."

진송은 서글서글한 표정의 헌조를 의외의 눈으로 응시했다. 잠자코 듣고 있던 영진이 희끗하지만 숱이 많은 머리카락을 쓸어넘기며 가볍게 말했다.

"그렇담 결혼 허락 받으러 온 건 아니겠고."

"결혼 허락은 다음번에 구하러 찾아뵙겠습니다. 아직 프러포즈도 못 했거든요."

헌조의 대답을 유쾌하게 들은 영진이 흡족해했다.

"양친께 인사드리고 예쁘게 만나는 것도 좋지."

"휴가 써서 왔다던데 편하게 있다 가요. 정말 어디 펜션이라도 놀러 온 것처럼. 우리 눈치 볼 것 없어."

진송을 흘긋거린 해숙이 나긋하게 손을 내저어 보였다. 찰랑이는 쇼트커트 헤어스타일로 인해 카리스마 있어 보이는 해숙의 성격은 여성스러웠다. 진송의 말대로 개방적인 분들이신지 대화 분위기는 무겁지 않고 편안했다.

"말씀만으로도 감사합니다."

"그렇게 불편하진 않을 거야. 우리도 도시 생활하다 몇 해 전에 이곳으로 내려와 귀농했어요. 공기도 좋고 여유롭고 괜찮을 거예요."

"그런 말씀 마십시오. 어릴 때 시골 할머니 댁에 살다시피 해서 이곳이 더 반갑고 좋습니다."

"그랬어요?"

처음 듣는 헌조의 어린 시절 얘기에 진송의 눈이 커졌다. 진송의 부모님도 헌조에게 의외의 눈길을 보냈다. 누가 봐도 헌조는 도시에서 나고 자란 서울깍쟁이 같아 보였다.

"시골 일이 더 많고 바쁘실 텐데 지내기에 불편하진 않으십니까?"

"운동한다 생각하고 하면 힘들지도 않아."

영진은 시골 생활의 고충을 헤아리는 헌조가 마음에 들어 흐뭇해했다. 다과상을 열심히 넘보는 진송을 발견한 해숙이 헌조에게도 권했다.

"좀 들어요. 차 다 식겠네."

"네."

"아침은 들고 왔어요? 밥을 차려 줄까?"

"아니요, 먹고 왔습니다."

"그럼 밥은 이따 짐 풀고 나서 같이 먹어요."

"네."

해숙은 한결같이 헌조를 잘 챙겨 주었다. 벽시계를 곁눈질한 영진은 대화에 방해가 되지 않게 주섬주섬 자리를 비웠다.

헌조는 현관문이 여닫히는 소리가 난 뒤로 시간이 흘렀는데도 영진이 돌아오질 않아 신경이 쓰였다.

"그런데 아버님은 어딜 가셨는지……."

"잠깐 밭에 갔을 거예요. 물 줄 시간이라."

"저도 가서 돕겠습니다."

"괜찮아요, 금방 올 건데. 방으로 건너가서 짐 풀고 쉬어요."

"도와 드리면 더 금방 끝날 겁니다."

해숙이 만류했지만 헌조는 기어이 주택 옆 넓은 밭으로 영진을 도우러 나갔다. 진송의 부모님이 싹싹하기까지 한 헌조를 더욱 좋아했음은 두말할 것도 없었다.

"뭐 하러 나왔나? 혼자 하면 되는데."

"제가 하겠습니다. 그늘에서 쉬고 계세요."

농사일이 처음인 영진은 정해진 시간마다 마당의 호스를 끌어다 작물에 물을 주었다. 영진은 자신도 초보 농사꾼이긴 했지만 옷차림마저 불편해 보이는 헌조가 더 못 미더웠다. 크게 어려운 일은 아니기에 속마음을 숨기고 헌조에게 일을 넘겨주었지만 그는 멀리 가지 못하고 서성거렸다.

그러나 밭과 비닐하우스의 식물의 줄기가 부러지지 않도록 능숙하게 수분을 공급해 준 헌조는 틈틈이 잡초까지 골라내었다. 모델 같은 남자와 시골 풍경이라니 확실히 어울리진 않는 그림이지만 일하는 것 자체는 모자람이 없었다.

"아빠."

팔짱을 끼고 헌조를 예사롭지 않게 응시하는 영진의 옆에 어느새 나타난 진송이 섰다. 부녀는 말을 잃고 눈으로 헌조를 좇았다.

"보아하니 회사에서도 일로 나무랄 수 없는 사람이겠구나."

"응, 능력 있는 팀장님이셔."

콩깍지가 썬 딸의 눈빛을 본 영진이 손을 턴 후 진송의 등을 살짝 밀었다.

"여기 서 있지 말고 옆에 가 봐. 아빠 먼저 들어갈 테니깐."

"왜?"

"외로워서 나도 내 짝한테 간다."

멀어지는 부친의 등을 응시하던 진송은 헌조에게 다가갔다. 호스를 치운 헌조는 밭을 둘러보고 있었다.

"덥죠? 아빠 들어가셨어요."

헌조는 열심히 손부채질을 해 주는 진송 때문에 웃지 않을 수 없었다. 두 사람은 함께 밭의 가장자리를 둘러 걸었다. 영진의 칭찬이 떠오른 진송이 갑자기 억울하단 투로 말했다.

"헌조 씨는 못하는 게 뭐예요?"

"내 말 안 믿었죠? 다 잘한다고 했잖아요."

"아빠가 인정하셔서 나도 인정."

"아버님이요?"

진송은 칭찬이란 칭찬은 혼자 독식하며 자랐을 것 같은 사람이 눈에 띄게 좋아하는 것이 신기했다. 고개를 상하로 끄덕인 진송이 궁금한 점을 물었다.

"어릴 때 할머니 댁에서 자랐어요?"

"그건 아니고, 할머니 댁 근처에 좋은 낚시 포인트가 있었거든요. 아버지가 낚시를 좋아하시는데 형이나 저를 잘 데리고 다니셨어요. 가까우니까 할머니 돌아가시기 전까진 자주 들여다뵀죠. 할머니 쫓아다니며 어깨너머로 본 게 많아요."

"헌조 씨랑 살면 어디서 살든 걱정은 안 되겠네요. 굶어 죽을 걱정은 안 할 것 같아."

"몸만 오란 말 입에 발린 말 아니었어요. 몸만 와도 충분히 먹여 살릴 수 있으니까 한 소리지."

헌조는 유쾌하게 웃는 진송을 따라 웃었다. 진송은 자존감에 찬 헌조의 말을 처음엔 믿지 않았지만 어느 틈에 다 믿게 되었다. 자기만 잘난 줄 아는 남자인 줄 알았더니 정말 잘난 남자였다. 헌조의 허리에 팔을 두른 진송이 쑥스러워하며 말했다.

"알면 알수록 더 좋아져요."

"장담하건대, 앞으로 더 좋아질 거예요."

진송은 말장난 같은 헌조의 말도 모두 이루어질 것만 같았다. 더운 날씨에도 불구하고 딱 붙어 산책을 마친 두 사람이 다시 대문을 넘자 부모님이 마당에 나와 있었다. 웃통을 벗고 엎드린 영진에게 해숙이 물을 부어 주고 있었다. 인기척에 고개를 돌린 영진이 헌조에게 권유했다.

"수고했네. 자네도 같이 등목 하겠나?"

"네, 하겠습니다."

"더위가 싹 가실 거야."

빼지 않고 다가오는 헌조를 본 영진이 입가를 올렸다.

"실례하겠습니다, 어머님."

"실례는."

헌조는 셔츠 단추를 끌러 벗고 평상에 올려 두었다. 땀으로 인해 근육이 더 도드라진 역삼각형 상체가 드러나자 해숙이 눈 둘 곳을 몰라 하며 진송에게 바가지를 안겼다.

"엄만 들어가서 점심상 차리고 있을 테니까 먹고 건너가."

"네."

영진이 수건으로 물기를 닦으며 일어나자 헌조가 그 자리에 엎드렸다. 영진은 꿈틀거리는 등 근육에 감탄했다.

"자네 운동 좋아하나?"

"네, 평소엔 집에서 간단히 운동하는 편이고 사내 축구동호회 소속이라 축구도 자주 뛰고 있습니다."

"그러니 몸이 좋구먼."

"감사합니다."

영진은 헌조의 남자다운 취미도 마음에 들었다. 팔짱을 낀 영진은 집 안으로 들어가지 않고 계속 지켜보며 서 있었다.

"부을게요."

얼추 대화가 끝난 듯하여 진송은 바가지를 기울였다. 헌조의 몸이 시원하게 씻겨 내려갔다.

등목으로 영진과 친밀감을 나눈 뒤, 헌조는 드디어 묵을 방을 안내받았다. 진송의 부모님이 지내는 주택 옆에 별채처럼 지어진 공간이었는데, 이곳은 실제 민박하러 온 사람들에게 내주는 곳이기도 했다. 혼자 쓰기에 넓은 황토방은 침대는 없었지만 깨끗한 이부자리와 에어컨, TV같은 전자기기 등 있을 건 다 있어 쾌적했다.

점심은 해숙이 차린 음식을, 저녁은 진송과 헌조가 만든 음식을 먹으며 네 사람은 화기애애한 시간을 보냈다.

"헌조 씨가 만든 요리예요. 드셔 보세요."

진송은 헌조가 만든 음식 접시를 자랑스럽게 부모님의 앞으로 내밀었다. 메인요리인 제육볶음과 양념을 얹은 장어구이가 헌조가 뚝딱 만들어 낸 음식이었다.

저녁상을 차리겠다는 두 사람을 말리는 것을 실패한 해숙은 둘이서 주방을 종횡무진하는 모습을 예쁜 시선으로 지켜보다 안심하고 방으로 돌아갔다. 그래서 결과물은 보지 못했었는데 꽤나 먹음직스러웠다.

"잘 먹겠네."

"손님한테 일을 시켜서 어쩌지?"

"괜찮습니다, 맛있게 드세요."

진송의 부모님은 밭일에 이어 요리까지 한 헌조에게 미안한 기색이었다. 한편으론 음식이 겉보기처럼 맛있을지 기대가 되어 손놀림이 바빠졌다.

"맛있네. 손맛이 있어."

"우리 딸은 뭐 한 거니? 요리 좀 배워야겠다."

"그래야 할까 봐. 부모님 생신 때 만들어 보고 오랜만에 만든 거라는데 맛있네."

궁금증에 맛을 본 진송이 투덜거렸다. 헌조는 양식만 잘하는 줄 알았는데 한식까지 잘 만들었다. 이쯤 되니 진송은 불공평하게 느껴졌다.

"헌조 씨도 어서 들어요."

진송은 어른들이 먼저 수저를 들길 기다리느라 혼자만 먹지 않고 있는 헌조를 챙겼다. 헌조의 밥그릇에 장어를 올려 주는 진송의 모습에 해숙이 얕은 한숨을 내쉬었다. 딸이 콩깍지가 씐 게 해숙의 눈에도 훤히 보였다.

"진송이는 말할 것도 없겠고. 임군은 우리 딸 어떤 점이 좋아요?"

"다 좋지만 현명하고 어른들께 잘하는 점이 가장 좋습니다."

해숙은 신중하게 생각하고 말하는 헌조의 답변에 안심했다. 여자는 주는 사랑보다 받는 사랑이 더 커야 행복하게 산다는데 다행히 딸도 그런 것 같았다. 진송에게 이따금씩 닿는 헌조의 따스한 눈길이 해숙의 불안을 완벽하게 잠재웠다.

"애 엄마 닮은 딸이면 참 예쁘겠다 싶어서 딸 낳기를 소망했는데 진송이가 태어났지. 어릴 때 유모차에 태워 다니면 지나가는 사람들이 예쁘다고 꼭 한 마디씩 해 줬었는데."

후식으로 수박을 먹으며 영진이 애처가에 딸 바보임을 밝혔다. 진송의 부모님은 헌조에게 딸의 어린 시절 이야기를 풀어 놓으며 어색함을 달랬다.

"어릴 땐 그렇게 약했어. 폐렴에 뭐에 얼마나 속을 썩였는지. 딸자식 하나만 바라보고 사는데 말이야. 그래도 좀 크더니 건강해져서 마음을 놓았지."

"그랬지."

애잔한 표정으로 과거를 회상하는 부모님의 모습에 진송은 가슴이 찡했다. 눈물이 핑 돌아 훌쩍거리는 진송을 발견한 영진이 그녀의 볼을 꼬집는 시늉을 했다.

"어이구, 울보야! 별 얘기도 안 했는데 울긴."

눈물이 많은 해숙은 딸이 보인 눈물에 따라서 눈가를 훔쳤다. 영진이 웃음기를 죽이며 혀를 찼다.

"당신은 또 왜. 안 되겠다. 다 먹었으면 그만 진송이 데리고 건너가게. 같이 더 있다간 울음바다 되겠어."

"네, 잘 먹었습니다."

헌조를 그만 쉬게 해 줄 명목으로 영진은 두 사람을 적극적으로 내보냈다. 별채로 건너온 헌조와 진송은 편안하게 벽에 기대앉았다. 헌조는 붉어진 눈으로 쳐다보는 진송이 귀여워 동그란 이마에 키스했다.

"금지옥엽 외동딸이었네요."

"부모님이 좀 자식 사랑이 넘치세요."

계면쩍어진 진송은 애꿎은 머리카락만 만지작거렸다. 몸을 틀어 앉은 헌조가 가만히 진송을 안아 주었다. 진송의 가족으로 인해 마음이 충만해진 헌조가 느낀 그대로 표현했다.

"진송 씨."

"네?"

"사랑해요."

헌조의 옷깃을 쥔 진송의 손에 힘이 들어갔다. 이어진 말을 들은 순간, 진송은 헌조의 품에 더욱 매달릴 수밖에 없었다.

"부모님이 진송 씨 사랑하시는 만큼."

"올라가면 헌조 씨 부모님도 뵈러 가요. 뵙고 싶어요."

진송이 헌조의 귓가에 속삭였다. 헌조를 낳고 키우신 분들이라면 보지 않아도 좋은 분들일 것임은 자명했다. 진송은 헌조의 부모님을 얼른 만나 뵙고 헌조가 자신의 부모님께 한 것처럼 잘해드리고 싶었다. 그를 사랑하는 만큼.

헌조는 마지막까지 진송의 부모님께 점수를 딴 후 일상으로 복귀했고, 진송은 며칠 남은 휴가를 알차게 보냈다.

쇠뿔도 단김에 빼라고, 진송은 본가에 다녀오고 며칠 뒤 헌조의 부모님께도 인사를 드렸다.

헌조의 가족들은 베일에 싸여 있었던 헌조의 여자 친구를 기쁘게 맞아 주었다. 아들이 만나는 여자가 좋은 여자이고, 둘이 서로 많이 사랑하니 윤영의 일로 생겼던 시름이 덜렸다. 그렇게 양친께 서로를 소개하며 연인 사이가 한층 깊어졌다.

헌조와 진송은 가족들에게만큼은 당당하게 자신의 짝을 드러내고 예쁜 만남을 이어 나갔다.

"누구세요?"

"택배요!"

주말 오전부터 진송의 집 인터폰이 울렸다. 휴대전화로 짬짬이 찍은 휴가기간 동안의 사진들을 정리하여 온라인상으로 업체에 인화 주문을 넣은 것이 도착했다.

사진을 꺼내 본 진송은 나쁘지 않은 화질에 미소 지었다. 카메라로 찍은 게 아니라서 선명도를 기대하지 않았는데 의외로 기대 이상이었다. 진송은 미리 사 두었던 작은 액자에 가장 잘 나온 사진을 넣었다. 그러곤 액자에 흠이 가지 않도록 상자에 되돌려 넣었다.

"오늘 수영 갈 거예요?"

- 네, 진송 씰 볼 수 있을 것 같은 촉이 와서요.

상자와 아쿠아백을 들고 집을 나선 진송은 헌조에게 전화를 걸었다. 원래는 수영을 갈 계획이 없었지만 빨리 건네주고 싶은 게 생겨 헌조를 불러내기 위함이었다. 능청스럽게 진송의 의도를 파악한 헌조와의 통화를 이어 가며 진송은 스포츠센터로 향했다.

"어쩐지, 저도 헌조 씨가 올 것 같아서 이미 가고 있는 중이에요."

- 한발 늦었네요. 딱 기다리고 있어요. 나도 지금 출발하니까.

"알았어요."

사랑하면 닮아 간다더니 두 사람도 그랬다. 기분이 좋으니 진송의 발걸음도 가벼웠다.

샤워를 하고 수영장으로 나간 진송은 먼저 수영을 즐기고 있었다. 그리 오래 걸리지 않아 헌조도 스포츠센터로 발을 들였다. 물속을 마음껏 노니는 진송에게 다가가던 헌조는 수영은 하지 않고 진송만 눈으로 좇는 다른 남자를 발견하고 인상을 구겼다. 그러는 새에 진송이 헌조에게 알은체하며 물 밖으로 나왔다.

"왔어요?"

"좀 더 밟을걸 그랬네."

"네?"

"아니요."

헌조는 액셀러레이터를 더 밟아 빨리 도착하지 못한 것을 후회했다. 대신 소유욕을 과시하듯 진송의 허리에 팔을 두르고 진송 몰래 남자를 노려보았다.

"왜요? 사람 있잖아요."

원피스 수영복이 잡아 주고 있긴 했지만 옆구리 살이 신경 쓰인 진송은 헌조의 손을 떨쳐 내었다. 구경꾼 한 사람을 핑계로 헌조의 손을 떼어 놓기 위해 진송까지 남자를 곁눈질했다.

진송이 오기 전에 이미 운동을 끝낸 남자는 커플의 눈총을 받게 되자 더 남아 있을 이유가 사라졌다. 아쉬움에 입맛을 다신 남자는 샤워장으로 나아갔다. 헌조가 나직한 음성으로 한 마디 했다.

"거슬려."

"나한테 한 소리예요?"

토끼눈이 된 진송이 섭섭함에 헌조를 올려다보았다. 그런데 대답 대신 양손으로 진송의 얼굴을 감싼 헌조가 키스를 퍼부었다. 헌조는 진송이 뒷걸음질 치며 벗어나려고 하자 잠깐 입술을 떼었다.

"왜, 아무도 없잖아요."

진송이 반박할 틈도 주지 않고 헌조의 혀가 입안을 파고들었다. 키스에 심취할수록 진송은 헌조를 말려야 한다는 생각을 잊어버렸다. 한참 동안 숨결을 나누다 자신도 모르게 진송의 가슴을 쥔 헌조가 진송의 손을 잡고 자리를 옮겼다.

탈의실의 반대편에 위치한 사우나에 딸린 개인 샤워실로 진송을 데리고 들어간 헌조가 문을 잠갔다.

"널 갖고 싶어."

진송의 등 뒤에 선 헌조가 동그란 어깨에 뜨거운 입술을 눌렀다. 허락의 의미로 헌조의 상체에 등을 기댄 진송이 고개를 돌려 키스했다. 말캉한 입술을 여러 번 삼킨 헌조가 진송의 목덜미에 얼굴을 묻고 수영복의 어깨끈을 내렸다.

"이런 곳이라도 괜찮아요?"

"장소보다 누구랑 있는지가 더 중요하잖아."

진송은 휩쓸리기 시작한 분위기를 깨고 싶지 않았다. 또 그녀의 몸도 헌조를 원하고 있었다.

진송의 말에 나머지 어깨끈까지 벗긴 헌조가 훤히 드러난 날개뼈에 입술을 가져다 대었다. 헌조의 입술이 척추를 따라 내려갈수록 수영복도 말려 내려갔다. 수영복이 둔탁한 소리를 내며 타일바닥에 떨어졌을 때, 팔을 둘러 봉긋한 가슴을 쥔 헌조가 진송을 힘껏 끌어안았다. 스펀지가 물 먹듯, 가냘픈 등과 탄탄한 맨 가슴이 맞붙었다. 덩달아 밀착한 아래에서 열기가 피어올랐다. 헌조가 수영복 바지를 입은 채로 페팅을 하는 것이 신경 쓰인 진송이 몸을 돌렸다.

"벗겨 줄게요."

샤워 후 곧바로 입은 터라 물기 때문에 빳빳한 5부 바지가 떨어져 나가자 진송은 부끄러움에 헌조의 얼굴만 응시했다.

"자극할 땐 언제고 부끄러워하는 거예요?"

"아니에요, 그런 거."

"똑바로 봐요."

헌조가 진송의 손을 잡고 아래를 함께 쥐었다.

"너 때문에 이렇게 된 거니까."

진송의 뺨이 보기 좋게 타올랐다. 말을 마친 헌조는 다시금 진송의 입술을 찾았다. 타액을 섞으며 여성으로 손을 뻗은 헌조가 부드럽게 애무했다. 그러곤 은근하게 지펴진 아래를 확인한 뒤 투명할 정도로 흰 진송의 허벅지 한쪽을 들었다.

"곧 사람들이 많아질 텐데, 사랑을 나누기엔 시간이 촉박해서. 충분히 풀어 주지 못해 미안해요."

자상한 목소리와는 다르게 헌조의 분신이 은밀한 속살을 강하게 찔러 왔다. 몸을 지탱하고 서 있기 어려움을 느낀 진송은 헌조에게 매달렸다. 달뜬 신음을 죽이느라 입술을 깨문 진송을 본 헌조가 샤워기 물을 틀었다. 헌조의 품 안에서 진송은 몇 번이고 무너졌다.

헌조는 진이 빠진 진송을 끝까지 잡아 주고 씻겨 주었다. 뜨겁게 사랑을 나누고 간질간질한 샤워까지 함께하고 나온 두 사람은 스포츠센터 1층의 카페에서 다시 만났다.

"수영하러 와선 수영도 못 하고 가서 어떡해요?"

"수영보다 더 좋은 경험했는데 뭘."

진송이 웃자고 한 소리에 헌조가 죽자고 달려들었다. 강세가 실린 '경험' 이란 단어가 가진 간접적인 의미가 진송을 얼어붙게 만들었다. 첫 경험이라는 말이 떠오를 건 또 뭔지, 진송은 머릿속을 환기시키려고 커피를 쪽 빨아 마셨다.

"이거."

진송은 허벅지에 올려 두었던 상자를 테이블 위에 놓았다. 아무 무늬도 없는 흰 상자를 손에 든 헌조는 몹시 궁금해했다.

"뭐예요?"

"열어 봐요."

액자 속 진송의 사진을 확인한 헌조의 표정이 푼수처럼 무방비 상태가 되었다. 느슨하게 풀어진 헌조의 모습은 진송의 앞에서만 오롯이 나왔다.

"예쁘네."

목을 가다듬은 진송이 쑥스러움을 숨기고 당당하게 요구했다.

"그거 줬으니까 침실에 있는 사진 반납해요."

"이 사진 한 장으로요?"

"부족해요?"

진송은 예상치 못한 헌조의 반응에 당황스러웠다. 계속해서 헌조가 태연하게 밀고 나갔다.

"네, 그 사진이 어떤 사진인데요."

"그럼 잘 나온 걸로 한 장 더 가져다줄 테니까 반납하는 거예요!"

헌조는 순수하게 맑은 진송의 얼굴을 사랑스럽게 응시했다. 역시나 그의 꾀에 넘어온 진송 때문에 웃기기도 하고 즐거웠다.

'집에 가는 길에 앨범 하나 사 가야겠다.'

이참에 헌조는 진송 전용 사진첩을 만들어야겠다고 판단했다. 진송이 요구하는 사진이 그녀의 손에 넘어갈 일은 앞으로도 영원히 없을 듯했다.

여우비가 날려 그런지 고객들의 발길이 잠시 끊긴 참이었다. 우비를 입은 배송기사가 들락거린 뒤, 우편물 2개를 전달 받은 로비매니저가 주인을 찾아 주었다. 로비매니저는 먼저 한 계장에게 서류봉투를 건네며 말을 붙였다. 보내는 이와 받는 이가 선명하게 인쇄된 봉투로 인해 내용물을 짐작할 수 있었다.

"계장님, 지난번에 보신 자격증시험 합격하신 거예요?"

금융자격증을 따면 인사평가에서 가산점을 받거나, 수당이 지급되기도 했다. 그에 줄 잇는 실적 관련 프로젝트로 바쁜 와중에 전문성까지 쌓아야 했다. 또한 고학력 후배들에게 밀리지 않기 위해 연령대가 있는 직원들도 학구열에 불타는 모습을 종종 볼 수 있었다.

"어, 2주 공부하고 합격했네."

"축하드려요."

한 계장이 우쭐대며 우편물을 뜯어보았다. 로비매니저는 진송에게도 똑같이 생긴 봉투를 내밀었다.

"주임님, 여기요."

합격 여부는 진작 알고 있었기에 진송은 조용히 받아 들었다. 선배들도 많은 자리에서 한 계장처럼 유난을 떨 순 없었다. 진송을 지켜보던 다빈이 의자등받이에 좀 더 기대앉았다.

"오, 요즘 달라 보여."

"뭐가요?"

다빈의 예리한 눈빛에 진송이 얼떨떨해하며 물었다.

"글쎄, 일도 열심히 하고. 또 예뻐진 것도 같고."

잠깐 생각하는 듯 보이던 다빈이 중얼거렸다. 진송은 볼이 화끈거리는 느낌에 손바닥을 가져다 대었다. 헌조를 멘토로 삼아 더욱 열심히 일하고 있었는데 그것을 알아주자 쑥스러웠다. 예뻐졌다는 말은 세상 어떤 여자가 들어도 기분 좋은 말일 터였다.

"사랑받으면 예뻐진다던데 진송 씨 연애하는 거 아니에요?"

여자들의 대화에서 좋은 먹잇감이 떨어지자 민호가 끼어들었다. 승원을 또 들먹이려는 모양인지 민호의 표정이 음흉했다.

"가령 일방통행이던 사랑이 쌍방이 됐다거나."

"아닌데요."

진송은 대답할 가치를 못 느꼈지만 예의를 차렸다. 민호는 상대를 잘못 짚어도 단단히 잘못 짚었다.

"박 주임이야말로 연애해요?"

빙글거리며 진송을 거듭 공격하려던 민호의 등에 서늘한 음성이 꽂혔다.

"연애하느라 바빠서 동기처럼 자기 계발 할 시간이 부족한 것 같은데."

반쯤 돌아간 민호의 의자가 방향을 찾았다. 민호는 차마 반박할 수가 없어서 헌조를 돌아보지 못했다. 입술을 오리처럼 내민 민호는 긍정도 부정도 하지 못해 불만이 많은 듯했다. 앞으로 민호가 더는 일적으로 자신을 얕보지 못할 것 같은 느낌에 진송은 당당하게 어깨를 폈다. 뒷자리에서 지원사격해 주는 헌조가 있어 늘 든든했다.

근 며칠간 진송은 칼같이 퇴근하면서 갖가지 핑계를 대며 헌조와의 데이트를 피했다. 헌조의 생일이 가까워져 섭외한 파티시에에게 케이크 만드는 법을 배우러 다녀야 했기 때문이었다.

시트를 사서 쓰거나 제품으로 나오는 가루를 써서 만들면 간단하겠지만 일일이 계량하여 만드는 쪽을 택했다. 진지하게 임하여 구운 케이크에 데코를 한 후 공방을 나선 진송은 은희에게 연락을 취했다. 은희의 야근이 아직 안 끝나 회사로 간 진송이 로비에서 기다렸다.

"진송아!"

"일이 많은가 보네. 피곤해 보여."

엘리베이터에서 내린 은희가 손을 흔들며 다가왔다. 진송은 눈 아랫부분에 그늘이 진 은희의 얼굴을 안쓰럽게 응시했다.

"응, 좀 바쁘네. 너 케이크 다 만들 때까진 끝낼 수 있을 줄 알았는데, 미안."

"아니야, 내가 미안하지. 바쁜 사람한테 부탁하러 와서."

합장한 은희가 눈썹을 아래로 늘어트렸다. 진송은 양손 가득 들고 있던 음료와 케이크 상자를 내밀었다.

"이런 부탁이라면 언제든 환영이다, 친구."

반색한 은희가 진송의 손에 들린 짐을 들었다.

"같이 야근하는 동료들이랑 먹어."

"그래, 내가 먹은 사람들한테 맛 평가 제대로 듣고 알려 줄게!"

"걱정되네. 맛없을까 봐."

시름에 잠긴 진송은 자신 없는 말투였다. 은희가 웃는 낯으로 핀잔을 놓았다.

"열심히 배웠으면서 엄살은. 잘 먹을게, 고마워!"

"그래, 들어가서 일해. 수고하고!"

"응, 조만간 바쁜 시즌 끝나면 만나자."

은희를 올려 보낸 진송은 그제야 집으로 향했다. 떨리는 마음으로 기다린 끝에 은희에게서 전화가 걸려 왔다.

— 야, 대박! 이걸 네가 만들었다고? 먹기 엄청 아까운 비주얼

이었어!

버터크림 플라워 시연을 수차례 연습한 보람이 있었다. 그리고 은희와 은희의 야근 동지들의 긍정적인 평가에 안심했다. 이제 결전의 날에만 잘 만들어 내면 되었다.

헌조의 생일인 다음 날이 되자 아침부터 진송은 분주하게 이곳저곳을 쏘다녔다. 떡케이크를 파는 가게에서 미리 주문해 둔 것을 픽업하고 과일을 사서 헌조의 본가로 향했다. 인사를 드리러 들르긴 했었지만 혼자 오긴 처음이라 긴장하지 않을 수 없었다. 진송이 초인종을 누르자 금세 연조가 마중을 나왔다.

"안녕하세요! 집에 계셨네요."

"주말엔 쉬어야죠. 뭘 이렇게 사서 왔어요? 이리 주세요."

연조가 진송이 사 온 선물을 대신 들었다. 집 안으로 들어선 진송은 현관 근처를 서성이던 헌조의 부모님과 인사를 나누고 거실에서 마주 앉았다. 헌조의 부모님은 미리 받은 진송의 연락에 아침부터 단장을 한 채였다.

"저게 다 뭐니? 가볍게 놀러오라고 했잖니."

한미는 연조가 거실 탁자에 내려놓은 선물들을 보고 진송을 타일렀다.

"오늘 헌조 씨 생일이라, 빈손으로 올 수가 없었어요. 어머님, 아버님. 헌조 씨 낳아 주시고 길러 주셔서 감사합니다."

두 손을 가지런하게 모은 진송이 진심으로 감사를 전했다. 진송의 예쁜 마음씨에 헌조의 부모님은 흐뭇한 기색이었다.

"어쩜 말도 이렇게 예쁘게 해."

"고맙다. 서로 아끼는 모습이 참 예쁘구나. 헌조랑 계속 예쁘게 만나 주렴."

"네."

성목이 인자하게 웃어 보이며 당부의 말을 남겼다. 한미도 뒤질세라 진송을 살폈다.

"아침은 먹었니?"

"네, 먹고 왔어요."

"그럼 차라도 줄 테니 잠깐만 기다리렴."

"제가 할게요."

"괜찮아, 앉아 있어."

"두 분 다 앉아 계세요. 제가 할게요."

"아니에요!"

서로 말리는 한미와 진송을 보다 못한 연조가 발 빠르게 나섰다. 진송이 따라 나서려고 했지만 한미가 팔을 붙들었다.

"그냥 둬. 어릴 때부터 시켜 버릇해서 잘해."

우스갯소리 같은 한미의 말에 진송은 마지못해 앉았다.

"헌조랑 같이 오지 그랬니? 안 그래도 헌조, 밥 먹고 가라고 불렀는데 다 큰 아들 생일상 차릴 것 없다고 오지 않겠다지 뭐니. 아무튼 아들들은 귀여운 맛이 없어."

진송은 유쾌한 듯 웃는 헌조의 부모님을 따라 웃었다.

"걱정 마세요, 어머님. 헌조 씨 생일상 제가 잘 차려 줄게요.

집에도 찾아뵈라고 하고요."

"괜찮다, 알아서 하겠지."

그들은 연조가 끓여 온 국화차와 떡케이크를 곁들여 먹으며 계속해서 담소를 나눴다.

정오가 가까워지자 점심 식사를 권하는 헌조의 부모님에게 정중하게 인사를 드리고 나온 진송은 식사를 거르고 곧장 공방으로 가야 했다. 그동안 갈고 닦은 실력을 뽐내 수제 케이크를 완성하자 시간이 훌쩍 지나 있었다.

"지금까지 만드신 것 중에 제일 잘 만드신 것 같은데요? 진송 씨, 실전에 강한 것 같아요."

"정말요?"

"네. 남자 친구분, 이걸 진송 씨가 만든 걸 알면 너무 좋아하시겠다."

"감사합니다. 다 선생님 덕분이에요."

진송은 아낌없는 가르침을 주었던 파티시에에게 감사를 표하는 것도 잊지 않았다. 이제 대망의 주인공에게 갈 차례였다. 그야말로 불시에 헌조의 빌라를 찾은 진송이 직접 도어록을 해제하고 들어갔던 요즈음과는 달리 벨을 울렸다. 인터폰을 힐끔거린 헌조는 진송의 얼굴만 확인하고 빠르게 문을 열었다.

"진송 씨? 왜 안 들어오고……."

"생일 축하해요!"

문이 열리며 벌어진 공간으로 케이크를 든 진송이 나타났다.

사위가 어두울 시각이었으면 케이크에 꽂힌 촛불이 더 예쁘게 보였겠지만 여름 해가 길어 포기했다.

헌조는 뜻밖의 생일 축하에 꾸밈없는 반응을 보였다. 먹음직스러운 꽃이 피어 있는 케이크를 받아 든 헌조가 진송을 실내로 들였다. 불씨가 살아 있는지 살핀 진송이 전등을 껐다. 햇빛이 들어오지 않아 바깥보다 어두운 집 안에서 촛불이 빛났다.

"뭐 해요? 안 불고."

"노래는 안 불러 줘요?"

진송은 헌조와 소파에 마주 앉아 홀로 생일축하 노래를 불러 주자니 영 창피했다. 눈 딱 감고 입을 연 진송의 노래가 끝나자 헌조는 촛불을 불어 껐다. 박수 치기를 그만둔 진송이 스위치를 켜려고 엉덩이를 떼자 헌조가 붙들었다. 두 사람은 어둠에 익숙해진 눈동자로 서로를 또렷이 바라보았다.

"고마워요. 이거 만드느라 연락이 띄엄띄엄 온 거죠?"

헌조가 눈치 빠르게 먼저 알아채고 고마워했다. 속마음을 솔직하게 드러낸 진송이 기뻤다.

"네, 매번 받기만 한 것 같아서. 오늘은 꼭 주고 싶었어요, 뭐든."

"부모님 댁에도 갔다면서요?"

"네."

진송은 또 머쓱해하며 인정했다. 헌조가 하고자 하는 말의 내용만큼이나 단조로운 목소리를 냈다.

"난요, 이십 대 후반이 넘으니 생일이 중요하게 느껴지지 않았어요. 그냥 보통날처럼 지나가기 일쑤였어요. 그런데 진송 씨가 이렇게 챙겨 주니까 오늘이 정말 좋은 날이었구나 싶어요."

"어떻게 보통날이랑 같아요. 태어나 줘서 고마워요."

진송은 여전히 자신의 팔목을 쥔 헌조의 손을 끌어다 잡았다. 시선을 내리깐 헌조가 진송의 손을 매만졌다.

"나 때문에 무리한 건 아닐까 미안해지고."

"부담은 느끼지 말고요. 처음으로 같이 맞는 생일이라 부모님도 찾아뵙고 싶었던 거니까."

"진송 씨 덕분에 내 생일이 특별해졌어요."

"보람 있네요. 더 좋은 대접과 선물을 받으며 살아왔을 것 같은 사람이 이런 말들을 하니까."

"그게 다 무슨 상관이에요. 진송 씨가 해 준 것도 아닌데."

진송은 어쩔 수 없이 웃어 버렸다. 이런 게 칭찬의 힘인지, 다음엔 더 잘해 주고 싶다는 생각이 들었다. 헌조는 진송과 시선을 똑바로 맞추며 고백 아닌 고백을 했다.

"어둠의 힘을 빌려 한 가지 더 털어놓자면, 누군가를 만나면서 이런 감정이 생길 수 있을지 몰랐어요. 진송 씨를 만나면서 여태껏 내가 해 본 사랑은 사랑이 아니었다는 걸 확실히 깨달았어요. 아, 분위기 흐리고자 하는 말은 아니니까 오해는 말고요. 말 그대로 들어 줘요."

"알아요. 제대로 듣고 있어요."

"'이 나이 먹도록 내가 겪은 사랑은 뭐였지?' 하면서 허무하기도 하고. 과거의 사람들이 들으면 날 욕하겠지만 그래도 어쩔 수 없어요. 지금 하는 사랑과 강도가 다르고 크기가 다른 건 부인할 수 없는 사실이니까. 그래서 내가 하고 싶은 말은."

진송은 가만히 고개만 끄덕이며 듣고 있었다. 말을 멈춘 헌조가 숨을 깊이 들이마셨다.

"사랑한다는 거예요. 이보다 더 큰 사랑의 강도가 있을 리도 없을 것 같고, 알고 싶지도 않아요."

진송은 그 순간 이질적인 무언가가 손가락을 감싸는 느낌이 들었다. 탁자 위 향초를 켤 때나 쓰던 라이터로 헌조가 케이크에 꽂혀 있는 초에 다시금 불을 붙였다. 초 하나로 밝아진 시야에 헌조가 끼워 준 반지가 선명하게 보였다. 헌조가 고심하여 디자인한 세상에서 하나뿐인 반지였다.

"그러니까 나랑 결혼해 줄래요? 평생 이 사랑 하나만 바라보며 살고 싶어요."

진송은 가슴이 답답할 정도로 벅찼다. 처음엔 이 남자가 작은 걸로도 감동할 줄 아는 사람이구나 생각했는데 진실한 마음 끝에 프러포즈가 나왔다. 전혀 의도하지 않은 티가 났다. 정말 마음에서 우러나오는 타이밍에 내밀어진 손이었다. 흔한 꽃도 없었고, 장소를 빌리지도 않았지만 진송은 하나도 불만스럽지 않았다. 생일인 오늘마저 그녀 자신을 위해 내주는 헌조의 사랑에 질식할 것 같았다.

"나도 사랑하고, 당신과 결혼하고 싶어요. 마지막 생일선물은 나예요."

진송은 다 내려놓은 채 본인을 잃은 듯 불안할 헌조를 채워 주고 싶었다. 헌조가 그랬던 것처럼.

"죽겠네."

헌조가 진송에게서 눈을 떼지 못하며 중얼거렸다. 한 번도 느껴 보지 못한 감정에 지배당하자 헌조는 표정관리가 잘 되지 않았다. 절친인 경태가 그의 얼굴을 봤다면 두고두고 놀렸을 것이다. 행복이 옮아 간 듯 진송도 덩달아 미소 지었다.

"나만 두고?"

"아니, 같이 죽어 보자."

몸을 일으켜 진송에게 다가간 헌조가 양손으로 그녀의 작은 얼굴을 쥐고 입 맞췄다. 진송은 헌조가 리드하는 대로 침실 방향으로 뒷걸음질 쳤다.

"그래요, 같이."

진송의 숨결이 헌조의 입안에서 흩어졌다. 키스가 깊어지는 가운데 진송은 헌조의 팔을 더듬어 내려가 손을 잡았다. 두 사람은 단단하게 옭아맨 손처럼 늘 함께할 것을 묵언으로 약속했다.

—fin

"언니, 퇴근하고 시간 되세요? 저녁 같이 먹고 들어가요. 드릴 말도 있고요."

성공적인 상견례를 치른 후 본격적인 결혼 준비에 들어간 무렵이었다.

부부가 되기 전, 남은 몇 달간은 공개 연애의 묘미를 맛보기로 의견을 모았다. 직장동료들에게 연인이라는 티를 내기 앞서, 친한 동료들이 배신감을 느끼지 않도록 신경 써야 했다.

그에 진송은 다빈과 자리를 만들었다. 다빈이 택한 양식집에서 고픈 배를 달래기로 했다. 진송은 파스타를 커다랗게 말아 입안에 넣고 우물거리는 다빈을 물끄러미 바라보며 망설였다. 배가 부르면 화도 덜 날 것 같아 말을 꺼낼 때를 기다렸다. 다빈은 깨작깨

작거리는 진송을 지적했다.

"밥을 먹어야지, 왜 나를 구경해? 여름 나더니 더 말라가지곤. 다 먹어. 검사할 거야."

"네."

다빈의 엄포에 진송은 접시에 코를 박았다. 싱겁게 웃은 다빈이 번뜩 든 생각에 물었다.

"나한테 할 말 있다더니 그것 때문에 그래?"

진송은 마시던 음료를 침착하게 삼켰다. 그러곤 대답 대신 고개를 끄덕였다. 헌조의 팬 중 한 명인 다빈에게 연애를 공개하기란 힘들었다.

"뭔데 그러니?"

진송이 입술만 축이고 있자 답답해진 다빈이 추리에 들어갔다. 그러더니 무슨 상상을 한 건지 사색이 되어 소리쳤다.

"설마 횡령이나 그 비슷한 거라면 털어놓지 마! 공범 될 생각 없어!"

"잘못 짚었어요, 언니."

"그럼 뭐?"

진송의 진지한 표정에 경계를 갖춘 다빈은 먹을 만큼 먹은 듯 포크를 내려놓았다.

"언니한테 가장 먼저 말씀드리는 건데요."

"그래, 말해 봐."

"팀장님이랑 저 연애해요."

"알지, 지난번에 팀장님 커플 대화 주차장에서 엿들었잖아. 그런데 너도 남자 친구 생겼니?"

"팀장님 그 여자분이랑 사귄 거 아니에요. 아니, 팀장님이랑 절따로 생각하지 마시고요."

진송은 헌조와 자신을 전혀 매치하지 못하는 다빈의 대꾸에 이마를 짚었다. 윤영을 헌조의 여자 친구로 알고 있는 다빈의 오해도 풀어 주어야 하는데 이야기를 어디서부터 시작해야 할지 막막했다.

"아니야? 방금 팀장님도 연애한다며."

"그 여자분은 그냥 동생이에요. 팀장님이랑 만나는 사람은 저고요. 진작 말씀 못 드려서 죄송해요."

입을 다물지 못한 상태로 듣고 있던 다빈이 머릿속으로 빠르게 정리를 마쳤다.

"임 여자 친구가 너라고?"

"네, 그렇게 된 지 오래는 안 됐어요. 사내연애다 보니까 비밀연애를 선택했고요."

"얌전한 고양이가 부뚜막에 먼저 올라간다더니, 네가!"

"죄송해요."

"아니, 죄송할 일은 아니지. 축하할 일이지. 일단 축하해. 그리고 제일 먼저 알려 줘서 고마워."

당황한 다빈은 감정이 잘 다스려지지 않는 듯했다. 진송은 오락가락하는 태도를 보이는 다빈이 진정되길 기다려 주었다.

"어차피 팀장님이 품절남인 건 똑같고, 모르는 사람이랑 잘 되는 것보단 아는 사람이 낫지. 응원할게!"

다빈이 느끼기로는 별달라진 것 없는 상황이었다. 헌조가 내 남자가 아닌 건 똑같았다. 아끼는 후배의 연애도 응원해 주고 싶었다. 전혀 눈치를 채지 못했던 터라 조금 놀랐을 뿐이었다. 자신이 뭐라고, 감 놔라 배 놔라 할 생각도 없었다. 헌조의 여자 친구가 윤영인 줄 오해했을 때 팬으로서 이미 쓰디쓴 아쉬움을 맛보고 해탈했다. 다빈은 환하게 웃으며 한마디를 남겼다.

"그래, 임이 님이 됐네?"

한편, 헌조는 허름한 분위기의 곱창구이 가게로 들어섰다. 유리문에 메뉴가 스티커로 덕지덕지 붙은 가게였다. 원형 테이블 하나에 먼저 와서 자리를 잡고 있던 경태를 발견한 헌조가 그쪽으로 갔다. 헌조가 맞은편에 앉자 바로 직원에게 주문을 넣은 경태가 괜히 툴툴거렸다.

"웬일이야, 네가. 보잔 소릴 다 하고."

"왜, 싫어?"

"싫지, 신혼인데."

"네 표정은 말과 다른데?"

경태는 내심 친구와의 약속이 반가웠다. 늘 직장동료 몇 사람 더 껴서 보거나, 동호회 회식 때나 술자리를 가져왔기 때문에 헌조와 둘이서 보긴 오랜만이었다. 그로 인한 서운함을 조금 표현한 것이지 집에 있을 아내와는 전혀 문제가 없었다.

"할 말만 하고 바로 보내 줘?"

"그냥 좀 넘어가라."

팔짱을 낀 헌조는 상체를 느긋하게 젖혔다. 헌조의 농간에 놀아난 경태가 백기를 들었다. 서빙된 곱창과 막창이 불판 위에서 고소한 냄새를 풍기며 익어 갔다. 집게를 잡은 헌조가 노릇하게 구워진 것들만 경태의 앞으로 놓아 주었다.

"다음 주에 경기 잡힌 거 알지?"

"몰라."

"나 분명히 미리 말했다! 빠질 생각 마! 물론 신입들도 꼭 데려오고."

"보고. 바빠질 것 같아서."

"독거 생활하는 놈이 유부남인 나보다 바쁠 리가 있냐?"

헌조가 빠질 구멍을 만드는 줄로만 여긴 경태가 쏘아붙였다. 차가운 술병을 딴 헌조가 경태의 잔을 채워 주었다.

"유부남 될 준비하려면 바빠."

"웬 유부남?"

"결혼하고 싶은 여자가 생겼다."

술병을 건네받고 헌조의 빈 잔을 채우던 경태가 멈칫거렸다. 헌조는 테이블에 놓인 경태의 잔에 가볍게 건배하고는 먼저 잔을 비워 버렸다.

"인마, 연애를 먼저 해야지! 왜 결혼이 튀어나와!"

"무슨 소리야? 연애는 당연히 하고 있지."

"뭐? 이 형님한테 말도 안 하고! 설마 그때 연애하고 싶다고 했던 여자랑?"

"당연하지. 내가 마음에 든 여자를 놓칠 리 없잖아."

떨떠름한 표정을 내내 짓고 있던 경태는 그제야 가닥이 잡히는 모양이었다. 타는 목을 축인 경태가 소리 나게 잔을 내려놓았다.

"죽을래? 나한테까지 비밀로 할 건 뭐야? 진짜 유부녀라도 만나나?"

"너야말로 죽을래?"

말도 안 되는 경태의 질문에 헌조가 헛웃음을 지었다.

"유부녀 아니면, 뭐야. 혹시 사내연애?"

"처음부터 그 답이 나와야 되는 거 아니냐?"

난감한 시선으로 경태를 응시한 헌조는 고개를 내저었다. 경태는 여전히 울분을 감추지 못했다.

"그래, 이해해 줄게. 사내연애는 비밀로 하는 게 낫지. 그래도 어떻게 나까지 속이냐?"

"언질은 줬잖아."

"뭐! 연애하고 싶은 여자 있다고 한 게?"

"어."

"마셔! 마시고 나가 죽어!"

경태는 분노의 손길로 술을 따랐다. 잠자코 경태가 따라 준 술을 벌주처럼 받아들고 마신 헌조가 나지막이 입을 열었다.

"나가 죽으면 넌 궁금해서 죽을 텐데."

"뭐가!"

"누군지는 못 들었잖아."

"빨리 말 안 해?"

속을 뒤집는 헌조를 노려본 경태가 대답을 재촉했다. 그러면서도 손은 헌조의 위를 생각해서 젓가락으로 익은 곱창을 집어 입에 넣어 주고 있었다.

"너도 아는 사람이야."

"그래, 알겠지. 회사 사람이면!"

"우리 매니저."

사내 축구동호회 매니저들을 단박에 떠올린 경태는 그중 헌조가 데려온 신입임을 알 수 있었다.

"매니저면, 손진송 씨야? 제수씨 될 사람이?"

"형수님이지."

고개를 끄덕인 헌조가 이어진 물음에 반박했다. 경태는 목소리를 가다듬고 어색하게 축하 인사를 했다.

"독거 탈출한 건 축하한다. 두 사람 결혼하기로 마음먹은 거야?"

"응."

"그것도 축하해. 이왕 마음먹은 거, 빨리 유부남 돼라. 이 형님은 조카를 만들어 올 테니."

앞을 내다본 경태의 경쟁 심리가 발동했다. 유부남이 되어 헌조보다 앞서 나갔더니 곧 따라잡히게 생겼다. 형님 자리를 유지하려면 이제 아빠가 되는 수밖에. 경태는 아내와 이야기한 자녀 계획을 앞당겨야겠다고 별렀다. 자식 농사라도 빨리 지어 서열을 확고히 잡겠다는 심산이었다.

"네 조카는 무조건 허니문베이비다."

예비 남편은 마음이 앞섰다. 두 남자의 눈빛이 허공에서 부딪쳤다. 나이가 무색한 남자들의 우정이었다.

친한 동료들과 책임자급의 상사들에게만 먼저 연애에 관한 암시를 준 다음 헌조와 진송은 프러포즈 링을 끼고 출근했다. 슬슬 티를 내서 연인인 것을 자연스럽게 알리기 위함이었다. 종일 알아채는 사람이 없다가, 마감시간에야 민호에 의해 거론이 되었다. 사람들이 의외로 주변에 무심하다는 반증이었다.

"진송 씨 웬 반지예요? 그것도 약지에?"

"어머, 진송아. 너 연애하니?"

솔깃한 대화에 멀리 앉은 직원들까지 관심을 보였다. 반지 구경을 하려고 의자에서 엉덩이를 뗄 정도였다. 대강 알고 있는 소수의 사람들은 돌아가는 상황을 보고 있었다.

"추승원 씨는 아니라고 했으니 다른 남자라는 건데. 진송 씨, 인기 많네요! 몰랐어요."

승원을 들먹이며 농담할 상황은 아니라는 눈치는 있는지 민호는 다행히 선을 넘진 않았다. 진송의 자존심을 건드리며 이성으로 보고 있지 않음을 대놓고 드러내긴 했지만. 어디에든 맞지 않는 사람은 있다. 진송에게 있어 민호는 예나 지금이나 정을 붙이려고 해도 붙일 수가 없는 사람이었다.

"민호 씨는 계속 모르셔도 돼요."

"무슨 말을 또 그리 섭섭하게. 그나저나 나 돗자리 깔아야겠다. 진송 씨 사랑받는 것 같다고 했던 거, 딱 맞췄네."

민호는 진송의 연애 사실은 뒷전으로 미룬 채 허벅지를 치며 자기 자신에게 감탄했다. 진송은 가관이라는 듯 응시하고는 마감을 계속했다.

"진송아, 솔로 탈출한 거야? 축하해."

"네."

반지를 구경하러 왔던 여자 선배들이 진송에게 덕담을 남기며 하나둘 자리로 돌아갔다. 눈가를 휜 진송은 헌조와의 관계를 털어놓을 기회를 엿봤다. 민호는 쉬지 않고 세 치 혀를 놀렸다.

"진송 씨 구제해 준 남자가 누구예요? 혹시 우리도 아는 사람인가 해서. 나라가 떠들썩하게 공개 고백 받은 진송 씨를 데려간 걸 보면 보통 강심장은 아닌 것 같은데. 오! 진송 씨랑 만나니까 자동으로 추승원 씨를 이긴 게 되겠네요."

"민호야, 그만 떠들고 마감이나 해."

지켜보는 자신이 더 불안해진 다빈이 구제에 나섰다. 다빈이 손거울로 살핀 뒷자리의 동태는 심상치가 않았다.

"박 주임."

서늘한 표정의 헌조가 민호를 재차 불렀다.

"박 주임?"

"네, 팀장님."

조짐이 좋지 않은 부름에 민호가 헌조의 책상으로 뛰어 갔다.

"납니다."

"네?"

민호가 어안이 벙벙한 얼굴로 헌조를 쳐다보았다.

"방금 박 주임이 열심히 씹은 사람이 나라고요."

또박또박 말을 내뱉은 헌조가 프러포즈 링이 끼워져 있는 왼손을 들어 보였다. 얼굴에 핏기가 사라진 민호가 고개를 떨어트렸다.

"저랑 손진송 씨 올 가을에 결혼합니다."

헌조의 공개 발표에 곳곳에서 탄성이 터졌다.

다빈이 점심 약속이 생겨 오랜만에 진송과 식사 순서를 바꾸게 된 날이었다. 헌조와 진송은 공개 커플이 된 후 선약이나 외근이 없으면 주로 둘이서 식사를 했다.

그런데 오늘 온종일 외근 예정인 헌조의 부재로 인해 진송은 홍일점이 되어 남자 셋과 식사를 하게 되었다. 진송은 오랜만에 동료들과 가진 식사가 나쁘지 않았다. 고객이 몰리거나 휴가 낸 직원이 많은 경우엔 식사만 끝내고 부리나케 교대해 줘야 했는데, 오늘은 다행히 식사 시간을 온전하게 쓸 수 있었다. 이런 날에는 후식까지 챙겨 먹는 재미를 느꼈다. 이 과장과 한 계장, 진송은 은행 근처 카페에서 민호가 쏜 음료를 마셨다.

"아까 최 팀장님이 그러시던데 이번 추석엔 신권 얼마나 필요할지 물량 잘 파악하래. 안 그럼 사장님들 또 난리난다고."

"그래야겠죠."

"진송인 결혼 준비 잘 돼 가?"

"네, 그럭저럭요."

대화 주제가 돌고 돌다가 떨어지면 지금처럼 진송과 헌조의 연애가 도마 위에 오르곤 했다. 이 과장은 진송에게 안쓰러운 눈빛을 보냈다.

"너도 피곤하지? 이래라저래라 하는 사공이 많아서. 유부녀 언니들한테 엄청 시달리고."

"저야 감사하죠. 도움 많이 되고 있어요."

진송이 대답은 좋게 했지만 실상은 그렇지 못했다. 사내연애다 보니 더욱 호기심이 샘솟는 것은 이해하지만 유부녀 동료들의 조언은 가끔 지나칠 때가 있었다.

특히나 오지랖이 넓은 성격의 소유자들은 조언을 핑계로 사사건건 아는 체하기를 즐겼다. 진송은 결혼에 대한 주위의 관심에 되도록 감사하게 여기자고 생각은 하지만 쉽지 않았다.

"진송인 이제 관심 대상에서 벗어났는데 민호 넌 어쩌냐?"

"괜찮아요, 조금만 견디면 되겠죠. 결혼도 하시겠다, 진송 씨보단 팀장님이 지점 이동하시지 않겠어요?"

한 계장의 물음에 민호는 진송을 고려하지 않고 말을 내뱉었다. 그러다 진송의 시선을 느끼고 긴장하여 등을 꼿꼿하게 폈다. 민호는 진송의 연인이 헌조라는 사실을 3초마다 깜박하는 듯했다. 헌조의 뒷담화를 하면 진송을 통해 전해질 것만 같아 뒤늦게 두려워졌다.

"아, 진송 씨 팀장님한테는 말하지 마세요. 제가 쏜 후식 뇌물이에요."

마치 헌조에게 불려간 듯 목소리가 기어들어 가는 민호의 모습이 짠했다.

"생각 좀 해 볼게요."

"진송 씨 이러기예요?"

동기애라고는 눈곱만치도 없는 사람이 섭섭한 척을 해 봤자 와닿지도 않았다. 커플 선언 이후 민호가 그녀의 눈치를 보는 것도 어울리지 않았다. 민호뿐만 아니라 다른 직원들도 진송의 앞에서 입조심을 했다. 동료들과 상사의 뒷담화로 동료애를 다지곤 했는데 진송은 더 이상 끼기 힘들어 유감스러웠다.

그리고 또 다른 공개 연애의 단점으로는 비밀 연애의 스릴을 더 이상 맛볼 수 없다는 점이 가장 컸다.

반면 장점은 연애를 숨길 필요가 없으니 자유롭다는 점, 상대에게 누가 되지 않기 위해 더 열심히 일하게 된다는 점이 있었다. 그렇게 공개 연애의 묘미를 하나하나 알아 가고 있는 나날들이었다.

그날 오후, 직원들 대부분이 퇴근한 시각에야 외근을 마친 헌조가 지점에 들렀다. 진송도 이미 퇴근했는지 보이지 않아서 헌조도 금방 퇴근 채비를 했다.

헌조는 그길로 백화점에 들렀다. 진송을 집에 데려다주는 일이 빈번해져 픽업하지 못했던 물건이 드디어 그의 손에 넘어왔다.

헌조의 차가 빌라가 아닌 진송의 아파트로 향했다. 쇼핑백을 들고 하차한 헌조는 진송의 차도 근방에 주차되어 있는지 괜스레 훑어보았다. 그러다 차 대신 본인을 발견했다.

"진송……"

진송과 함께 서 있는 승원 또한. 화색이 된 헌조의 목소리가 점점 작아졌다. 승원과 진송은 거리를 두고 서서 대화를 주고받고 있었다. 대화 내용까진 헌조가 서 있는 자리까지 들리지 않았다. 갑자기 등을 보인 두 사람은 아파트 상가 쪽으로 멀어졌다.

상가에 딸린 카페로 들어가는 것까지 지켜본 헌조가 미련 없이 몸을 돌렸다. 예전 같으면 득달같이 쫓아가 두 사람 사이를 갈라 놓았을 텐데, 헌조에게 생긴 변화였다. 연인 사이가 돈독해질수록 서로 간의 믿음도 깊어졌다. 그렇다고 질투가 아예 안 나거나 하진 않았지만.

"누나 결혼한다며?"

진송은 오랜만에 찾아온 승원을 그냥 보낼 수가 없어 카페로 장소를 옮겼다. 승원은 아직 감정을 완전하게 털어 내지 못한 듯 보였다. 복잡다단한 기분이 표정에서 드러났다.

"응, 은희한테 들었구나?"

며칠 전 진송은 은희를 만나 회포를 풀며 그간의 이야기를 나눴다. 은희의 귀에 결혼 소식이 들어갔으니 승원이 조만간 오겠구나, 예상을 했기에 담담했다.

"너무 급하게 결정한 거 아니야?"

"만난 지 한 달 만에 결혼하는 사람들도 수두룩한 걸 뭐. 기간이 중요하다고 생각 안 해."

"누나 생각이 그렇다면. 축하해."

입술을 깨물며 괴롭히던 승원이 조금 가벼워진 표정으로 인사했다. 짝사랑의 상대가 결혼을 한다는데 무슨 방법이 있겠는가. 승원은 이 자리에서 진송을 그만 가슴속에서 놓아주리라 마음먹었다.

"고마워, 승원아."

승원이 지난번처럼 억지를 부리면 어쩌나 걱정이 되었던 진송은 안심했다. 승원은 의자에 내려 두었던 쇼핑백을 진송에게 내밀었다. 해외 스케줄이 생길 때마다 진송이 생각나서 하나둘 사기만 하고 주지 못했던 것들이 쇼핑백에 담겨 있었다. 옷이나 화장품 따위였다.

"이게 뭐야?"

"해외 나갔다 오는 길에 샀어. 거의 화장품이야. 결혼식 전까지 피부 관리 잘 해."

"내가 이걸 어떻게 받아. 은희 줘."

"받아. 받고 나서 쓰든지 버리든지 마음대로 해. 은희 누나 주려고 산 거 아니니까."

진송은 승원의 속뜻이 짐작되어 더 거절하기 힘들었다. 승원은 분위기가 무겁게 흘러가자 화제를 돌렸다.

"무슨 결혼을 초겨울에 해?"

"가을에 하고 싶었는데 결혼 준비로 워낙 할 게 많다 보니까 조금씩 미뤄지네."

"차라리 내년 봄에 하지."

"어른들도, 우리도 빨리 식 올리길 원해서 괜찮아."

쑥스럽게 미소 지은 진송의 볼이 붉어졌다. 승원은 행복해 보이는 진송의 모습에 싱겁게 웃었다.

"듣고 싶은 축가 있으면 말하고. 내가 섭외해 줄 테니까. 인맥 총동원해서."

"정말?"

자기도 모르게 기뻐하며 대꾸한 진송이 정신을 차렸다. 진심이 튀어나와 당황한 진송을 본 승원의 얼굴이 밝아졌다. 마치 고백하기 전의 편했던 사이로 돌아간 느낌을 받았다.

"그런 부탁 해도 되나."

"왜 못 해? 우리가 남이야? 유명한 동생 덕 이럴 때 봐야지. 생각해 보고 연락해."

진송은 승원이 입버릇처럼 한 말이 익숙했다. 승원은 자신에게 늘 주지 못해 안달인 고마운 존재였다.

"돈 많고 유명한 동생 있어서 좋다."

우스갯소리로 포장했지만 진송은 승원과 다시 마주 보고 웃을 수 있어 좋았다. 그간에 함께한 세월이 상황을 덜 어색하게 만들었다.

"누난 후회 좀 할 거야. 나 같은 남자를 놓친 거."

승원도 마찬가지였다. 고백하지 못하고 끙끙대며 곁에 있었던 과거보다 현재가 한층 후련하고 가벼웠다.

그로부터 얼마 지나지 않아 두 사람은 저녁은 각자의 집에서 먹기로 하고 헤어졌다. 승원을 배웅한 뒤 진송은 쌀쌀한 실외를 피해 빠른 걸음으로 집으로 향했다. 혼자가 되자 자연히 헌조의 생각이 났다. 매일같이 보는 사이임에도 불구하고 외근 하루 나갔다고 허전하고, 허전한 만큼 보고 싶었다.

현관에 들어선 진송은 가지런히 놓인 브라운 색상의 남자구두를 보고 고개를 번쩍 들었다. 그러자 거실 소파에 앉아 있는 헌조와 정면으로 눈이 마주쳤다. 캄캄한 실내에 우두커니 앉아 있던 헌조가 소파 옆 전등을 켰다. 백열등이 은은하게 집 안을 밝혔다.

"헌조 씨!"

"왔어요?"

진송은 텔레파시가 통한 것처럼 보고 싶은 순간에 나타난 헌조가 신기했다. 마음이 급해진 진송이 헌조에게 가려고 거실에 발을 디디자 발끝에 무언가가 걸렸다.

제동이 걸려 내려다본 진송의 입이 함박만 해졌다. 우아하고 화려한 코사지가 달린 웨딩슈즈가 놓여 있었다. 마음이 시키는 대로 프러포즈를 한 후, 헌조가 몰래 준비한 선물이었다.

"결혼 허락 선물이에요."

헌조의 나지막한 음성이 울렸다. 진송은 내가 이 사람과 결혼하는 거구나, 새삼 실감이 났다. 진송의 환한 미소가 아름다웠다. 웨딩슈즈에 작은 발을 낀 진송이 천천히 앞으로 나아갔다. 헌조는 진송이 다가오는 모습을 빠짐없이 눈에 담았다. 정면에 선 진송은 헌조의 목에 팔을 둘러 포옹했다.

오늘 하루는 어땠는지, 승원과는 무슨 이야기를 나눴는지 서로 하고 싶은 이야기가 많았지만 가장 먼저 하고 싶은 말이 있었다.

"사랑해요, 많이."

듣고 또 들어도 달콤한 속삭임이 두 사람의 귓가에 감겨들었다. 상대가 너무 소중하고 사랑스럽다는 눈빛이 오갔다. 내 세상에 이 사람이 없으면 죽을 것 같다. 연인은 같은 감흥을 느꼈다.

에필로그 2

창구 뒤편의 품격 있는 난초 화분이 귀퉁이에 자리한 책상. 그
곳을 차지한 진송은 깍지 낀 손을 책상에 올렸다.

"백 주임, 앞으로는 지금과는 다른 모습으로, 좀 더 적극적으로
일할 수 있겠어요?"

사계절 중 스쳐 지나가는 듯 느껴지는 봄, 그 언젠가 들어 본
대사였다.

"왜요, 내 말이 납득이 안 돼요? 표정관리 안 되는 거 본인만
모르는 것 같은데?"

진송은 고개를 들고 냉정한 눈빛을 쏘았다. 진송의 시선은 허
공에 놓여 있었다.

"여보, 뭐 해요?"

화장실을 다녀온 헌조가 다가오고 있었다. 헌조는 진송과 웨딩 마치를 올리고 지점 이동 신청을 하려고 했지만 여러 가지 사정으로 내년으로 미루었다.

그리하여 1년 더 함께 근무하게 되었다. 진송은 짧았던 팀장 놀이의 끝을 받아들였다. 그러곤 민망함을 숨기며 비켜 주려고 몸을 일으켰다. 책상에 가려졌던 상체가 완전히 드러나자 볼록한 배가 도드라졌다. 진송은 임부용 원피스 유니폼 차림이었다.

"어지러워서 잠깐 앉았어요."

"더 앉아 있어요."

"이제 괜찮아요."

헌조가 걱정하며 말렸지만 진송은 어설프게 웃으며 제자리로 돌아갔다. 곧이어 후문이 수시로 열리며 직원들이 하나둘 출근했다. 그중에는 올해 입사한 신입직원도 있었다.

"안녕하세요!"

"안녕, 유희야."

진송은 백 주임을 볼 때마다 말단 직원을 벗어난 것이 실감나 감격스러웠다. 유희를 보면 진송 자신은 나쁘지 않은 신입이었던 것 같다. 좋은 학교를 나오고 일찌감치 많은 금융자격증을 취득하여 입사했다는 유희는 어쩐지 실제 업무에서는 실력 발휘를 하지 못했다.

그렇다 보니 요즘 헌조의 집중 관리 대상은 2명이었다. 민호와 유희. 민호는 계장으로 자동 진급한 후부터 이상한 반발심이 생겨 여전히 헌조에게서 벗어나지 못했다. 민호는 여전히 선배들로부터 가끔 받는 지시나 지도편달도 아니꼽게 받아들였다. 반면 유희는 쭉쭉빵빵하고 도회적인 외양과는 달리 성격이 착하고 싹수가 있어 민호처럼 꼬아서 받아들이진 않았다.

"백 주임, 벌써 출근 며칠 차죠?"

"3일 됐습니다."

"연수는 폼으로 받고 왔어요? 아직도 그렇게 감을 못 잡아서 어떡해요? 뒤에서 지켜보기가 힘들더군요."

"죄송합니다."

업무시간 중 헌조의 책상 근처로 갔다가 유희는 결국 오늘도 거르지 않고 한 소릴 듣고 있었다. 시무룩한 뒷모습이 참 보기 딱했다. 자기 딴에는 잘하려고 노력하지만 타고난 맹한 구석이 방해를 놓았다.

"내 얼굴에 뭐 묻었어요? 정신 안 차립니까? 백 주임이 지금 여기 있어서 동료들이 더 바빠진 게 미안하지도 않아요?"

한 가지 더 안타까운 건, 유희는 눈치가 느렸다. 하루 이틀이면 파악될 지점의 분위기나 정보를 많이 놓쳤다. 그런 후배에게 진송이 밥을 사 줄 때를 엿보고 있던 차에 드디어 기회가 왔다.

하필 점심 식사 시간을 앞두고 업무가 길어진 다른 동료들이 빠져 둘만 식사하러 나가게 되었다. 진송은 유희가 먹고 싶다는 일식 음식점으로 그녀를 데리고 갔다.

"임 팀장님한테 너무 서운해하지 마. 너 잘되라고 그러는 거야."

"알아요, 저 괜찮아요!"

남편에게 매일 볶이는 유희에게 밥을 사 줘 달라는 것은 아내인 진송의 몫이었다. 헌조가 어리고 예쁜 유희와 둘만 밥을 먹는 꼴은 볼 수가 없었다.

"그리고 임 팀장님한테 혼나면 별로 기분 안 나빠요."

유희는 진송과 헌조가 부부라는 것을 대놓고 말해 주지 않으니 알아채지 못한 듯 보였다. 진송에겐 저 호감이 커지기 전에 막아야 한다는 특명이 생겼다. 누가 봐도 결혼반지인 것을 두 사람이 항상 끼고 다녀도, 부부 분위기를 풍겨도, 고객들조차 말 안 해도 아는 걸 유희 혼자만 몰랐다. 한숨을 내쉰 진송이 냉큼 입을 열었다.

"영 모르는 눈치라서 알려 주는 건데 헌조 씨랑 나, 부부야."

자리에서 펄쩍 뛴 유희는 많이 놀란 듯했다.

"왜 아무도 말씀 안 해 주신 거예요? 이제라도 알게 돼서 다행이에요!"

많이 튀어나온 배를 손가락으로 가리킨 진송이 덧붙였다.

"2세는 허니문베이비고. 작년에 사내에서 만나 결혼했거든."

"와, 사내연애! 몇 개월 됐어요?"

"23주."

순수하게 반응을 보이는 유희는 꽤 귀여운 후배였다. 진송은 서로 잘하고 친해지면 지점 이동을 한 다빈의 빈자리를 유희가 메꿀 수 있을 것 같았다.

"근무하시기 힘들지 않으세요?"

"힘들긴 한데 아직 할 만하네. 이러다 출산예정일 코앞까지 일할지도."

배에 손을 가져다 댄 진송이 시원스레 웃으며 대꾸했다. 의아한 표정이 떠오른 유희가 조심스럽게 물었다.

"좀 쉬시는 게 좋지 않아요? 걷기도 힘드실 텐데 종일 앉아 일하시려면……. 팀장님도 쉬라고 하시지 않아요?"

"남편은 쉬라고 난리지. 그런데 난 몸이 따라 줄 때까지 일하고 싶어. 막상 집에서 쉬면 좀이 쑤실 것 같기도 하고."

"임신하셨는데 열심히 일하시는 거 보고 손 계장님 멋지다고 생각했어요."

유희는 젓가락까지 내려놓고 눈을 빛내며 진송을 바라보았다. 첫 출근을 하고 진송을 처음 봤을 때 느낀 점이었다.

"고마워. 어서 먹자."

진송이 쑥스러워하며 어느새 병풍이 된 음식을 권했다. 성공적으로 신입 딱지를 뗀 진송은 이제 좋은 선배가 되고 싶었다. 배 속의 아이가 나오면 어쩔 수 없이 육아휴직을 써서 공백이 생기겠지만 복귀하면 잘해 낼 자신감이 있었다.

지점으로 돌아온 진송은 헌조에게 바로 붙들려 갔다. 진송이 앉을 의자를 빼 준 헌조가 발포비타민을 넣은 물을 건넸다.

"식사 맛있게 했어요?"

"그럼요. 여보는?"

"그냥저냥. 내일은 같이 먹어요. 알았죠?"

"매일 같이 먹으면서 그런다."

진송은 내심 좋으면서 헌조를 나무라는 척했다.

"백 주임이랑 많이 친해진 것 같던데."

"네, 예쁜 후배잖아요. 잘해 줘야죠. 백 주임 보면 입사 초 때 저 보는 것도 같고."

"제법 선배 티 나는데요?"

사실 1년 차나 2년 차나 헌조의 눈에는 똑같은 신입으로 보였다. 헌조는 진송이 귀여워 웃음을 터트렸다.

"그럼요. 이제 낮일도 꽤 하는데."

시선을 깐 진송이 은근하게 말장난을 쳤다.

"내가 편애한다고는 생각 안 하고?"

"그런 거예요? 업무 잘하고 있다고 생각했는데. 실수하는 거 보이면 바로바로 말해 줘요."

화들짝 놀란 진송이 먼저 장난을 걸 땐 언제고 진지하게 반응했다.

"생각난 김에 오늘 오랜만에 혼내야겠다."

정색한 헌조를 본 진송이 멍하니 눈만 깜박거렸다. 짓궂게 미소 지은 헌조가 속삭였다.

"침대에서."

다람쥐 쳇바퀴 돌듯 평범한 하루가 저물어 갔다. 사내 부부는 출근과 마찬가지로 함께 퇴근길에 올랐다.

"여보, 늦겠어요."

"안 늦게 갈게요."

러시아워라 복잡한 도로를 차창으로 내다본 진송이 발을 동동 굴렸다. 퇴근하자마자 미리 전화 접수 해 두었던 직장인 임신육아 교실에 참여하러 가는 길이었다.

"오셨어요! 왔어?"

"안녕하세요!"

다행히 지각하지 않고 교육 장소에 도착한 진송 부부를 먼저 와 있던 은희 부부가 반겼다. 헌조를 보러 가리라 벼르고 벼르던 은희는 결국 진송의 결혼식 전 친구들과의 인사 자리에서 헌조를 처음 만났다.

사귀던 남자와 올봄 결혼까지 골인한 은희는 이제 임신 5주 차임에도 불구하고 진송과 부부동반으로 임신 관련 교육을 들으러 다녔다. 은희 부부 옆에 자리를 잡은 진송과 헌조는 출입문 쪽을 흘깃거렸다.

"왔네!"

"빨리 와요!"

"저녁 드시고 오셨어요?"

"오는 길에 빵이랑 우유로 대충 때웠어요."

곧 경태 부부도 허겁지겁 들어와 진송 부부 옆자리에 앉았다. 경태의 아내도 진송과 비슷하게 배가 불렀다.

이들은 작년 겨울 진송과 헌조의 결혼식 피로연에서 술판을 벌이다 친해졌다. 아내들이 모두 임신한 지금은 남편들만 가끔 뭉쳐 술자리를 갖곤 했다. 그마저도 술집보다는 카페를 더 자주 갔다. 두 시간 가까이 되는 교육에 열심히 임한 세 부부는 늦은 밤 자신들의 보금자리로 뿔뿔이 흩어졌다.

"다 왔어요."

깜박 졸았던 진송이 헌조의 목소리를 듣고 잠을 쫓아냈다. 진송 부부는 헌조가 살던 빌라에 신혼집을 차렸다. 단지별로 연결된 지하주차장에 실버 세단이 주차되었다.

차에서 내린 진송은 몇 개월째 달리지 못한 자신의 차에 시선을 주었다. 진송은 임신한 후로 자신을 더 애지중지하는 헌조 때문에 운전대를 잡지 못한 지 한참 됐다. 보닛을 돌아 나온 헌조가 진송의 손을 잡았다.

"뭐 먹고 싶은 거 없어요? 만들어 줄게."

"시간도 늦고 과일이나 먹으려고 했는데 여보가 만들어 준다니까 솔깃하네."

"말만 해, 다 만들어 줄 테니까."

몇 걸음 떼다가 우뚝 선 진송을 따라 헌조도 멈춰 섰다. 진송은 볼록한 배를 가리키며 호들갑을 떨었다.

"아빠가 요리해 준다니까 우리 아들 신나나 봐요. 태동이 장난 아니야."

예쁘게 나온 배에 손바닥을 가져다 댄 헌조의 입가가 넓게 벌어졌다. 그는 세상을 다 가진 듯한 표정을 지었다. 헌조를 응시하는 진송도 행복감에 취했다.

"이 녀석, 누구 닮았을지. 빨리 보고 싶다."

"아들이니까 여보 닮았으면 좋겠어요."

헌조는 진송의 손을 매만지며 따뜻한 눈빛을 보냈다.

"난 딸이든 아들이든 당신 닮은 아이면 좋겠는데."

두 사람은 손을 맞잡은 채 천천히 걸음을 떼었다. 다정한 신혼부부의 뒷모습이 멀어져 갔다.

www.bbulmedia.com

www.bbulmedia.com